大友の聖将《ヘラクレス》

赤《あか》神《がみ》諒《りょう》

角川春樹事務所

目次

装画　大竹彩奈
装幀　芦澤泰偉

戦国時代の豊後国（現在の大分県）

地図製作／コンポーズ　山﨑かおる

大友の聖将《ヘラクレス》

序　最後の盾

一

摩崖《まがい》に陽刻された巨大な十字架《クルス》が最後の残照を浴びていた。

それを背に長身の男が姿を現した。黒柄の十字槍《やり》を手にしている。たったひとりの男の出現で、精強な島津《しまづ》兵が目に見えぬ無数の槍衾《やりぶすま》でも喰《く》らったごとく、いっせいに怯《ひる》んだ。

「あれに見ゆるは金縁《きんぶち》の赤十字！　天徳寺《てんとくじ》にございまする！」

物見の報《しら》せは半ば悲鳴に聞こえた。

天正《てんしょう》十四年（一五八六年）十一月、島津家の日向《ひゅうが》（宮崎《みやざき》県）方面軍総大将、島津家久《いえひさ》は床几《しょうぎ》から立ち上がって、野津《のつ》の小高い丘を見やった。

「死に損ないのヘラクレスめが。ついに姿を見せおったか」

右頬《みぎほお》にあると聞く十字の傷は、夕闇《ゆうやみ》のせいで家久からは見えぬ。二度の戦死報告を受けていたが、やはりあの男は生きていたらしい。

丘には、うす気味悪い十字架《クルス》が天を突き刺すようにいくつも立てられている。野津のキリシタンたちが「クルスバ」と呼ぶ邪教の異様な神拝施設は、数えてみれば十五も作られていた。

丘の各所に次々と天徳寺の軍旗が上がっていく。十字架《クルス》が島津の丸十字と似ているのも腹立たしかった。

白装束をまとった神出鬼没の遊撃隊には、戦巧者《いくさこうしゃ》の家久も手を焼いた。天徳寺隊は元来、キリシタン大名大友宗麟《おおともそうりん》の護衛を使命とする選《え》りすぐりの精鋭部隊で、狂信的なキリシタン兵のみで構成されていた。十年近い戦闘を生き残ってきた数百の天徳寺兵は、今や大友軍最強の精鋭とも言えたろう。

南蛮《なんばん》の宣教師たちは大友のキリシタン武将、天徳寺リイノを「豊後《ぶんご》のヘラクレス」と呼んだ。その堂々たる巨軀《きょく》と剛勇無双の槍術《そうじゅつ》は、異国に伝わる半神の英雄になぞらえるに相応《ふさわ》しかろう。だが、リイノの真骨頂は絶倫の武勇を遺憾《いかん》なく用いる知略にこそあると、家久は見ていた。

家久は大友を滅ぼして九州を統一すべく怒濤《どとう》の進撃を続けてきた。その家久が複数の局地戦で敗退したのは、天徳寺隊が小賢《こざか》しい動きをしたためであった。

丘のリイノが動いた。島津軍に乱入するや、手にした十字槍でさっそく血煙をあげた。右へ左へ、辺りに人なきが如《ごと》く躍動する。手に負えぬ。島津兵は抵抗さえ放棄して、リイノに背を向けた。十万億仏土までたどり着きそうな勢いでわれ先に逃げ出し始めた。

だが、己の槍に頼るようでは先が知れている。個の武勇で万の大軍に勝てはせぬ。

「殿、いったん兵を退《ひ》きまするか？」

「痴れ者《しれもの》めが。まずは天徳寺兵のおるクルスバに向け、種子島《たねがしま》の一斉射撃じゃ。今宵《こよい》、決着をつける。一兵も討ち漏らすな」

家久は各隊に下知《げち》すると、どっかと床几に腰を下ろした。身体《からだ》が灼《や》けるように熱かった。

今回の大友攻めが家久の生涯最後の戦となろう。こんな所で足止めを喰らっている場合ではなかった。

大友はリイノの力でようやく残喘《ざんぜん》を保っているにすぎぬ。リイノさえ討ち取れば、大友の息の根を止められるのだ。大軍で天徳寺隊を屠《ほふ》る。次に陽光が野津を照らす頃《ころ》には、クルスバは死屍《しし》で埋め尽くされていよう。不憫《ふびん》だが、家久のゆくてを阻《はば》む者のさだめだ。それが戦というものだ。

闇がすべての色を奪い始めた。代わりに鬼火のような松明《たいまつ》の灯《あか》りが丘へ殺到してゆく——。

明け方を迎える前に、剣戟《けんげき》の音はすっかり止《や》んだ。

二

野津にあるキリシタンの里を蹂躙《じゅうりん》した半月後、島津家久は別の戦場にいた。

昏《くら》すぎる夜は人間の業に呆《あき》れ果てた神による罰なのか。闇夜はまだとうぶん明ける気がなさそうだった。日輪がもたらそうとせぬ陽光の代わりに、豊後《ぶんご》鶴賀城《つるがじょう》の四囲を埋め尽くす大軍の篝火《かがりび》が乱世の一隅を照らしていた。この要衝さえ落とせば、詰みだ。

眼前で、かつて九州六ヶ国を征した宿敵大友家が音を立てて滅び去ろうとしている。俺が息の根を止めるのだ。

大友宗麟はいっとき栄華の絶頂を極めながら、邪教の崇拝にふけって自滅を招いた。次々と重臣らに見捨てられ、今では数里先にある臼杵《うすき》の丹生島城《にゅうしまじょう》で籠城《ろうじょう》支度を始めたらしい。宗麟が頼りとしていた天徳寺リイノはもうこの世にいなかった。

「総大将。夕刻捕えしキリシタンが口を割りました」

意外な話でもなかった。敵将天徳寺リイノの死を伝えると、キリシタンたちは絶望した表情で天を仰ぎ、希望を見失う。

「気骨のありそうな老人であったゆえ、いま少し時を要すると思うたがな」

「肋《あばら》を折っても口を割りませなんだが、リイノの戦死を伝えまするや、あっけなく転びました。天徳寺兵らしく、丹生島城内の様子も見知っておるとの話。御《おん》みずから吟味なさいまするか」

家久が頰に十字傷の武者を梟首《きょうしゅ》してから、半月ほどがすぎていた。

――天徳寺リイノは今度こそ死んだのか。

「審問いたすゆえ、連れて参れ。これよりは島津の民となる者。手荒な真似《まね》は致すな」

昼間に加えた猛攻のせいか、敵城は静まり返っていた。時おり奏でられていた聖歌も止み、帷幄《いあく》に聞こえるのは篝籠《かがりかご》で小気味よく爆《は》ぜる松の枯れ枝の音だけだった。

九州全土を舞台とする大友家と島津家の総力戦は「豊薩《ほうさつ》合戦」と呼ばれた。島津が攻め込む前に、大友はキリスト教なる邪教を巡って分裂を起こし、自壊していた。服属していた大名や国人衆《こくじんしゅう》は続々と独立、離反した。重臣さえ叛乱《はんらん》を起こした。大友家は広大な領内の火消しだけで精一杯だった。

島津軍が筑後《ちくご》、肥後《ひご》、日向の三手に分かれ大軍で北上を開始すると、大友宗家は見捨てられた。抵抗する忠臣、将兵も多くは死に絶えた。

だが、島津による九州統一を目前にして、宗麟の要請を請けた豊臣秀吉《とよとみひでよし》がついに動いた。秀吉の命で上方勢の先遣隊が北九州へ侵攻を開始したが、まだ小勢である。島津家中では、九州統一を果たして秀吉を迎え撃つべしと方針を決していた。

「朝日嶽城《あさひだけじょう》の柴田紹安《しばたじょうあん》が寝返りを約しましてございまする」

帷幄には次々と使者が来た。吉報だが、雲の厚く垂れこめた今夜の空のように、家久の気は晴れなかった。

——人とは、何と惰弱な生き物か。

多くの者たちが家久の眼前で、己《おの》が命惜しさに、あるいは家族、一族郎党の命を救うために、いとも簡単に人を裏切り、名を汚し、信仰を捨て去った。近ごろ家久の心中では嘲《あざけ》りよりも憐《あわ》れみが、あるいはあきらめが勝っていた。

「大儀。これで勝ちが見えたわ。柴田にはまだ動くなと伝えよ」

戦の大勢が島津勝利で決した後も、島津軍に対し頑強な抗戦を続ける城がいくつかあった。中でもキリシタンは決まって悪あがきを見せた。宗麟の庇護《ひご》を受けてきたキリシタンたちは将兵から民草に至るまで、豊薩合戦をわが事ととらえ、己が生存と信仰を守るために武器を取った。だが、国都府内《ふない》を落とし、さらに丹生島城にいる宗麟の首級を挙げれば、十年近い大友との戦もついに終わる。

やがて帷幄に引っ立てられてきた痩身《そうしん》の老人は、拷問《ごうもん》のせいか、ふらつきながら家久に平伏した。物乞《ものご》いのようにみすぼらしいなりで、首からかけたおんぼろのゼズ・キリシトの影像は、疲れ切ったように力なく地に投げ出されていた。

「老人。天主《デウス》とやらへの義理立ては済んだのか？」

蔑《さげす》みではない。むしろ単純な好奇心から出た問いだった。なぜキリシタンたちは勝てぬと知りながらかくも激しい抵抗を試みるのか。

小柄な老人は口惜《くや》しそうに唇を噛《か》んだ。

「野津のキリシタンの生き残り全員の命を守るとのお約束、しかと偽《いつわ》りはござるまいな？」

老人は答えずに問い返してきた。前歯が抜けていて、聞き取りにくい嗄《しゃが》れ声だった。死を恐れぬ狂信者も人質を取ると弱くなる。

「キリシタンといえども今や島津の民じゃ。安心せい」

大友宗家の直轄領である野津にはキリシタンの里があった。里の若者たちは最終決戦のため丹生島城に籠《こも》っている。半月前に野津を征した家久は部隊を里に駐屯《ちゅうとん》させていた。

幾重にも包囲された鶴賀城から大胆不敵にも脱出し、丹生島城に向かおうとしていた弥助《やすけ》と名乗る老人は、野津に敷いた警戒網で捕捉《ほそく》された。

「まず鶴賀城について問う。城将利光宗魚《としみつそうぎょ》は死んだのじゃな？」

この年の十月、家久は一万余の兵を率い、日向口から梓山《あずさやま》を越えて北上作戦を開始した。破竹の勢いで大友軍を撃破し、次々と降伏させた家久の軍勢は二万余に膨れ上がっていた。

だが、国都府内へ近づくにつれ、大友方の反抗は強固になった。とりわけ死を恐れぬキリシタンによる抵抗には、豪胆で知られる家久でさえ畏怖を感じるほどだった。

洗礼を受け自らもキリシタンとなった宗麟は、敗亡の憂《う》き目《め》に遭ってもキリスト教を保護し続けた。キリシタンにとって大友家を守ることは、取りも直さず信仰を貫くことを意味した。

キリシタンたちは信仰のために死ぬ「殉教《じゅんきょう》」を厭《いと》わなかった。殉教者《マルチル》はパライソなる楽園で永遠に暮らせるらしい。

家久は己《おのれ》こそが島津家で最強の将だと、いや、大友家の戸次道雪《べっきどうせつ》亡き今、九州最強の将だと自負していた。その家久が破れぬ敵、落とせぬ砦などあってはならなかった。

家久が足止めを喰らったのは、白緞子《しろどんす》に金繍《きんしゅう》された真っ赤な十字架《クルス》の旗を押し立てる一隊が戦場に現れてからだった。局地戦とはいえ堅田《かただ》の野戦、栂牟礼《とがむれ》の城攻め、穴囲砦《あながこいとりで》の攻防で島津軍は手痛い敗北を喫した。島津が苦戦する戦場には、いつもあの白装束に十字槍の男がいた。

「なぜ答えぬ？　天徳寺リイノはもう死んだのじゃぞ」

口を閉ざした老キリシタンは全身をびくりと震わせた。

天徳寺隊は寡兵ながら小癪《こしゃく》な敵だった。ロザリオとゼズ・キリシトの影像を胸に懸け、白装束を血に染めながら戦場を乱舞し、死を物ともせず突撃を繰り返す。驚くべき神出鬼没の兵団だった。

精強なキリシタン兵を率い、遊撃隊として各地を転戦してきたリイノは、北へ少しずつ退却しながら家久による侵攻を食い止めようとしていた。明らかな時間稼ぎだった。秀吉の命を受けた上方勢の本軍が九州に上陸するまで大友を守り切れば、リイノの勝ちとなる。

それにしても野津は異様な戦場だった。

リイノの指揮でキリシタンたちは六つもある教会に立て籠り、天徳寺隊とともに執拗《しつよう》な抗戦を続けた。あれは百戦錬磨の家久でさえ目を背けたくなる修羅場だった。キリシタン兵は死を恐れぬ。次々と殉教した。

だが、しょせん家久の敵ではない。島津軍は、岩瀬の塁《とりで》に立て籠ったリイノとキリシタン兵を、蟻《あり》のはい出る隙間《すきま》もなく大軍で包囲し、殲滅《せんめつ》した。天徳寺隊の全滅をもって里のキリシタンたちは降伏、全員が捕虜となったはずだった。

キリシタン兵は平等で序列もないらしいが、リイノには幾人か影武者がいた。頬の十字傷でリイノと識別したが、その傷がかえって擬装を思わせた。

今回の北上作戦では敵方の城をすべて落とす必要はなかった。その時間もない。家久は急進して交通の要衝《ようしょう》のみを攻略した。侵攻を食い止めようとする敵を撃破しながら、国都である府内と宗麟が籠る臼杵《うすき》の丹生島城《にゅうしまじょう》を目指していた。

だが、野津を征した家久の前に立ちはだかったのは、またもやキリシタンだった。鶴賀城には七百余の兵と三千余の女子供が籠城していた。城将利光宗魚《としみつそうぎょ》に指揮されたキリシタンたちは頑強に抵抗し、家久の降伏勧告にも頑として応じなかった。鶴賀城は国都への侵攻路にある。捨て置いて進軍すれば、宗魚によって容易に背後を衝《つ》かれよう。家久はやむなく大軍で城を取り囲んだ。

家久は得意の「釣《つ》り野伏《のぶせ》」で宗魚を誘い出した。

豪胆不敵の家久は敵の眼前に堂々と無防備な姿を晒《さら》す。敵は罠《わな》だと熟知しているが、すぐにも家久を討ち取れるように見えるのだ。鶴賀城に援軍が来るあてはない。大軍相手に見通しの立たぬ籠城戦を戦う勇将なら、万に一つの勝機に賭《か》けるはずだ。宗魚は案の定、キリシタン兵とともに急遽《きゅうきょ》出撃して家久の首を取ろうとした。宗魚を見ても家久は退かぬ。むしろ敵に突撃してゆく。激戦になった。だが、乱戦の中で巧みに後退する。気づかれぬうちに宗魚を袋の鼠《ねずみ》としていた。

家久は陣頭で指揮を取る宗魚に向かって種子島の一斉射撃を浴びせ、さんざんに打ち破った。

いくつもの銃弾を受けて落馬した宗魚がキリシタン兵に助けられながら城へ戻る姿を確かに見届けた。その場で宗魚を討ち取らせなかったのは、島津に降《くだ》らせて上方勢との戦いに用いたかったからである。

「リイノも宗魚も殉教した。ゆえにお前は絶望して島津への協力を諾《だく》したのであろうが」

弥助は痩せた両膝《ひざ》に、骨ばって干からびたような両手を置いていた。ぶるぶる震え始めると、ついにおいおい泣き出した。年甲斐《としがい》もない涙に家久はかえって関心を抱いた。

「朋輩《ほうばい》を裏切るのは初めてか？　この醜き乱世にあって、これまでお前は、どこぞでまっとうな人生でも送って来られたのか？」

弥助は短く首を横に振った。

「昔は悪事と裏切りを飽くほど重ねてござった。されどもう二度とせぬと天主《デウス》に誓い申した」

「なぜ殊勝な心がけに変わった？　子でもできたか？」

「……聖者に、お会いできたからじゃ」

また聖者の話か。家久はややあって尋ね返した。

「もしや、トルレスと申す司祭《バードレ》か？」

立ち上がる気力すらないやに見えた弥助が力強くうなずいた。

――コスメ・デ・トルレス――

十五年ほど前に世を去ったイスパニア人司祭だという。家久は島津相手に敢然と抵抗したキリシタンの虜囚《りょしゅう》に問うたび、リイノとともにトルレスの名を耳にした。海の果てから戦乱の島国に渡来し、異郷の地で果てた宣教師は、死してなおキリシタンたちの心の中で生き続けているらしかった。

「トルレスが生きておったところで、何をなしえたか？　乱世は昔と変わらず酷《むご》いままじゃ。弥助とやら、絶望して答えよ。鶴賀城主、利光宗魚は死んだのじゃな？」

弥助は注視しておらねばわからぬほど微《かす》かにうなずいた。

「城将の死をひた隠し、かくも激しく俺に盾突くとは、大したキリシタンどもよ。惜しい将を死なせたが、落城は時間の問題じゃ。次に丹生島城について尋ねる。城内の兵の数、兵糧《ひょうろう》は？」

弥助は絞り出すようにしながら、小声で答え始めた。

「戦える者は二千に及ばず。兵糧は……半月ともちますまい」

「笑止。宗麟も耄碌《もうろく》しおったわ。その備えでこの俺相手に籠城するつもりか。ときに、宗麟が『国崩《くにくず》し』と名づけた南蛮渡来の大筒《おおづつ》があると聞く。いかなる代物か？」

宗麟が大友家の絶頂期にポルトガル商人から購入した「フランキ砲」なる大型兵器があると家久は耳にしていた。射程次第では、戦い方に留意せねばならぬ。唯一の懸念《けねん》だった。

「壊れておるらしく威力のほどは知り申さぬ。弾《たま》もなく、扱える者もおらず、試し撃ちもできませなんだ」

弥助の悔しげな歯抜け顔がしなびた芋に似て可笑《おか》しく、家久は声をあげて笑った。

「宗麟も国崩しなぞと不吉な名を付けたが失策であったな。して、城内で兵を指揮できる将は誰ぞおるか？」

「天徳寺久三《きゅうぞう》、吉岡甚吉《よしおかじんきち》、古庄丹後《ふるしょうたんご》の三名でござる」

久三はリイノの長子らしいが、名門吉岡家の甚吉と同年で、二十歳《はたち》にもならぬという。古庄某とやらは聞いた覚えもなかった。

「情けなや。女狂いの邪教徒めはさような者どもに最後の一戦を委《ゆだ》ねおるか。青二才と名もなき将に俺の城攻めを防げはせぬわ。大友は滅んだぞ。丹生島城なぞ一日で屠ってくれよう。弥助とやら、安堵《あんど》せい。降伏する者はすべて命を許してやる。これからはともに上方勢を迎え撃たねばならぬ身じゃからな」

慌ただしい鎧《よろい》の音が何やら急を告げた。

――申し上げまする！　今昼、天徳寺リイノが丹生島城に入った由にございまする！

家久は覚えず舌打ちをした。

急報を耳にした老人は奇矯《ききょう》な声をあげると、合掌した。天を仰ぎながら「リイノ様が生きておられた」と何度も繰り返していたが、再び泣き始めた。

「弥助とやら、なにゆえ泣いておる？」

家久の問いに、弥助は無礼にも今度は小躍りしながら笑いだした。

「わが願いが叶《かな》った。天徳寺リイノある限り、丹生島城は安泰じゃ。天主《デウス》はわれらを見捨てておられなんだ。祈りが通じたんじゃ」

老人ががぜん元気を得て忙しく泣き笑いする姿を見て、家久は無性に腹が立った。

「弥助とやら。お前のほうがよう知っておろうが、敗残兵をかき集めたとて天徳寺兵は今や二百に届くまい。リイノが城に入ったくらいで、俺が城を落とせぬとでも申すか？」

「落とせますまい。異教徒《ゼンチョ》の放つ鉄砲玉も矢も、聖者の身体に当たりはせぬ。リイノ様は不死身じゃ」

天徳寺隊を率いて各地を転戦し、圧倒的に劣勢の大友軍を支え続けたリイノの軍才にはたしかに目を瞠《みは》るものがあった。だが、最後の城に残された寄せ集めの寡兵《かへい》で、家久の大軍相手に何ができようか。朽ち果ててゆく主家と運命をともにする大友の忠臣など数えるほどだ。城にいるなら調略すればよい。

「老人よ。俺は今まで、多くの将兵たちが主家を裏切り、キリシタンが信仰を捨てる姿を見て参ったぞ」

弥助は勝ち誇ったような笑みを浮かべた。

「リイノ様が大友を見限るなぞ金輪際ありえぬ。あのお方は名うての戦上手。上方勢が来る日まで、丹生島城を守り通されようぞ」

「なぜリイノが離反せぬと言い切れる？」

「リイノ様が約束なされたからじゃ」

「約束とな？」

半ば呆れて問い返す家久に、弥助は大きくうなずいた。

「わしはリイノ様がまだ柴田治右衛門《じえもん》と名乗っておられた頃からよう存じ上げておる。二十年ほど前、あのお方は聖師トルレスと道雪公に約束なされた。たとえ死すとも信仰を貫き、大友を守り抜くと」

約二十年前と言えば、日の出の勢いの大友が九州の過半を征しようとしていた頃である。家久と同齢のリイノは十九歳だったはずだ。

リイノは若い頃に何やら大罪を犯したが、一命を助けられて故郷の野津に蟄居《ちっきょ》謹慎し、長らくキリシタンたちと隠遁《いんとん》生活を送っていたらしい。だが、大友存亡の危機にあって「大友家最高の将」と謳《うた》われた戸次道雪の推挙により再び召し出された。以来リイノは、キリシタン兵を率いて各地を転戦し、敗亡の瀬戸際にある大友を支え続けた。

事情は知らぬ。だがリイノが若き日に約束した相手は二人とも故人ではないか。人はさように昔の約束を守るものか。

「弥助とやら、朝日嶽城の柴田紹安《じょうあん》を知っておるな？」

天徳寺リイノの旧姓は柴田だった。この年の三月、宗麟が由緒正しき大友姓を捨て、キリスト教を意味する「天徳寺」に改姓した時、柴田リイノは家臣でありながら、ただひとりその姓を賜《たまわ》った。柴田紹安はリイノの実兄にあたる。

「柴田はすでに島津に寝返った。リイノは兄や一族と戦うてまで、滅びゆく大友に殉ずると申すか？　見ものじゃのう」

家久が笑うと、弥助は唇を噛んだ。

「俺は忠義や信仰がいかに脆《もろ》くはかなきものか、この目でしかと見てきた。力を込めればすぐに壊れるビードロ細工のようなものよ。責めておるのではない。人は弱き生き物なのじゃ」

家久は立ち上がると、弥助のほうへ歩み寄った。

「天徳寺リイノには万の軍勢を操る将器がある。あの者とともに上方勢を迎え撃ちたい。どうじゃ、弥助。俺の使者として丹生島城に赴《おもむ》き、リイノを説いてみんか？」

家久は片膝を突いて、弥助の骨ばった肩に手をやった。長らく入浴していないのであろう、強い老人臭を不快に感じた。

「島津に降《くだ》れば、リイノには豊後一国を与えよう。上方勢に奪われるくらいなら、豊後をキリシタンたちの国にしてもよいぞ。だがリイノが従わねば、兄とその一族の首を刎《は》ねる。この条件でどうじゃ？　リイノはそれでも主家とともに滅ぶ道を選ぶと申すか？」

弥助はしょぼくれてうつむいたまま、家久の問いに答えなかった。

「鶴賀城を片づけて、丹生島の包囲を完了し次第、お前を城へ遣《つか》わそう。弥助とやら、丹生島城にはお前の孫でも籠っておるのか」

「わしには子も孫もおらぬ。身内は皆、死んだ。されど、トルレス様はキリシタンがみな家族じゃと仰せになった」

この老人は身内でなく、里の朋輩《ほうばい》を守ろうとして、島津への協力を約したわけか。キリシタンとは不思議な真似をするものだ。

家久は嗤《わら》って、左右の者に告げた。

「こやつを縛っておけ。リイノを討つために使えそうじゃ」

家久は立ち上がると、闇に静まり返った鶴賀城に目をやった。キリシタンとは厄介な連中だった。城将を失ってもまだあきらめず、大軍相手に戦い続けている。だが、いかに天主《デウス》なる異教の神を信奉しようと、島津軍の銃弾は等しくキリシタンたちの身体を貫く。いかに聖歌を奏で神に祈ろうとも、奇跡なぞ起こりはせぬのだ。

夜が明け次第、総攻撃で城を落とす。

「哀れなものよ。あの大国がかくもあっけなく滅んでゆくとはの」

家久の前で弥助が再び拘束された。

「リイノ様は天主《デウス》に守られし聖将じゃ。お前たちは決して丹生島城を落とせはせぬ」

悔しまぎれの弥助のつぶやきが聞こえたが、家久は気づかぬふりをしてやった。

突然、家久は胸に異常を感じた。突き上げてくる衝動を抑えられずに咳《せ》き込む。口を押さえた手指のすきまから鮮血がこぼれ落ちた。ゆらめく篝火で己の血がどす黒く映る。薬師の見立てによると、家久の人生はどうやらあと半年ばかりで終わるらしい。

家久は血塗《ちまみ》れの手を固く握りしめると、帷幄の外へ出た。命が尽きるまでに、この手でもうひとつ国を滅ぼしてやる。それが、家久がこの面白き乱世を駆け抜けた証だ。

リイノ生存の報せに家久は内心、安堵せぬでもなかった。リイノは大友を滅亡から守ろうとする最後の盾だ。宿敵大友を滅ぼす最終戦があっけなく終わるようではつまらぬ。天徳寺リイノの十字槍とフランキ砲「国崩し」の砲火が、家久のために九州統一戦の終末を彩ってくれるなら面白い。

不治の病から逃れられぬ家久と同じく、リイノもまた神に守られてなどいない。神など空華《くうげ》にすぎぬ。キリシタンの将ゆえに摩訶《まか》不思議な幻力《げんりき》を操れるわけでもない。

天主《デウス》なる異教の神が本当にいるのなら、なぜ八年前の耳川《みみかわ》決戦で、島津が大勝利を得たのか。あの時、大友宗麟はキリシタンのみが住まう理想の王国を建設すべく日向へ大軍を侵攻させた。だが、天主は島津に味方した。あの後、天主《デウス》に守られていたはずの大友は、滅びの急坂を転げ落ちていったではないか。

家久は丹生島城のある東の方角を睨《にら》んだ。

俺は大友最後の城を落としてみせる。

天徳寺リイノよ、天主《デウス》とやらの力を使うてもよい。奇跡を起こしてこの俺を止めて見せよ。

家久はいずれも有能で名高い島津四兄弟の末弟だが、ただひとり庶子であった。その負い目は不惑を前にした今でも変わっていない。リイノも庶子であったと聞く。柴田家も野津のしがない国人にすぎなかった。その身分の低い国人の庶子は一軍を指揮して九州の戦場を駆け回り、権力の階《きざはし》を駆けあがった。ついには国都を治める府内奉行となり、大友宗家と同じ杏葉紋《ぎょうようもん》の使用まで許され、大友を守る最後の盾となった。

城将を失った鶴賀城に向かって家久が踏み出すと、足元でぱりっと小気味よい音がした。日暮れ前の雨でできた泥水のたまりには薄氷《うすらい》ができ始めていた。

島津家久が泥水の薄氷を踏む約二十年前、九州豊後の大国、大友家は絶頂期を迎えようとしていた――。

第一部　頬十字

■主な登場人物

柴田治右衛門《しばたじえもん》：大友宗麟《おおともそうりん》の若き近習。柴田家庶子。後の天徳寺《てんとくじ》リイノ。

マリア：大友宗麟の側室。治右衛門の想い人。

コスメ・デ・トルレス：イエズス会のイスパニア人司祭。

大友宗麟：大友家の第二十一代当主。

奈多《なだ》夫人：宗麟の正室。

柴田紹安《じょうあん》：大友家直轄領（野津院）の国人、治右衛門の異母兄。

古庄丹後《ふるしょうたんご》：宗麟の近習。

武宮武蔵《たけみやむさし》：大友館の牢番。

弥助《やすけ》：府内の手配師。

久三《きゅうぞう》：敬虔なキリシタン。マリアの幼なじみ。

戸次鑑連《べっきあきつら》：大友家最高の将。後の道雪《どうせつ》。

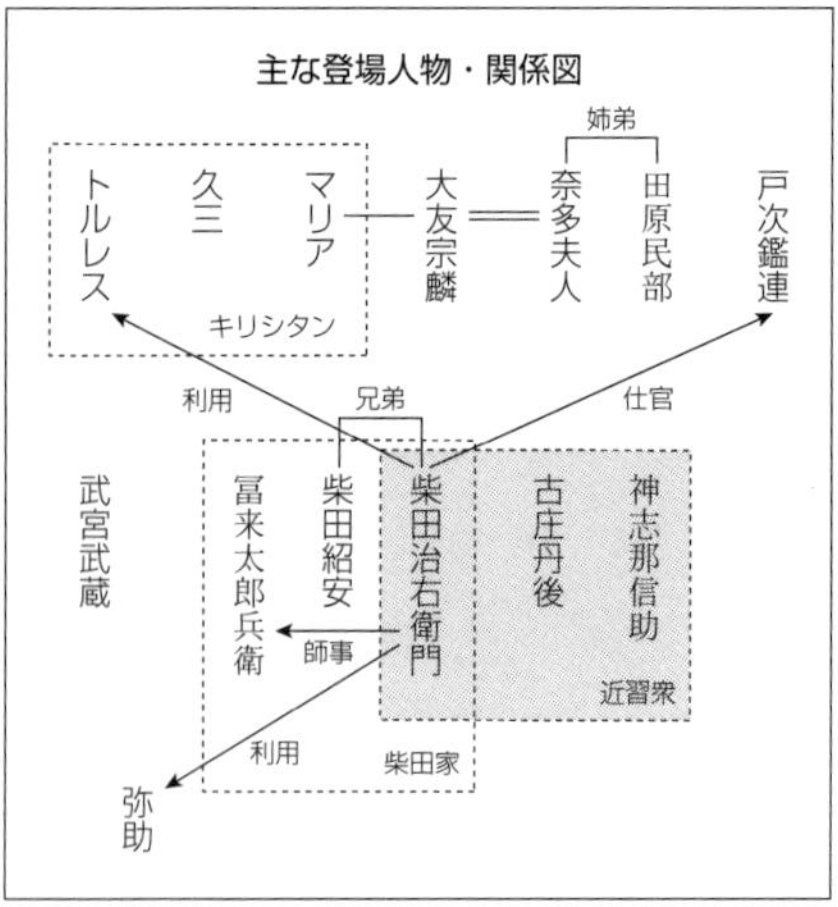

第一章　悪鬼

一

柴田治右衛門《しばたじえもん》はまた、人を斬《き》った。

春なのに、その夜は風がすっかり死んでいた。

永禄《えいろく》十年（一五六七年）二月、豊後《ぶんご》の国都府内《ふない》（大分市《おおいた》）を照らす十六夜《いざよい》の月は薄雲のせいでときおり霞《かす》んでいた。

「だましたのか、治右衛門！　……悪鬼めが、地獄に落ちよ」

首筋から胸を袈裟懸《けさが》けに斬られた若者は、呪詛《じゅそ》の言葉を吐きながらうつ伏せに倒れた。治右衛門は噴き出した血を浴びぬよう身をかわす。息ひとつ乱してはいない。

「笑止。俺たちは幾たりの人間を殺《あや》めてきた？　来世があるのなら、行く先は地獄以外にあるまいが。先に落ちて待っておれ」

恨み言を吐かれる筋合いはなかった。神志那信助《こうじなしんすけ》は同じく大友宗麟《おおともそうりん》に仕える近習衆《きんじゅ》で、立身を競い合ってきた仲だった。うわべだけは同志のごとくふるまいはしても、裏では互いに足を引っ張り合いもした。他人の絶対の秘め事に首を突っ込んだのが神志那の運の尽きだった。立身は危険と常に隣り合わせだ。神志那も覚悟していたはずだ。

治右衛門は痙攣《けいれん》する神志那の手を踏みつけた。鯉口《こいぐち》も切られていない豊後刀を取り上げて背負うと、下げ緒を胸の前で結んだ。茶坊主がお決まりの茶を点《た》てるように手慣れた作業だった。

「匪賊《ひぞく》と毫《ごう》も変わらぬな、治右衛門」

治右衛門は神志那が息絶えたら巾着袋《きんちゃくぶくろ》と脇差《わきざし》も奪うつもりだった。持ち合わせははした金だろうが、神志那は伝行平《ゆきひら》の朱鞘《しゅざや》の脇差を父の形見の業物《わざもの》だと大切にしていた。金目の物を海に流しても無駄なだけだ。

「わが仇《かたき》は民部《みんぶ》様がお取りくださろうぞ」

府内奉行田《た》原民部《わらみんぶ》親賢《ちかかた》（紹忍《じょうにん》）は主君大友宗麟の義弟にあたる懐《ふところ》刀《がたな》で、鋭利な刃物のごとき知恵を持つ権力者であった。雲の上の存在だが、治右衛門の上司でもある。

「俺はまだ、死ぬわけにはいかぬ……」

神志那は地を這《は》い、両手を突いて立ち上がろうとした。が、夥《おびただ》しい血を吐いて突っ伏した。やがて幻の浄土でも見えたのか、にわかに頬《ほお》を緩ませた。

「ルイザ……すまぬ……」

地をつかもうとしていた男の指は、突き立てられたまま静止した。

神志那とはこれまで幾度も酒を酌《く》み交《か》わした。治右衛門よりは上だが下級武士の家柄で、己《おのれ》の腕ひとつでのし上がろうとしてきた。似た境涯のせいか、妙に気が合った。神志那は昨年キリシタンの貧しい女と結ばれた。入信を考えていて、先ごろ生まれた娘の洗礼名を早々と「ルイザ」に決めたと話していた。ルイザの小さな手が、妻の胸にかかる白土器のマリア小像を握りしめて離さぬのだと苦笑いしてもいた。神志那が死の間際に想《おも》ったのが赤子の娘のゆくすえであったと知っても、心には波風ひとつ立たぬ。

神志那の骸《むくろ》を裏返す。脇差を奪い己の腰に差してから、懐をまさぐった。何やら血にぬめる布があった。治右衛門の太刀で切り裂かれているが、反物のようだった。ルイザの襁褓《むつき》でも作るつもりだったろうか。

治右衛門は反物を放《ほう》り投げ、その裏にあった小さな巾着袋を取ると、己の懐に入れた。ふと思いついて反物を神志那の懐に戻してやった。

「地獄で襁褓でも作ってやるがよい」

互いに気は許さなかったが、神志那を嫌いではなかった。いや、時代さえ許せば、親友になっていたやも知れぬ。

己の小袖《こそで》が血で汚れぬよう気を払いながら、事切れた小柄な同僚を軽々と抱え上げた。頑丈な体軀《たいく》と怪力は天賦《てんぷ》の力だ。地位や財は奪えても、治右衛門の力を何人も奪えはせぬ。

治右衛門の母は奴婢《ぬひ》だった。卑しい出自の者が国を、支配者を裏切って何が悪い。不条理と不正義のまかり通る世が、治右衛門のごとき悪を生み出したのではないか。世が報いを受ければよいのだ。

川岸から橋へ向かった。巨大な黒蛇がうねるような大分川《おおいたがわ》の流れはすぐに骸を呑《の》み込んで、神志那が知るべきでなかった秘密とともに海の果てまで運んでくれよう。

朋輩の亡骸《なきがら》を欄干から川へ投げ込んだ。杣人《そまびと》が川舟に材木を並べ下ろすように手慣れた作業だった。水しぶきの鈍い音が耳に心地よい。遠く河口に繫留《けいりゅう》されたイカ釣り舟の黒影が見えた。

治右衛門は流れに消えていく遺骸を横目に橋を戻ると、府内の町へ向かった。妻に紋甲イカを食わせてやりたいと話していた時の神志那の笑顔がなぜか脳裏をよぎった。

二

治右衛門は肩ごしに横目で背後を振り返ってみた。

辺りには、誰もいない。立ち並ぶ武家屋敷の甍《いらか》が欠け始めの月に照らされて黒光りしているだけだ。治右衛門の非行を把握していた神志那は、手柄を独り占めにする肚《はら》で、誰にも伝えなかったのだろう。田原民部は厳正、峻烈《しゅんれつ》な奉行として有名だった。知られれば治右衛門は死を免れまい。

視線を前に戻すと、デウス堂から洩《も》れるわずかな灯《あか》りが見えた。司祭《パードレ》コスメ・デ・トルレスは聖堂の脇《わき》に立つ司祭館奥の一室を執務室としていた。いつ寝《やす》んでいるのか知れぬが、トルレスは皆が寝静まる頃から何やら書き物をしていた。

月照が異教の大伽藍《だいがらん》の巨影を作っていた。尖塔《せんとう》が作る影の先、キリシタン育児院の向かいにある町屋の角に治右衛門の隠れ家はあった。

戸口に近づくと、音もなく影がすり寄ってきた。

「弥助《やすけ》。平高田《たいらたかた》の業物《わざもの》だ。小遣いにでもせよ」

治右衛門は声を潜め、神志那から分捕った刀を出っ歯の小男に渡した。神志那は武具にだけは金をかけていたが、同僚から強奪した戦利品は闇《やみ》で売りさばくしかなかった。ならば駄賃で渡したほうがいい。裏の世界を生きるこの男なら適当にやるはずだった。

「あの邪魔者を始末なさったので？　おお、こいつは上物《じようもの》じゃわい。ありがたく頂戴《ちようだい》しますぞ。旦那《だんな》、その脇差のほうは？」

欲深そうな弥助の細眼が治右衛門の腰元を見ていた。この小男はいつも、痩《や》せ細った鼠《ねずみ》が空腹に耐えながら餌《えさ》を探すような目つきをしていた。齢《とし》は四十前後だろうが、定かでない。

「欲を出すな。それにしても、お前ともあろう者が神志那の動きに気づかなんだとはな」

「あの御仁は剣の玄人《くろうと》ですからな。痕跡《こんせき》を消すのもうまい」

「二度とかような失態はご免じゃぞ」

「気をつけまする」と弥助はぺこりと頭を下げてから囁《ささや》いた。

「さような話より、お部屋様が長らくお待ちでござるぞ」

治右衛門の胸がどくどくと激しく打った。「頼む」と言い残して玄関に入った。

良い匂《にお》いは香《こう》のせいではない。襖《ふすま》を開くと、行燈《あんどん》の火がゆらりと揺れた。刀を脇に置き、畳の上に両手を突いた。

「お久しゅうございまする、マリア様」

デウス堂での礼拝で時おり互いの姿を見かけはしても、公の場では温《ぬく》もりも感じられぬ距離で、視線も数瞬合わせる程度にすぎず、触れ合えもしなかった。

「今宵《こよい》はもうお出でにならぬのかと案じておりました」

いつもは小鳥のさえずりのように甲高い声が今はひそめられて、感情の昂《たか》ぶりのせいか、いくぶんうわずっていた。

治右衛門の冷えた手に温もりのあるしっとりとした手が重ねられた。顔を上げると、若い女がすがるように治右衛門を見ていた。長く豊かな黒髪が丸顔によく似合う。少女のあどけなさをまだかすかに残した頬は、笑うと必ずえくぼができたが、今は赤い唇が不安の翳《かげ》りを帯びて、わずかに開かれていた。洗礼名の「マリア」とはキリシタンの救世主の母の名だが、聖母もこのような面立ちをしていたに違いない。

「急な仕事が入りましたゆえ。お赦《ゆる》しくだされ」

ふたりの恋の邪魔になる男を消す必要があった。これで、まだしばらくはこのまま時を渡っていける。

「お会いしとうございました、治右衛門さま」

マリアがこらえ切れぬ様子ですがりついてきた。女にしては大柄で、太り肉《じし》の温かい身体《からだ》を引き寄せる。キリシタンが信ずるパライソ（天国）は来世にあるという。が、来世など信じぬ治右衛門にとって、パライソはマリアのいるこの地上にしかなかった。悪鬼がこんな濁世《じょくせ》を生きてみるもっともな理由はマリアくらいだった。

マリアは主君大友宗麟の側室であった。結ばれえぬはずのふたりが、夜の闇が覆い隠してくれる束《つか》の間《ま》の忍び逢《あ》いに身を投ずるようになって、一年ほどが経《た》つ。

「わたしはあの弥助というお人が怖くてなりませぬ」

「ご案じ召さるな。見かけは冴《さ》えませぬが、なかなかの切れ者で便利な男にござる」

治右衛門の腕の中でマリアは不安げに顔を上げた。桜色の頬にそっと手をやる。少しふっくらしたような気がした。

「あのお人は、キリシタンを売るような真似《まね》をなさいませぬか？」

治右衛門は返事代わりにマリアの唇を吸った。

信頼は利を与え合って作られる。弥助は闇の商売で不浄な利を上げていた。特に人の売り買いを得意とした。苛烈《かれつ》な奉行田原民部のいる府内で非法が見過ごされている理由は、政《まつりごと》が現実に必要とする汚れた仕事を弥助が引き受けているからだ。府内奉行の端役である治右衛門は弥助の身を守り、汚れた商いの便宜《べんぎ》を図る。ゆえに弥助もまた治右衛門の命に従い役目を果たす。いずれかが裏切れば、得られるはずの利を失うだけでは済まぬ、ともに破滅する。ゆえに互いを信じ、互いに命を預け合うしかなかった。死活に関《かか》わる利益こそが最も固い絆《きずな》を作る。弥助の口が堅いのも、治右衛門と一蓮托生《いちれんたくしょう》の関係にあるからだ。

これに比べればキリシタンの信仰なんぞにいかほどの価値があろうか。同じ神を信じていても、それは人間同士の信頼を何も保証しない。どころか、神の恩寵《おんちょう》をわが手にこそ収めんと相争うのが関の山ではないか。治右衛門が学んだキリスト教の教義は、マリアを手に入れる際、大いに役立ったが、乱世では通用せぬ。トルレスも知るまいが、治右衛門は熱心なキリシタンのふりをしているだけだ。

「弥助は異国の言葉で読めもせぬのにドチリナ・キリシタン（キリスト教の教義書）を宝物のように持ってござる。あの出っ歯の鼠め、それがしより先に受洗する気やも知れませぬぞ。いや、どこぞで売りさばく肚でござろうが」

笑いを誘ったつもりだが、マリアは柳眉《りゅうび》をわずかにひそめ、顔を不安で薄く曇らせていた。会えた喜びで憂《うれ》いを隠そうとするように、マリアは治右衛門のぶあつい胸板に顔をうずめてきた。

ふたりの恋は主君を裏切り、教義に反するという不義を二重に負っていた。幾重にも障害があるからこそ、これほど愛《いと》しいのだろう。

マリアの豊満な身体から泡立つように発せられる柚子《ゆず》に似た香りが、治右衛門の身体の芯《しん》を熱くさせた。マリアの腰帯の結び目に右手をやる。が、湿り気を帯びた手が強く押しとどめてきた。

「今宵はお赦しくださりませ。障りがございますれば……。ですから、ずっとこうして……」

心がじっとりとした疑念で満たされた。逢瀬《おうせ》は十六夜と決めてあった。治右衛門はこの日を非番とし、マリアは弥助の手引きで館を抜け出し、明け方までに戻る。

先月は急な体調不良を理由にマリアは隠れ家に姿を見せなかった。その前の月は、月の障りを理由に交わらなかった。治右衛門はマリアの心を完全に手に入れたはずではなかったか。

治右衛門の師は槍《やり》だけでなく学問にも厳しかった。師のおかげで得た学識を使い、トルレスのもとで教義を学んだが、異宗婚姻そのものの有効性と、異宗を理由とする離婚の可否について、イエズス会の見解は定まっていなかった。

マリアは納得したいだけだ。もっともらしい説明があればいい。

教義は「夫には一人の妻を」と定め、密通を許さない。だが、女が異教徒の側室とされた場合はどうか。治右衛門は自身に都合のよい解釈を利用した。異教徒に強いられた結婚ゆえに宗麟とマリアの婚姻は端《はな》から無効である。治右衛門とマリアの関係は密通《ゼンチヨ》でも不義でもなく、ふたりの結婚にも宗麟の離縁は不要だと説明していた。神が実際にどう思おうと、治右衛門は知らぬ。だが、もし不義への罪悪感でマリアの心が離れたのなら、危険を冒して会いに来るはずがなかった。

何があったのだ。まさか……。

想《おも》い人の下腹部に手をやった。マリアは身体をびくりとさせた。もう隠し切れぬほどに膨らんでいる。

「治右衛門さま。お赦し、くださりませ……」

マリアは主君大友宗麟の求めを拒めない。誰の子かわからぬのであろう。

運命の悪戯《いたずら》で治右衛門に出会うまで、マリアは敬虔《けいけん》なキリシタンだった。不義密通は、宗麟はもちろん天主《デウス》への裏切りだ。治右衛門にはこの世で信ずべきものなどなかったが、不義を覚悟で治右衛門を選んだマリアの愛だけは本物だ。信じていい。人間が神を裏切ってまで相手に尽くそうとするからこそ、治右衛門はマリアを心から愛せるのだ。

「お辛《つろ》うございましたな」

小刻みに震え始めたマリアのやわらかい身体を強く抱きしめた。国主の側室であるマリアにとって懐妊は本来、寿《ことほ》ぐべき話だったはずだ。だが今や事のなりゆき次第では、生死に関わる大問題に発展しかねなかった。

マリアの伏し目がちの眼《め》からあふれてきた涙を、唇で吸ってやった。人となりを知る者からは「悪鬼」と蔑《さげす》まれ、獣《けだもの》と変わらぬ治右衛門が人に戻れるのは、愛《いと》おしい想い人がそばにいる時だけだった。

「薬師の見立てでは、あと三月《みつき》あまりとか……」

幸い宗麟はマリアの不義を疑っていないらしい。宗麟には正室以外に常時、十人前後の側室がいて、時おり入れ替わっていた。側室の懐妊と出産は珍しくない話だった。

だがマリアの不安には十分な根拠があった。二年ほど前に宗麟の側室と不義を働いた近習がいた。詮議《せんぎ》が始まる前に近習は切腹し、側室はその後を追って自害した。マリアによくしてくれた側室だった。

マリアは眼に涙を溜めたまま、腕の中で治右衛門を見上げた。何を言おうとしているかが突然、わかった。

「ずっと一生懸命に考えて参りました。毎日、神に赦しを乞《こ》うて祈っていました。治右衛門さまのお立場、天主《デウス》の御教《みおし》え、生まれてくる赤子の未来……。明日にも司祭《パードレ》に赦しの秘蹟《ひせき》を乞うつもりです。されば今宵を、最後に、いたしとう存じまする」

絞り出すような別れの言葉に、治右衛門はマリアをかき抱いた。もしも違う形で出会えていたなら、たとえばふたりが野津《のつ》の農家に生まれていたなら、貧しくとも幸せな夫婦《めおと》として一生を送れたろうか。

「マリア様はそれがしを見捨てると仰せでござるか？」

優しく問うたが、マリアは腕の中で激しく首を振った。わかっていた。マリアは治右衛門を守るためにこそ愛を捨てようとしていた。狂い出しそうなほどマリアが愛おしかった。

「海を渡れば大友の追捕《ついぶ》の手も及びませぬ。逃げましょうぞ、マリア様。必ず生涯お守りいたしまする」

マリアが息を呑む身体の動きが伝わった。言葉はなかった。すべての生き物が息絶えたように静かな府内の町で、マリアの押し殺すようなすすり泣きだけが聞こえた。背をさすってやる。

この女のためなら治右衛門は何でもできた。誰でも殺せる。主君を弑《しい》しても構わぬ。宗麟の首を手土産に亡命すれば、城主くらいにはなれぬかと真剣に考えてもみた。死後の混乱に乗じれば、府内からの脱出はむしろ容易になる。夫を失った寡婦《かふ》と結ばれるなら、神とて文句は言い立てまい。だが、宗麟は治右衛門を含め家臣を心底信頼してはいなかった。常に他の近習も配置して抜け目なく警戒していた。侮《あなど》れぬ剣技を持ち合わせてもいる。討ち果たせるかは大きな賭《か》けだった。

半刻（約一時間）近く抱き合っていたろうか、腕の中でマリアがささやいた。

「すべてお任せいたしまする……」

九州の半ば近くを征した大友家は、まさに昇竜の勢いの大大名であった。マリアは何不自由ない王侯の暮らしを捨て、治右衛門とふたり、明日をも知れぬ未来に身を委《ゆだ》ねると言う。

庶子の治右衛門には異母兄がいるだけで、守るべき家も、親族もいなかった。ここまで歩んできた立身の道も、マリアが捨て去るものに比べれば微々たるものだ。

「マリア様、すべてそれがしにお任せくだされ」

治右衛門なら槍一本で他家に仕官できる。大友の宿敵である毛利《もうり》がよかろうか。大友の内情を知る者は重宝されよう。給金のほかに貯えた不浄の金で路銀は足る。

赤子は足手まといになろう。マリアのわが子への想いが治右衛門への愛に勝るやも知れぬと打算で恐れた。産み月までまだ三月《みつき》ほどあるが、これ以上身重になれば差支えも出よう。急ぐに如《し》くはない。

思案するうち、時は走り抜けるように過ぎた。

夜が白み始める前に、弥助の手配した駕籠かきたちが迎えにきた。

マリアを見送った後、治右衛門は「今日も世話になった。礼を言う」と、かたわらの弥助の肩に手を置いた。

弥助はするめをくわえ、丈夫な歯でクチャクチャ言わせている。失礼千万な話だが、この男は、暇さえあればするめを噛《か》んでいた。

「伊予《いよ》に渡る夜舟の手配を頼みたい。いつになるか知れぬが、向こう七日のうちに渡る段取りとなろう。駄賃ははずむ」

「七日の間、毎夜、舟を用意しますんで？」

「頼む。舟を出さぬ日も手間賃は払う」

弥助の出っ歯からはするめの先がはみ出ていた。

「お戻りの舟の手配はいかがいたしやしょう？」

探るように見つめる弥助の細眼に、治右衛門の本能が警戒した。

「向こうで手配する。佐伯惟教《さえきこれのり》殿の件で必要が生じた。密行を要するのじゃ。戻りもいつになるか知れぬ」

とっさに言いつくろうと、弥助は腑《ふ》に落ちたように「へい」とだけ答えた。十一年前の叛乱《はんらん》に連座して伊予へ亡命した重臣佐伯惟教の帰参は田原民部が極秘に進めている話で、弥助も承知していた。

淀《よど》んだ月光が物も言わず、府内を冷たく照らしていた。

三、

府内が九州最大の国都として栄華を誇るさまは、早朝から行きかう者たちの鼻息の荒さでわかる。政庁である大友館は、府内の中心にある。広大な敷地を誇る居館で、内乱で焼け落ちるたび再建されてきた。

治右衛門は宗麟の近習だが、杏葉紋《ぎょうようもん》の使用を許される大友一族の「同紋衆」とは違い「他紋衆」だから、狭い玄関から館に入る。

大国の政庁だけに処理すべき事務は多岐にわたった。十五年ほど前に宗麟の父で先代の国主大友義鑑《よしあき》がこの館で家臣に殺害されて以来、警戒は厳重になった。特に他紋衆は出入りのたびに一人ひとり誰何《すいか》され、大小も外して預ける。そのため他紋衆の玄関はしばしば行列ができた。神志那と初めて言葉を交わしたのもこの行列に並んでいる最中だった。

それにしても今朝の行列は長い。出仕した治右衛門は最後尾に並びながら、春空を見上げた。府内の喧噪《けんそう》を聞く日々もあと数えるほどかと思うと、多少の感慨も湧《わ》いてきた。

ようやく玄関に入り、名を記帳して近習部屋に向かう途中、浮かぬ顔の古庄丹後《ふるしょうたんご》に出くわした。作り笑顔で挨拶《あいさつ》すると、古庄に手招きされ、近習たちがよく使う薄暗い小部屋に入った。

「古庄殿。ひどい行列でござったが、何ぞありましたか?」

近習衆でも最古参の古庄は、うだつの上がらぬ小心者だった。あばた面で容姿も冴えない。武勇も知略もせいぜい人並みである上に家柄もふるわぬため、鳴かず飛ばずのままかれこれ十年も近習を務めていた。年季のおかげで館に知人が多く、情報通ではあった。

「今朝がた、大分川で神志那《こうじな》の骸《むくろ》が上がったそうじゃ」

治右衛門は余裕を浮かべていた己の顔の引きつる様子がわかった。

何やら切り裂かれた血染めの反物が遺体に絡まり、さらに河口に繋留されていたイカ釣り舟に引っかかっていたという。漁民が見つけ、府内奉行に報告してきた。田原民部は烈火のごとく怒り、下手人を必ず見つけ出すと宣言して調べを始めたという。

昨夜、治右衛門が神志那の死出の旅路に襁褓《むつき》にする反物を持たせてやったのは要らざる感傷であったらしい。悪党がたまさか抱く余計な情はたいがい裏目に出ると相場が決まっていた。

「戦《いくさ》で散るならいざ知らず、あれほどの伎倆《ぎりょう》を持ちながら、哀れな話よ。大小も金も盗《と》られておったそうな」

「されば下手人は匪賊《ひぞく》にござろうか？」

「いや」と、古庄は即座に首を横に振った。

「神志那を一刀のもとに切り捨てるとは並大抵の剣技ではない。よほど腕の立つ者の仕業と見える。物盗りに見せかけておるだけよ」

「府内は九州一の町。腕に覚えのある者が集まって参りまする。神志那を討てる者もごまんとおるはず。簡単には捕えられますまいな」

「そうでもないのじゃ」と、古庄はさらに声を潜《ひそ》めた。

「実は下手人を知っておると奉行に名乗り出た者がおるらしい」

治右衛門は袖《そで》で額の汗をぬぐった。あの時、川べりには誰もいなかったはずだ。橋から遺骸を投げ入れる姿を誰ぞに見られていたのか。あるいは、民部が治右衛門以外の誰かを陥れるために政争の一環で打った手か。古庄もそれ以上は知らぬという。

「腹心が斬られたとあって、民部様はひどくご立腹じゃ」

田原民部（親賢）は正室奈多《なだ》夫人の実弟として、宗麟の深い信を得ていた。大友最高の権力は田原本家の田原宗亀《そうき》（親宏《ちかひろ》）が握っている。宗麟と民部の政敵は田原宗亀だが、宗麟に忠誠を尽くす懐刀として、民部は府内奉行の地位にあり、着実に地歩を固めていた。

「相手が相手じゃからの。悔しいが、罪には問えぬやも知れぬな」

古庄は宗亀の指図で神志那が殺害されたと考えているらしい。

「例の佐伯帰参の件で、われらはしばしば行動を共にしておった。次に狙《ねら》われるのはわれらやも知れぬ。注意するに如《し》くはないぞ、治右衛門」

佐伯の一件は、民部の指示で神志那が隠密に進めてきた話で、治右衛門も協力していたが、宗亀は帰参に反対の立場だった。

「神志那の動きを摑《つか》んでおられたとは、宗亀様も恐ろしいお方よ」

捜査が宗亀に向かい、権力の闇に消え去るならありがたい話だが、民部は古庄ほど単純な男ではない。名乗り出たのは何者か。マリアとの欠落《かけおち》は嫌疑のかかる前に実行したほうがよかろう。いっそ今夜、出奔するか。

古庄は洟《はな》をすすりあげてから、天井を仰いだ。

「神志那は赤子の襁褓にしようと反物を求めて、懐に入れておったそうな。今ごろ奥は悲嘆に暮れておろう。われらで見舞ってやらぬか」

偽善を積み重ねている暇など、今の治右衛門にはなかった。

「御簾中《ごれんちゅう》（奈多夫人）がお呼びにござれば、これにて」

古庄の顔が喜色に変わった。それにしても内心を隠せぬ男である。

「おお、御簾中といえば、お主に古庄家のゆくすえがかかっておるのじゃ」

吹けば飛ぶ小家の未来なぞに関心は微塵《みじん》もないが、古庄を利用できぬか思案を巡らせる。

「承知してござる。おりを見て、古庄殿の働きがお目に止まるよう取り計らいますれば」

「頼りにしておるぞ、治右衛門」

障子を開けて光が差すと、古庄の頬にできていた涙のあとに気づいた。競合者に同情するお人好しに立身の資格なぞありはせぬ。治右衛門は腹の中であざ笑った。

四

春の庭ではメジロが囀《さえず》りながら椿《つばき》の花蜜《はなみつ》を吸っていた。大友宗麟の正室奈多《なだ》夫人が眺める庭は、四季折々の美を夫人に届ける。夫人の住まう大友館の離れは、中庭を挟んで政庁の北にあって、神志那殺しの騒ぎもここまでは伝わってこない。

夫人に謁見《えっけん》できる人間は限られているが、治右衛門はその数少ない一人だった。奈多夫人は機嫌がよいと慈母のようにさえ思えるが、不機嫌なときはたちの悪い鬼女のようになった。

「治右衛門もそろそろ嫁を娶《めと》らぬのかえ?」

「ご勘弁くださりませ」と苦笑すると、奈多夫人はいたずらっぽく笑った。

夫人は三十も半ばを過ぎ、生きていれば治右衛門の母親ほどの年齢だが、好色の宗麟が見染めて正室としただけあって、容色はまるで衰えをみせていなかった。薬師の見立てでは今月が産み月らしく、身体が全体的に丸みを帯びている。だがそれでも母としてより、女としての魅力のほうが勝っていた。

「治右衛門は、わらわのような女子《おなご》が好みかえ?」

「はっ。叶《かな》いますならば」

夫人は吹き出すように笑った。夫人は治右衛門のような若い美男を周りに置いてからかうことを好んだ。宗麟の近習衆などで気に入った若者がいると、指名して宗麟とのやりとりに使った。そばに親しく呼び寄せ、侍従のように仕事を命じもした。恐妻家の宗麟もこの扱いを承認してきた。

奈多夫人のそばには大きな眼の若い侍女が仕えていた。眼以外は印象に残らぬその女を、治右衛門は甘言で籠絡《ろうらく》した。夫人に接近してその信を得るために、夫人の好む伽羅《きやら》の香りから側室の好き嫌い、侍女との関係に至るまで聞き出して利用した。面会の便宜《べんぎ》を図らせもした。結果、夫人は若い治右衛門の行き届いた心配りに感心し、親しくそばに呼ぶようになった。

大大名の正室として、夫人は日々を遊び暮らしていた。荒れ果てた京よりも盛大とされる祇《ぎ》園会《おんえ》や放生会《ほうじようえ》への列席は言うに及ばず、花見から観月《かんげつ》まで、治右衛門は護衛のために各地へ出向いた。身重になっても駕籠で外出していたが、夫人はつわりが長引く体質らしく、呼ばれたのはひさしぶりだった。

奈多夫人に目を付けられ侍従として奉仕する若者は、たいてい不幸な末路を辿《たど》ると噂《うわさ》された。十年ほど前には夫人への道ならぬ片恋に悩んだ末、自害して果てた若者がいたと聞く。夫人は時おり己の魅力を試すように誘惑してくるが、これはただの悪戯《いたずら》にすぎぬと治右衛門も知っていた。夫人は若い男の心を弄《もてあそ》んで楽しんでいるだけだ。だが、もしマリアという想い人がいなければ、治右衛門とて夫人の魔性に屈したやも知れなかった。

「治右衛門に話があります。皆、下がりなされ」と夫人は侍女たちを下がらせた。襖《ふすま》が静かに閉じられると、二人きりになった。

奈多夫人は氷を思わせる冷たい指で治右衛門の手を取ると、己の下腹部に当てた。つわりがあったせいか、産み月でも夫人の腹はさして膨らんでおらず、醜さがなかった。本来は痩《や》せぎみの身体だが、身籠《みご》ったせいで別の女の魅力が醸し出されている。

「元気に蹴《け》っておろう? 男《お》の子であろうな。出産の祝いに、殿はトルレスとか申すバテレンの白髪首を鶏のごとく捻《ひね》り折って、わらわに下さらぬものかえ?」

妖艶《ようえん》な笑みを絶やさぬまま平気で人の死を望む女の凄《すご》みに、治右衛門は慄然《りつぜん》とした。夫人は本気なのか戯言《ざれごと》なのかが表情からは読み取れぬ。戦場で遭ういかなる強者にも恐怖を感じぬ治右衛門だが、夫人には妖魔《ようま》に抱くがごとき異種の怖《おそ》れを本能が嗅《か》ぎとっていた。

「おそれながら異人の老い首なぞ、寿《ことほ》ぐべき御子のご出生を穢《けが》すものにございましょう」

「大内家《おおうち》が滅びたのは邪教のせいじゃ。豊後には要らぬ。邪教の者どもがこれ以上増えれば、やがて国は二つに割れ、国の滅びの元となりかねませぬ。わが子らの生きる国を守るが母の務め。そのためにトルレスの首を所望するのじゃ」

中国の雄、大内義隆《よしたか》はキリスト教に理解を示したが、遊興に耽《ふけ》って政治を顧みなかったために、家臣の反逆に遭って滅んだ。

豊後はかねて神仏の国であった。国東《くにさき》には宇佐八幡宮《うさはちまんぐう》の権現がおわし、臼杵《うすき》、大野《おおの》には石仏《せきぶつ》の里がある。トルレスが現れる前、キリシタンの姿など府内にはなかった。だが今や国都府内の中心部にそびえ立つデウス堂は、豊後で急増するキリシタンたちにとって最大の聖地となっていた。

宣教師を殺害すれば、南蛮《なんばん》貿易に大きな差し支えが出る。宗麟はもちろん民部も承諾すまい。賢い奈多夫人も事情は承知していた。治右衛門に悪知恵を求めているわけだ。

「大友としても貿易の妙味を失う愚は犯せませぬ。されば、良き案を思量してみとう存じまする」

「バテレンは人肉をも喰らうとか。お前も喰ろうたのかえ？」

「滅相もございませぬ。さような真似《まね》はいたしませぬ」

「それはそうと、マリアとか申すキリシタンの若い側女《そばめ》が子を孕《はら》んでおると聞きました」

夫人の整った顔が嫉妬《しっと》と憎悪でゆがんでいた。

「殿の寵はもう別の側女に移ったと思っていましたが、殿も気まぐれなおかたゆえ。聞けば産み月は五月頃じゃとか」

宗麟の女漁《あさ》りについて夫人は直接文句を言わぬらしいが、内心は激しい嫉妬の炎を燃やしていた。気が向くと、社僧山伏に命じ、昼夜の境なく側室どもの調伏《ちょうぶく》を祈らせた。治右衛門がその手配をさせられた経験もあった。

夫人は息がかかるほど近くまで顔を寄せてきた。甘苦しい体臭がした。

「生まれた子がもし男児なら、承知しておりまするな？　治右衛門、そなたにしかと頼み入りましたぞ」

「はっ」と答えながら、治右衛門は戦慄していた。

夫人の権勢欲は尋常でなく、側室が男子を産むことを許さなかった。今生きている宗麟の八人の子のうち、男子は二人のみで、いずれも夫人の嫡男であった。宗麟は早くから長男を次期国主と定め、次男は仏門に帰依《きえ》させる心づもりでいた。数多い側室が女子のみを産む事態は、ひとつの憶測を生んだ。側室に生まれた男児は将来の後継者争いを懸念《けねん》してすみやかに始末されるのだ、と。

奈多夫人つきの侍従となってから、この話の真偽を知った。治右衛門は昨年、生まれたての嬰児《えいじ》を夫人の命令で川に放《ほう》り込んだ。女子ども、老人の命も容赦なく奪い、心を悪に染めて汚れきった治右衛門でさえ、あどけない笑顔を浮かべる赤子の命を奪う時は躊躇《ちゅうちょ》を覚えたものだった。

宗麟には昔、実父義鑑《よしあき》により命を奪われかけた過去があった。義鑑が宗麟を廃嫡《はいちゃく》し、側室の子に大友家を継がせようと画策したのである。宗麟は次々と側室を入れ替えたが、正室以外には男児をもうけぬ条件で、嫉妬深い奈多夫人の了を得ていた。宗麟もまた夫人による男児殺害を黙認していた。

「わらわは毎夜、マリアの子が男児であれと神仏に祈っておる。邪教の女が生んだばかりの赤子を失うて嘆くさまを、とくと見物したいのじゃ」

誰の子かは天のみぞ知るが、マリアの生む子だけは殺せぬ。

「マリアとやらはいかなる女子《おなご》かえ?」

治右衛門は宗麟と夫人の命でキリシタンたちの内情を探る役回りを引き受けてきた。

「狂信的な邪教徒にございまするが……」

「殿はまだあの女に飽きぬのか。なぜじゃ？　浅黒い肌が珍しいからかえ？」

幼い頃から修道士《イルマン》の助手として各地を訪れていたせいもあってか、もともとマリアは日焼けしたように健康的な小麦色の肌をしていた。だが宗麟はマリアの気高く清らかな心に惹《ひ》かれているのではないか。

宗麟にはこれまで二人以上の子を産んだ側室はいなかった。移り気な宗麟の心を変わらず惹きつけているのは、女子を含めて六人目の子を腹に宿している奈多夫人だけだった。マリアを除けば宗麟に飽きられていない唯一の女であるという事実こそが、正室としての夫人の誇りであり、自信の源であるに違いなかった。

「邪教を信ずる側室はマリア様のみにて、物珍しさゆえかと心得まするが」

「なるほど。天主《デウス》なる邪神が己を救うてくれぬと知れば、マリアも天主とやらの無力を悟り、棄教するやも知れぬ。いつぞやの女のように哀れな末路を辿らせるのも面白そうじゃのう」

「御意」と治右衛門は心にもなく答え、左手を突いた。右手は夫人の手に握られ、下腹部に当てられたままだ。夫人の低温の掌《てのひら》は吸盤のように手の甲に吸いついて離れない。いつか夫人に懸想して死んだ若者は、この吸盤のような肌の誘惑に負けたのか。

「それにしても邪教徒どもの増長は許せぬ。あの者どもは、トルレスを生き仏と崇《あが》めておるとか。その邪僧は南蛮人の分際で言葉を巧みに操ると聞いたぞえ」

夫人はキリシタンの悪口雑言を好んだ。治右衛門も弁えていて、聖堂で病人に与えられる「聖水」がまやかしであったなどと報告すると、夫人は手を打って喜んだものである。

「トルレスは舌先三寸で邪教へと誘う奸物《かんぶつ》にございまする」

答えながら、治右衛門は自身の説明が誤りだとわかっていた。

司祭《パードレ》トルレスは、高い教養に裏打ちされた完璧《かんぺき》な日本語を駆使できた。学のない日本人よりはるかに優れた言葉を巧みに用いる。

十八年前、トルレスは乱世日本のただ中に飛び込んだ。戦乱がもたらす悲劇と貧困を日本人とともに味わい、懊悩《おうのう》した。治右衛門の見るところ、キリシタンたちはトルレスの非の打ち所ない言葉ゆえに入信したのではない。豊後の貧民、さらには下級武士までが、トルレスの高潔無比の人柄と行動に強く胸を打たれて改宗していた。

奈多夫人は妖しげな笑みを浮かべて治右衛門を見た。夫人は膝と膝が触れ合う近くにいる。焚き込めた伽羅《きやら》の香りも、夫人の肉体が放つ強烈な体臭を隠し切れていない。夫人は加齢とも無縁で欠点の見当たらぬ美貌《びぼう》を誇るように、肌が触れ合うほど顔を近づけてきた。

「治右衛門。殿の不行儀は甚《はなは》だしけれど……マリアとやらの腹の中の子、そなたの子ではないのかえ?」

全身の汗腺という汗腺から冷や汗がどっと噴き出した。言葉を失った治右衛門を見て、察したように夫人は軽くうなずいてから、上機嫌で畳みかけた。

「ほほほ。殿の側室の不義はわらわのもっとも好むところじゃ。殿もまだご存じない話ゆえ、悪いようにはいたしませぬぞ」

夫人はどうやってマリアとの不義の恋を嗅《か》ぎつけたのか。神志那が民部に不義を伝え、夫人は実弟の民部から聞いたのか。

夫人はついに鼻と鼻を触れ合わせた。

「デウス堂を焼きなされ」

覚えず身を引いた。心のおののきが全身に伝わっている。治右衛門が悪鬼なら、この女を何と呼べばよいのか。

夫人はキリシタンの敵である。宗麟がフランシスコ・ザビエルなる異国の聖者から魂を揺さぶられるほど深い感銘を受け、国内での布教を許してから約十五年、キリスト教が豊後を席巻しつつあった。

強い危機感を覚えた既存勢力は、キリスト教に寛容にすぎ、傾倒の口吻《こうふん》さえ見せる宗麟ではなく、神官の娘である奈多夫人に取り入った。キリシタンの牙城《がじょう》は、大友館の西に堂々と建立されたデウス堂だ。この大聖堂を焼き討ちし、宣教師たちを斬るという蛮行を心密《ひそ》かに思い描く者は少なくなかった。

「邪教徒どもの阿《あ》鼻叫喚《びきょうかん》を見たい。楽しませてたもれ」

「お方様……それは本気で、仰せにございまするか？」

奈多夫人は蛇蝎《だかつ》のごとくキリスト教を憎んだが、気分には驚くほどむらがあった。いたずら程度の気持ちで、恐るべき命令をふと思いついて口にする女だった。ゆえに命令から実行までは少し間を置くのが通例だった。

「殿には、大伽藍の建立を邪教徒に許すなぞまかりなりませぬと、何度も苦言したのじゃ。見なされ、案の定、あのおぞましき異形の建物に、邪教に狂った蛆虫《うじむし》どもが群がっておるではないかえ」

宗麟は府内の大きな土地を寄進して教会の建立を認めていたが、さらに昨年、大伽藍への建て替えを許した。デウス堂を破却すれば、寺社勢力が狂喜し、キリシタンたちは大いに落胆しようが、それで信仰の火を消せはすまい。コスメ・デ・トルレスがいる限り、たとえ目には見えずとも、信仰の聖堂は何度でも建ちあがるだろう。

「……されど、御館様がお認めになりましょうか」

「このまま捨ててはおけぬと、父上からも言われておるのじゃ」

夫人の父奈多鑑基《あきもと》は奈多八幡宮の大宮司にして、大友家の寺社奉行であった。キリシタン勢力の急速な台頭はいがみあう旧宗教の力を結合させ、寺社奉行の地位を大いに高からしめた。鑑基は宗教勢力の総元締めとして、大友家で無視しえぬ隠然たる権力と化し、宗麟をうなずかせるだけの力を持つに至っていた。夫人は実家の権勢を高めるために、宗教対立を煽《あお》っている節さえあった。

「出産の祝いに、殿はいつもわがままをひとつ、お聞き届けくださる。九州最大の大名にできぬことなどありますまい。トルレスの首がだめなら、この世からデウス堂を消し去ることがわらわの願いぞ」

奈多夫人は赤い舌を伸ばし、治右衛門が鼻の頭にかいた冷や汗を舐《な》めた。ぞくりとする快感と怖気《おぞけ》が治右衛門の全身を同時に走り抜けた。

この妖《あや》しい女狐は夫の不倫に苦悩する弱々しい正室などではない。女としての魅力と正室の権威、背後の寺社勢力、実弟田原民部の持つ権力までも最大限に用いて宗麟を操り、さらには大友家を動かす力さえ持ち合わせていた。治右衛門は夫人に対し底知れぬ恐怖を改めて覚えた。

奈多夫人が満足げに去ると、治右衛門は妖しい匂《にお》いで満ちた部屋を逃げるように後にした。

五

庭に咲く梅花の馥郁《ふくいく》たる香りが風に乗せられ、治右衛門の鼻をくすぐってくる。

宗麟が府内での滞在に使う上原館《うえのはるやかた》は、四季いずれに訪れても折々の美を味わえるよう趣向が凝らされていた。宗麟が若い頃から住まっていたが、十一年前の内乱で焼け落ち、己の美的感覚を研ぎ澄ませて再建した自慢の館だった。

上原館は府内の町を見下ろす南稜《なんりょう》にあった。宗麟はこの館を愛し、多数の側室を住まわせていた。マリアもこの館にいる。

治右衛門が宗麟に目通りを願うと、すぐに許しが下りた。

宗麟は少し待たせて現れると、待ち構えていたように問うた。

「トルレスは余の問いに何と答えたか?」

知性を感じさせる宗麟の風貌《ふうぼう》は、世俗の大名よりも求道者の趣があった。わずかにひそめられた眉のせいで苦み走った顔はいつも不機嫌そうだが、喜怒哀楽はめったに現れない。宗麟は身だしなみはもちろん己のすべての所作が、どの角度から誰に観察されようと美しく見えねばならぬと思い定めているかのようだった。外見だけなら、宗麟と奈多夫人は似合いの夫婦と言えたろうし、炎と氷をあわせ持つ気性も似通っていた。

「余はトルレスに関心がある」と宗麟は漏らしていた。

キリシタン事情に精通する近習は今、府内で治右衛門のみである。そのためしばしば宗麟に呼ばれ、キリスト教について尋ねられた。宗麟にはトルレスに会いにくい事情があった。

神仏の国豊後《ぶんご》にあってキリスト教はまだ、現世に絶望したごく一部の庶民が信ずる宗教にすぎない。

キリシタンは家臣団の下層部に数えるほどで、重臣には一人もいなかった。仏門に深く帰依する家臣の中にはキリスト教への嫌悪をあからさまに示す者たちもいた。宗麟の側近中の側近である田原民部もキリシタンへの寛容政策には慎重で、南蛮勢力を利用する旨味しか頭にない。九州最大の大名が軽々に宣教師と面会すれば、要らざる風聞を生む懸念があった。

もともと治右衛門はキリスト教に関心などなかったが、宗麟の命を受け、入信するふりをしてキリシタンに接触し始めた。治右衛門が奈多夫人に気に入られ侍従として取り込まれたのは、諜者《ちょうじゃ》の役目ゆえでもあった。

「司祭《パードレ》いわく、人心の定不定《じょうふじょう》は内より来る、外に求めるものにあらず、と」

治右衛門の答えに、宗麟は失望したように小首をかしげた。トルレスへの問いは「人はいかにして安心《あんじん》を得られるか」であった。

「禅と変わりばえせぬのう。余は座禅を続けるほどに、安心から遠ざかる気がしてきた。禅は余に向いておらぬのやも知れぬ」

五年前、治右衛門の主君大友義鎮《よししげ》は三十二歳で出家し、「瑞峯《ずいほう》宗麟」と号した。宗麟は京都の大徳寺《だいとくじ》から高僧怡雲宗悦《いうんそうえつ》を招き、臼杵の海辺《あまべ》にある諏訪明神《すわみょうじん》の隣に寿林寺《じゅりんじ》を建てて住まわせた。宗悦のもとに参禅しながら、翌年には丹生島《にゅうしま》に巨城を完成させた。当時、豊後に逗留《とうりゅう》していた明智《あけち》光秀《みつひで》なる知恵者に縄張りさせた海城で、鎮西無双の名城と讃《たた》えられていた。

治右衛門は宗麟のそばで宗悦の講話を聴いた経験があった。宗悦は世が無常であるとし、煩《ぼん》悩《のう》からの離脱を説いた。幼時に生母に先立たれ、長ずるや実父に殺害されかけ、傅役《もりやく》にも裏切られた宗麟は、無常を感じる心を十分すぎるほど持っていた。だが他方で、荒淫《こういん》に身をゆだねる俗人に解《げ》脱《だつ》など縁遠い話であり、参禅しても煩悩の淵《ふち》に沈み込む一方の宗麟にとって、禅の道は不満が多かった。

「霊魂《アニマ》についてては何と申したか？」

「風に同じと。風には色も形もなけれど、感じられるはずと」

宗麟は霊魂が不滅であるとのキリスト教の教義を疑っていた。だが、宗麟が入信できぬ最大の理由は、一夫多妻の禁忌であった。移り気な宗麟は政治も有能な家臣に任せて精を出さぬが、頭脳は明晰だった。

「会うてとくと話してみたいものじゃ。司祭《バードレ》とはいかなる男か？」

宗麟は豊後での布教を許可する際、挨拶《あいさつ》に訪れたトルレスと面会して、強い感銘を受けたらしい。

「ちょうど禅の高僧に似ておるかと存じまする」

落ち着いた中に静かな激しさを隠し持つトルレスの雰囲気は、恰雲宗悦にも通じている気がした。

「密かにトルレスに会えぬものか？」

世俗の欲望をあらかた満たした宗麟はキリスト教への関心を少しずつ高めている様子だった。

治右衛門が呼ばれる回数も多くなった。宗麟は丹生島でも教会と司祭館の建立を許可していた。

二人の面会を知れば奈多夫人は激怒しよう。宗麟の近習衆や侍女の誰に夫人の息が掛かっているか知れたものではなかった。弱みを握られた身としては、夫人を裏切る行動は避けるべきであろう。

「おそれながら御館様《おやかた》が密かにデウス堂へ赴かれるほかないかと。折よく復活祭《パスコア》も近づき、人の出入りも多い頃合いなれば、人混みに紛れることも叶いましょう」

「余がデウス堂に足を運ばねばならぬのか？」

不機嫌が甲高い声ににじみ出ていた。宗麟は誇り高い男だった。宗麟が出向かねば会えぬ人間など、京の天子か将軍くらいのものだ。大金さえ貢げば官位も守護職も手に入る時代である。

思案に入るとき、宗麟は決まって脇息《きょうそく》を身体の右にやり、ほおづえを突いて、長い睫毛《まつげ》の謎《なぞ》めいた眼差《まなざ》しで虚空を見つめた。宗麟は生来、戦嫌いで平和を愛した。乱世の大名として生きる宿命を嘆いてもいた。本気で魂の救いを求めている節もあった。

やがて宗麟はわずかにうなずいた。

「よかろう。近日のうちに手配せよ」

治右衛門は心のなかで舌打ちした。断念すると見ていたが、甘かった。国主が司祭《パードレ》に会いに出向くなど異例の話だった。宗麟がそこまでキリスト教に真摯《しんし》な関心があろうとは。

「かしこまりました」

平伏しながら、治右衛門は思案を巡らせた。この手配は夫人の怒りを買う。民部の動きを考えれば、今夜には府内を出るべきだろう。いや、むしろ夫人の望み通りデウス堂を焼けば、府内脱出も容易になるまいか。焼き討ちは大ごとだが、ちょうど手ごろな男が身近にいた。治右衛門は腹の中でほくそえんだ。

†

促されて顔を上げると、宗麟がほおづえを解いて二度ほど咳払《せきばら》いした。

「ときに治右衛門。奈多が何を望んでおるか知れたか？」

宗麟は五年近く、府内の上原館と臼杵にある丹生島城で二重生活を営んでいた。政庁でもある大友館には正室の奈多夫人と子らが住まう。

近ごろ身重の奈多夫人と宗麟との間はいくぶん疎遠になっていた。夫婦《めおと》なら直接話せばよいものを、治右衛門を介して意思疎通する話題もあった。適度に隔てを置くからこそ、宗麟と夫人の関係は続いているのやも知れぬ。

「御簾中《ごれんちゅう》は、デウス堂が焼け落ちるさまを見たいと」

あえて遠慮がちに言上すると、宗麟はわずかに瞠目《どうもく》した。

奈多夫人には寺社勢力の圧倒的な支持がある。邪教の聖者に熱狂し意味もわからぬ聖歌を大伽藍で唱和する大衆の異様な姿は、それだけで旧宗教にとって脅威に映った。新しい宗教対立を奇貨として力を得た寺社奉行の奈多鑑基を父とし、宗麟の懐刀である田原民部を実弟に持つ夫人の意向は、宗麟も無視できない。

長い沈黙の後、宗麟は眉根を寄せて、無意味に問い直した。

「……それが、奈多の明かした願いじゃと申すのか？」

「御意。戯言《ざれごと》かとお尋ねしましたが、さにあらずと」

宗麟は再び脇息に身を預け、ほおづえを突いて瞑目した。今しがたデウス堂でのトルレスとの密会を思案したばかりである。　夫人の願望もさることながら、旧宗教勢力への配意、イエズス会の出方、南蛮貿易への影響、田原民部始め家臣団の意向などさまざまに利害得失を思い巡らせているのであろう。

宗麟と奈多夫人は政治的な盟友でもあった。一蓮托生《いちれんたくしょう》の間柄でありながら互いを牽制《けんせい》し、相手の出方を窺《うかが》う不思議な関係にある。六人目の子までなしていながら駆け引きをし合う二人は、互いをまだ本当には理解しあえていない恋人のような夫婦だった。

「産み月は今月であったな?」

夫人は女王としての余裕を見せつける一方、側室を容赦なく排撃した。二年ほど前、宗麟の近習衆から引き抜かれて夫人つきの侍従となった純情な男がいた。治右衛門の前に役目を務めていた男だった。

その頃、宗麟に飽きられて、子もなく出家待ちの若い側室がいたが、夫人はその側室に憐れみをかけ、侍従の若者に命じてひんぱんに付け届けなどをさせた。身寄りもなかった側室は夫人の手厚い心配りと気遣いに感謝し、夫人の善意を完全に信頼するようになった。夫人は大友館の離れに側室を引き取って住まわせ、侍従に親身な世話を指示した。夫人は棄てられた女の寂しさを侍従にこんこんと教え聞かせ、不義を唆《そそのか》した。ほどなく不義が起こった。侍従は詮議を受ける前に自害し、側室も後を追った。

かくて奈多夫人は、宗麟に飽きて捨てられた女の哀れな末路を側室たちに見せつけたのである。宗麟は話しかけるでもなく、つぶやいた。

「子から母親を奪ってはならぬ」

宗麟は夫人のわがままを聞き届ける理由を探し始めた様子だった。二歳で生母と死別した宗麟にとって、母親は永遠に手に入らぬ存在だった。宗麟が異常なまでに女を求める最大の理由はおそらく、母の愛を受けられなかったせいではないか。同じく幼少で母を失った治右衛門にも理解できる心情だった。

「父親なぞ、おらぬほうがよいくらいじゃからな」

若き宗麟は父親と対立した。そのゆえか宗麟は父としての役割を嫌い、子らへの干渉を控えた。結果、夫人は後嗣《こうし》である子らへの影響力を独占していた。

宗麟は心を決めたように、脇息を体の前に置いて両肘《りょうひじ》を突いた。

「面倒な話じゃが、言い出せば聞かぬ女子ゆえのう」

宗麟は常々ひとつ年上の夫人に対し、己の度量の広さを見せたがっていた。たとえば先に近習が不義を働いた事件でも、裏でほくそえむ夫人の謀略に気づきながら、宗麟は一言も発せず、懐の大きさを見せた。夫人のわがままを聞き届け、身勝手なふるまいを許すことで、宗麟が上に立っていると示したいのだ。夫人も宗麟の心情を解していた。宗麟と夫人は他人の心と命を弄びながら、大人の恋をいまだに楽しんでいるのだった。

宗麟は扇子を開き、生あくびを隠しながら尋ねた。

「この件は民部も反対しようが、治右衛門、いかにして焼くか?」

「失火あるいは暴動で焼け落ちたなら、角が立ちますまい。後の再建はまた、いかようにもできましょう」

「焼けた後は知らぬ存ぜぬで通すわけか。誰に、やらせる?」

「近習衆に一人、うってつけの男がおりまする」

治右衛門が古庄丹後《ふるしょうたんご》の名を出すと、宗麟が少し笑った。

「そんな男もおったのう。忘れておったわ。あれはいてよし、おらんでよしの男ゆえ。よかろう。古庄に責めを負わせて幕引きとせよ」

「心得ましてございまする」

古庄を焚《た》きつけて焼き討ちを実行させる。暴徒の仕業として古庄を見せしめに処刑すれば、ひとまず丸く収まるわけだ。

古庄は治右衛門よりは上の豪族の出だが、名門でなく力もなかった。それでも一族からその将来を嘱望《しょくぼう》され、つてを用い、重臣に贈賄《ぞうわい》までして宗麟の近習となった。だが一向にうだつが上がらぬ。宗麟は近習を好悪にしたがい遠慮なく差別するが、古庄はよろずの雑役をこなす小《こ》者《もの》同然に使われている哀れな男だった。

およそこの頃の大友家にあって、国主の近習が取り立てられる道は、宗麟自身の寵を得るか、腹心である田原民部の信を得るかの二つしかなかった。宗麟は見た目の美しさと利発さで、民部は家柄と才能で人物を評価した。容姿に優れた治右衛門は宗麟に気に入られたが、風采《ふうさい》が上がらず有能でもない古庄は評価されぬまま、齢だけを重ねていた。今も大友館の書庫にある家臣団名簿を管理する閑職に甘んじている。

若い近習衆が次々と登用され力を付けていくなか、古庄の焦りは募るばかりだった。治右衛門はその焦りを利用できると考えた。

「して、トルレスとの面会はどうなる?」

「あの者は天主《デウス》の僕《しもべ》なれば、その身は神に守られておるはず。猛火の中で焼け死んだなら、ただの偽坊主だったのでござりまする。お会いになる必要もありますまい」

「申すわ。が、異教の神を試すには良い機会やも知れぬな」

「御意。焼け出されれば、トルレスは再度の聖堂建立を願い出るために訪れるはず。その折に面会されれば、波風も立ちますまい」

長い面談になっても、夫人には宗麟が再建を渋っていたと説明すればいい。

「よかろう。が、余は復活祭《パスコア》なる祝祭に、ちと関心があるのじゃ」

「されば、祭りの後に焼きまするか？」

宗麟は首を横に振った。

「逆じゃ。早う焼き払え。この上原館は余の私邸じゃ。トルレスに一室を使わせて異国の儀礼を見物するのも悪くあるまい。奈多の出産も近いゆえ、急ぎ手配せよ。余が丹生島から戻る前に焼いておけ」

宗麟はこれから丹生島に向かい、府内を数日不在にする。優柔不断なくせに、一度決めると成果を早く求める主君だった。だが、ちょうどよい。身に迫る危険を避けるには、デウス堂焼き討ちで生じる混乱はありがたい話だ。

ひと晩あれば、海を渡って伊予へ逃げられる。それから先は中国に渡り毛利領に入れば、追捕の手は届かぬ。念のため弥助に高飛びの手配を指図しておいて正解だった。

今宵のうちに万事済ませねばならぬ。長い夜になりそうな気がした。

第二章　敗者の祝福

一

雨後の泥川のごとく、夜空を濁して雲が流れていた。

柴田治右衛門《しばたじえもん》は川べりの大岩に腰を下ろし、川音に耳を澄ませて精神を集中した。人を待っている。

大分川《おおいたがわ》の滔滔《とうとう》たる流れに映る居待月《いまちづき》はさっきから河中に閉じ込められたように動かなかった。川の中の月を鼻で嗤《わら》ってみた。これまでも月は、治右衛門の悪行の数々を目撃してきたはずだが、時でも止めて殺戮《さつりく》を阻《はば》むつもりか。

思えば、治右衛門が初めて人を殺《あや》めたのは五歳の頃だった。母を襲おうとする太った男の首筋を鎌《かま》で切った。弟を攫《さら》おうとした賊の頭《かしら》を鍬《くわ》で割ったのが二人目だったはずだ。その後はもう、戦場で初めて挙げた兜首《かぶとくび》くらいしか、印象に残っていない。最初の頃は死んだ人間の恨めしげな眼《め》に恐れを抱き、断末魔が耳に何度もこだましたが、首切りも今では芋の皮をむく作業と大差なかった。

治右衛門は戦《いくさ》を愛した。戦場では強い者が勝った。敵をだまし、人を殺めれば殺めるほど賞贅された。戦場で躍動したからこそ治右衛門は近習《きんじゅ》になれ、立身の道が開けた。乱世とは治右衛門に合った世の中だ。

「お待たせした」と若い声がした。

「治右衛門殿、礼を申しますぞ。不逞《ふてい》の輩《やから》の企て、よくぞ摑《つか》んでくだされた」

キリシタンの久三《きゅうぞう》である。異教の神を本気で信じ、おまけに人まで信じている変わり者だった。必ず約束を守る男で、多少無理を言っても来るとわかっていた。

「何の。俺も近く受洗する身なれば、当然の話よ」

久三は親しげにすぐ隣に腰かけた。二つ年下の久三はマリアの幼なじみで、治右衛門を兄のように慕っていた。マリアの心を手に入れるために治右衛門は久三を利用したし、久三のおかげで諜者《ちょうじゃ》の仕事もはかどったが、それも今夜で終わりだ。

「おそれ多くもデウス堂の焼き討ちを企て、司祭《パードレ》を弑《しい》し奉らんとする異教徒《ゼンチョ》の一味がおる」

この川べりに異教徒《ゼンチョ》が密《ひそ》かに集う手筈《てはず》だと、久三には伝えてあった。

「その首魁《しゅかい》が御館《おやかた》様の近習、古庄丹後《ふるしょうたんご》とやらでございまするな？」

「さよう。己が立身しか考えぬ小賢《こざか》しい男よ。近ごろはゼザベルに取り入ろうと苦心しておる。君側《くんそく》の奸《かん》を除くも忠義であろう」

キリスト教に寛容な宗麟《そうりん》に対し、キリシタンは皆、敬意を払い、愛着を抱いていた。久三もその例に漏れぬ。キリシタンたちにとって、宗麟はたぐいまれなる名君であった。

「必ずやゼザベルに神罰が下りましょうぞ」

ゼザベルとは聖者を迫害した王妃の名だという。その悪女の名は宗麟正室の奈多《なだ》夫人を指す蔑称《べっしょう》として用いられた。夫人によるキリスト教排撃はキリシタンにとって頭痛の種だった。デウス堂の大伽藍《だいがらん》建設が遅れたのも、武士の入信が一向に進まぬ理由も、夫人の強硬な反対ゆえだった。

「異教徒《ゼンチヨ》どもとて、まさか治右衛門殿がわれらの味方であるとはゆめ思いますまい。されど古庄めは手練《てだ》れの者どもを集めて参りましょうな」

「有象無象《うぞうむぞう》が百人集まったとて、俺と久三の敵ではあるまい」

「腕が鳴りまするな。天主《デウス》に背く輩、成敗してくれましょうぞ」

久三は十年ほど前に府内で勃発《ぼつぱつ》した「氏姓《しせい》の争い」と呼ばれる大乱で孤児となり、宣教師らに育てられた。なるべくしてキリシタンとなった若者で、今や己が死に様として殉教《じゆんきよう》を理想としている。武家の出ではないが抜群に腕が立ち、デウス堂を警固する役回りを買って出ていた。

「されど、人を殺めるのは初めてでござってな……」

緊張のせいであろう、久三の手の震えが見えた。

「殺さねば、殺される。思案の必要はない」

昔は治右衛門も己にそう言い聞かせていた。が、じきに必要なくなった。今では釣った魚を絞める感覚と何も変わらない。

「治右衛門殿と戦場に出てみたい。十字旗を押し立てて進むんじゃ」

緊張を振り払うように、久三は拳《こぶし》を振るった。

剣技に秀で知恵も回る久三には、手柄次第で一軍の将となれる力量があった。キリシタン武将となって異教徒《ゼンチヨ》の敵を薙《な》ぎ払い、キリスト教の布教に貢献したいという若い夢を、久三はよく語っていた。昔は修道士《イルマン》を志していたが、治右衛門と出会って目標を変えた。治右衛門の出世如何《いかん》では実際にありうる話だった。

「まずは今宵《こよい》よ。古庄がそろそろ来る頃じゃが、意気地のない男ゆえ、土壇場で心変わりしたのやも知れぬ」

治右衛門が鼻先で嗤うと、久三もつられて笑った。

「天主《デウス》はすべてをお見通しなれば、われらの勝利に疑いなし。天主が治右衛門殿をお遣《つか》わしになったのじゃ」

世はさほど単純ではない。治右衛門に言わせれば、久三は目に見えぬ神の存在など本当の意味で信じてはいない。コスメ・デ・トルレスを聖者と慕い、心酔し、忠義を誓っているだけの話だ。天主《デウス》と呼ぼうと構わぬが、救いのないこの世に神なぞいるはずがない。もし神がいたなら、治右衛門の母は餓死などせず、幼い弟も病死しなかった。

「近ごろデウス堂にお見えになりませぬが、マリア様は健やかにお過ごしでござろうか」

同じ戦災孤児のマリアと久三は、トルレスら宣教師たちの手で姉弟のごとく育てられた。側室となったマリアの力で宗麟が改宗し、キリシタンの王国を築く日を久三は夢見ていた。

「しばらくお会いしておらぬが、身籠《みごも》っておられると耳にした」

「それは重畳《ちょうじょう》。ゼザベルを消せば、マリア様がご正室となられるやも知れませぬな。そのお子が次の国主じゃ」

無邪気に喜ぶ久三が真実を知れば、何と言うだろうか。久三が考えているよりはるかに人の世は苦しく醜いものだ。側室入りして間もなくマリアは宗麟と心を通わせられぬと気づき、寂しさから信仰にすがろうとデウス堂に通った。その苦衷《くちゅう》を久三は知るまい。

背後にかすかな気配があった。首を伸ばして府内の町の方角を振り返ると、黒影がひとつ、逡巡《しゅんじゅん》するように身をふらつかせていた。

「あばた面が来おったわ」

治右衛門は川音に消えぬほどの低音を投げてから、立ち上がった。

二

「そこにおるのは、治右衛門じゃな?」

古庄丹後の声は上ずっていた。

治右衛門がうなずくと、久三が立ち上がった。若い身体《からだ》はすでに殺気を発していた。狂信が殺戮への迷いを打ち破ったのだろう。

「その者は誰じゃ?　もう駆武者《かりむしゃ》が来ておるのか?」

久三がキンと音を立てて白刃を抜き放った。

「天主《デウス》に仕えるキリシタンじゃ。古庄丹後、覚悟せよ」

「治右衛門!　まさか貴様、わしを裏切っ……」

後ずさる古庄の声が、消え入るように途中で切れた。

「天主《デウス》の名において、邪《よこしま》なる異教の輩を討ち果たさん。わが剣は聖なる剣、敗れることはない」

あわれ古庄はすっかり気圧《けお》されて、悲鳴もあげられぬありさまだった。古庄とて多少は武技の心得もなくはない。が、久三の構えを見ただけで伎倆《ぎりよう》の違いは一目瞭然《いちもくりようぜん》だった。刀を抜こうとした瞬間、久三に踏み込まれて斬《き》られるだろう。古庄は抜くにも抜けず、みじめにうろたえていた。

「待たぬか、久三。古庄の雇った者どもがまだ来ておらぬ」

治右衛門は刀の鯉口《こいぐち》を切りながら前に出て、久三の隣に立った。

古庄は必死で治右衛門に訴えた。

「いったい何の真似《まね》じゃ、治右衛門？　お前の面倒を親身に見てやったはこのわしぞ！　御簾《ごれん》中《ちゆう》（奈多夫人）のご命に背くつもりか？」

古庄はあちこちに目をやって逃げ場を探してもいた。

久三が半歩、すり足で前に出た。

「愚か者が。治右衛門殿は天主《デウス》の敬虔《けいけん》なる僕《しもべ》よ。ゼザベルの手先と見せかけて、われらを守ってくださっていたのじゃ。貴様らの愚かしい企てはすべて暴露されておる。さあ、申せ！　貴様の雇いし異教徒《ゼンチヨ》どもはいずこにおる？」

古庄は大きく後ずさった。が、河原の大石に躓《つまず》いて、みっともなく尻もちを突いた。

「待て！　家人らが今ここへ参る。わしを斬れば、命はないぞ」

「異教徒《ゼンチヨ》どもの鈍《なまく》らな腕で、われらに敵《かな》うとでも思うてか。貴様をまず屠《ほふ》ってくれるわ！」

久三がゆっくりと大上段に刀を振りかぶった。古庄は使い古され捨てられた案山子《かかし》のように身動きも取れず、ただ身をすくめていた。

これくらいで、よかろう。

久三の放つ殺気が頂点に達した――

と見るや、治右衛門は久三の真横に踏み込んだ。抜く手も見せず、久三の左腹から胸にかけて斬り上げた。

不意を突かれた久三はなすすべもなく、呻《うめ》いて倒れた。だが気丈にも刀を杖《つえ》代わりにし、片《かた》膝《ひざ》を突いて身を起こした。

「何の真似じゃ……治右衛門殿？」

治右衛門はすでに身を引き、刀に付いた新しい血糊《ちのり》を払っていた。

「古庄殿の言われた通り、俺は御簾中《ごれんちゅう》の命でデウス堂に通っておったにすぎぬ」

言葉を失った古庄は尻もちを突いたまま、久三の身体が放つ若い血しぶきを浴びていた。

「もしやこれからデウス堂を焼きに行くつもり、なのか……？」

「御館様のご命ゆえな」

「馬鹿な！　御館様がさような命を下されるはずがない」

久三は宗麟を崇《あが》めているが、その人となりを何も知らぬ。

「邪教徒どもが増えすぎた。その牙城《がじょう》を捨て置くわけにはいかぬ。お前は使い手ゆえ、邪魔になる。ゆえに先に斬っておいたまで」

「まさか司祭《パードレ》のお命を奪うつもりか？」

「デウス堂から逃げおおせられねば、死ぬじゃろうな」

己の血にまみれた久三が、豊後《ぶんご》刀《とう》を杖にして立ち上がった。

「死んでしもうた兄者の代わりに、天主《デウス》が治右衛門殿を俺に下さったと思うておった。俺は、治右衛門殿が……大好きじゃったのに！」

おそらく最後の力であったろう、久三が雄叫《おたけ》びをあげた。

治右衛門は寸分のためらいもなく、とびかかってきた久三を袈裟懸《けさが》けに斬り捨てた。

くずおれて仰臥《ぎょうが》した久三の若い体から鮮血が噴き出した。治右衛門は再び刀に付いた血を払い、ゆっくりと鞘《さや》に納めた。

生臭い血の匂《にお》いが、濁った月光しか照らさぬ川べりに満ちていた。

「お前は殉教を望んでおったはず。本望であろうが」

「なぜじゃ？　神を、恐れぬのか？」

治右衛門は死にゆく狂信者を嗤った。

「天主《デウス》と呼ぶのかは知らぬがな。神が俺に何をしてくれた？　幼き頃、俺の母が飢え死にした時は見て見ぬふりをしておったぞ。弟が不治の病にかかって死んだ時は居眠りしておったわ。天主《デウス》とやらに、俺は何もしてもらった覚えはない。俺は神なんぞに頼らず、すべて己の力で生き抜いてきた」

弱き者は他人に頼る。神を信じる。だが治右衛門は違う。己だけを頼りに、己が力を信じて乱世を生き抜いてきた。これからも同じだ。目に見えぬ神なぞにすがる必要はなかった。

「どうじゃ、久三？　天主《デウス》は今もどこぞで俺たちを見ておるのか？　さあ、答えてみよ。今のお前に天主《デウス》は何をしてくれる？　裏切ったのは俺ではないぞ、久三。天主《デウス》がお前を裏切ったのじゃ。さあ、天主《デウス》なぞおらぬと申せ！　天主《デウス》に欺《あざむ》かれたと嘆け！　泣きわめいて神に救いを求めよ。耳を澄ませ、ありがたい神の声が聞こえるか？」

めずらしく多弁だった。治右衛門は己が興奮していると気づいた。人を殺めたくらいで、頭に血がのぼった経験は最近なかった。

「わからぬか、久三。神なぞこの世にはおらんのじゃ。天主《デウス》を信じた己が愚かであったと気づいたか。俺を恨みながら地獄へ落ちよ」

瀕死《ひんし》の久三は顎《あご》だけで、かすかに首を横に振った。

「司祭《バードレ》は汝《なんじ》の敵を愛せよと仰《おつしや》った。天主《デウス》の御教えゆえ、治右衛門殿を恨みはせぬ。たとえ偽りの心であったとしても、治右衛門殿は俺によくしてくれた。気ままな俺と違って、近習の立場があったのであろう。気づかずに、すみませなんだ……」

治右衛門は憤怒に似た激しい苛立《いらだ》ちを覚えた。

「阿呆《あほう》めが！　なぜ俺を恨まぬ？　己の命を奪った男になぜ詫《わ》びる？　悔しいとは思わぬのか？」

「悔しい。いま少し生きて、治右衛門殿とともに――」

久三は咳《せ》き込んで夥《おびただ》しい量の血を吐いた。胸元のロザリオとゼズ・キリシトの影像が血の海に溺《おぼ》れていた。

「つき合い切れぬわ。もうじき復活祭《バスコア》じゃ。せいぜい復活でも祈るがよいぞ。お前が蘇《よみがえ》ったなら、俺も天主《デウス》を信じてやろう」

久三は苦しげな表情で、だがたしかに微笑《ほほえ》んだ。

「そうじゃな。俺は必ず蘇ってやるぞ。次こそは治右衛門殿と本物の家族のごとく、仲良うなりたい。いっしょに戦場に出て、天主《デウス》の御名と栄光を世に広く知らしめるために戦いたい」

狂信とはかくも人を愚かにするのか。人が蘇るはずもない。赤子でもわかる道理ではないか。治右衛門の母は咳き込む力も失くして動かなくなった。冷たくなり、やがて腐臭を発した。弟と二人で祈ったが、神は何も聞き届けてくれなかった。幼い弟は己の命と引き換えに母の復活を願っていたが、短い命を奪われただけだった。

「治右衛門殿、最後の頼みじゃ。司祭《パードレ》のお命だけはお救いくだされ。トルレス様は、皆が悲嘆にくれるこの国に天主《デウス》がお遣わし下さった宝じゃ。あのお方だけは殺めてはならぬ」

心をかきむしられた。悲しみではない、憐《あわ》れみでもない、ひたすらに激しい、泡立つような苛立ちのせいだった。

治右衛門は何もない顔を作り、片笑みを浮かべながら、死にゆくキリシタンに返した。

「案ずるな、久三。司祭《パードレ》の身は天主《デウス》が守るであろう。これでお前も殉教者《マルチル》のひとりじゃ。安らかに逝《い》くがよい」

「司祭《パードレ》と、マリア様と、治右衛門殿とすべてのキリシタンたちに、天主《デウス》の祝福とご加護、あらんことを……」

最期に久三は、痙攣《けいれん》する血塗《ちまみ》れの手で両手を合わせようとしたのであろう。が、その手は途中で力尽き、鈍い音を立てて地に落ちた。

事切れた久三の眼からは一掬《いっきく》の涙がこぼれ出ていた。魂が肉体を離れ去った後も、己が血に汚れた久三の口元は微笑みを浮かべたままだった。

いつの間にか澄み切っていた月明かりが、この世での役目を果たし終えた魂の抜《ぬ》け殻《がら》を照らしていた。川音のみがやけに響く、風の消えた月夜に、血の匂いだけが満ちていた。

治右衛門は久三の満ち足りたような死に顔を見ながら立ち尽くしていた。手強《てごわ》い剣の使い手をだまし討ちにしてやったつもりが、まるで己のほうが欺かれたようだった。

固くなる前に、久三の両の手を胸の前で合わせてやった。悪鬼でもそれくらいはしてやってもよいと思った。

——変じゃな。目がぼやけてよう見えぬ。

まさか……涙なのか。ばかな。この俺が泣いているのか。なぜだ？　泣く理由なぞ、どこにある？

幼い弟の小さすぎる亡骸《なきがら》を、爪《つめ》を剝《は》がしながら掘った素掘りの穴に独りで葬った時、決して泣かぬと誓ったはずだった。

治右衛門は視界をさえぎる腹立たしいしずくを、すばやく指先で拭《ぬぐ》い去った。おかしい。手が震えていた。

——なぜだ。何かに怯《おび》えているというのか。この俺が……？

いったい俺に何が起こったのだ。

なぜか知れぬ、治右衛門は強烈な違和感を覚えていた。いつもなら殺戮後の高揚《こうよう》と充足がないまぜになった心地よさを、落ち着き払って感じているはずが、今はそれが全くなかった。それどころか、息が詰まりそうな苛立ちで、心の中がすっかりかき回されていた。

もし久三が治右衛門を怨《うら》み、信ずる神を疑い、己が運命を呪《のろ》って果てたのなら、普段どおり小気味よい満足感に浸《ひた》っていたはずだ。

久三なぞ治右衛門の踏み台となるために生まれてきた男ではないか。なぜそんな男の死にざまが心をかき乱すのか。まさか神は俺を憐れみ、今ごろになって俺に弟を返したつもりだったのか……。

久三の死に顔からいつまでも消えぬ笑みは、敗者のそれではなかった。勝者の満足と余裕をさえ示している気がした。

三

「じ、治右衛門。大儀であったぞ」

古庄丹後の声でわれに返った治右衛門は、手に付いた血を川で洗い流してから、川べりに戻った。

古庄は腰を抜かしたようにへたり込んだまま、治右衛門と久三のやりとりを見ていたらしい。

「お怪我《けが》はござらぬか、古庄殿？　この者、府内《ふない》のキリシタンでは第一の手練れ。始末しておくために、ちと小細工を施し申した」

助け起こしたが、古庄はまだ足の震えが止まらぬらしい。さっきまで久三が座っていた岩に座らせてやった。

興奮いまだ冷めやらぬ様子で古庄が声を震わせた。

「お前が邪教徒どもに寝返ったのかと心底、案じたぞ」

「ご冗談を。敵を欺くには味方からと申すではござらぬか。それよりもこの者を討った以上、今宵のうちに決行せねばなりませぬぞ」

「な、なぜさように急ぐ?」

「御簾中のご出産も近く、速やかに済ませよとの命でござる。すでに駆武者どもを沖《おき》ノ浜《はま》に揃《そろ》えてござれば」

「ま、まことにあのデウス堂を焼くと申すのか？」

治右衛門の差し知恵に、古庄はわかりやすく身を震わせた。古庄には陰謀《いんぼう》を企図する才能も、実行する度胸も乏しい。乗せて狂い踊らせるにはすべてを膳立《ぜんだ》ててやる必要があった。

治右衛門は火炎に包まれていくデウス堂を思い描いた。十年以上もの間、平和が続いた府内でひさかたぶりに生ずる騒擾《そうじょう》だ。その混乱に乗じて、マリアと二人で府内を脱出する。すべての手配は済ませてあった。後はこの男さえ踊らせれば、よい。

治右衛門はすでにふだんの己に戻っていた。乱世で感傷は命取りだと身に沁《し》みて知っている。久三の死に対して覚えた違和感など、ただの気の迷いにすぎなかったのだ。

「トルレスと申す邪僧は、身に寸鉄ひとつ帯びてはおりませぬ。古庄殿ならずとも、一刀のもとに斬り伏せられましょう」

古庄は計画実行に必要な家人たちを連れて来なかった様子だ。宗麟との間では、古庄の一族郎党の処刑で幕引きを図る段取りだったが、事が大きいだけに古庄が怖気《おじけ》づいたらしい。

もっとも古庄の遅疑は計算済みだった。肝の据《す》わらぬ小人は、大ばくちを打つ土壇場で必ず逡巡するものだ。最後まで焚《た》きつけ、後へ引けぬよう退路を断っておく必要があった。

「今夕、邪教徒どもが折伏《しゃくぶく》しおるさまをご覧になりましたろう」

治右衛門は日暮れ前、デウス堂の復活祭に向けた礼拝に古庄を参加させていた。内部の下調べをさせるためでもあった。

「あの者どもは御簾中を異国の悪女の名を取ってゼザベルと呼び、毎夜、生まれくるお子の死産を邪神に願うており申す」

身重の奈多夫人の出産はキリシタンにとっては忌《い》むべき事態であり、呪殺《じゅさつ》するため折伏しているのだと古庄に説明してあった。

ちょうど復活祭《パスコア》が近づいていた。処刑された異教の救い主ゼズ・キリシトが復活した日を寿《ことほ》ぐキリシタンの重要な祝祭である。デウス堂では来たる祝祭に向け、毎晩のように礼拝が行われていた。薄暗い聖堂内にロウソクの炎がゆらめく中で異国の聖歌を聴いたとて、古庄のごとき無学の土豪が中身を解するはずもない。治右衛門がした説明の通りに誤解しているはずだった。

「邪教徒どもの増長に、御簾中はひどく心を痛めておられまする」

古庄は座ったまま腕組みをして、思案を始めた。だが、この男が三日三晩、無い頭をひねり続けたところで、良い知恵が出てくるはずもなかった。

「御簾中は事成りし暁に一度、古庄殿と面会したいと仰せでござる」

「それはまことか?」

古庄が眼を輝かせた。夫人と面会できる限られた家臣の一人になれるなど、古庄にとっては夢物語だろう。実際には夫人との面会が神経をすり減らす危険なやりとりだとは、つゆ知るまいが。

「御簾中は大友《おおとも》家のゆくすえを強く案じておられまする」

あくまで例外だが、近習たちにはもう一つ、奈多夫人を利用した出世の道があった。だがそのためには、夫人への忠誠と邪教への憎悪が求められた。

治右衛門が抜群の武勇と狡知《こうち》と野心を持ち、宗麟の寵《ちょう》を得ながらも、無役の近習としてくすぶっていた理由は、家柄を重視する田原民部《たわらみんぶ》の反対で、政治的登用が許されなかったためである。ゆえに治右衛門は奈多夫人の信を得ようとした。宗麟からキリシタンの内情を探る役回りを命ぜられ、夫人の侍従《じじゅう》になると、端役《はやく》だが府内奉行の末端にさっそく仕事を得た。民部も実姉の意向を認めざるを得なかったわけである。

夫人の覚えめでたきを得れば、鳴かず飛ばずの古庄とて今後の立身が夢ではなくなる。奈多夫人派の近習として認識されれば、宗麟も古庄を軽視できまい。夫人に示しうる最高の忠誠は邪教徒の排撃だった。治右衛門が固く口止めをしたうえで、デウス堂焼き討ちの提案をすると、古庄は身震いした後いったん断った。

だが、治右衛門があっさりとあきらめて去ろうとすると、案の定、飛びついてきた。良い話が他に行きそうになると、人は堪《たま》らなく惜しく感じるものだ。

「されど、お前の計画通りに事が運ぶであろうか」

「邪僧トルレスはそれがしを信用しており申す。まさかデウス堂を焼き払うなぞ考えもしますまい。成功は保証されたようなもの」

古庄は言いにくそうに口を開いた。

「じゃが、邪教とは申せ、神像やら神の依代《よりしろ》なんぞを燃やすことにならぬか？　神を討てば、罰が当たるのではないか？」

実行に移す間際になって、古庄は実行しないで済む言いわけを懸命に探しているらしかった。

「デウス堂には十字架《クルス》や教典、ロザリオなぞのがらくたがあるのみ。聖母マリアなる像も神にはあらず。しょせんは神の子を産んだ人間の女を象《かたど》っただけの物。何ら怖《おそ》るるには及びませぬ」

キリスト教は偶像崇拝を禁じており、仏像や神体に相当する神像はないが、教会には聖画像《イコン》や十字架《クルス》などがあった。が、古庄のごとき俗物に討たれてしまう虚弱な神なぞ信ずるに足りぬではないか。

古庄は意を決したように、治右衛門をまっすぐ見た。

「正直を申すとな、治右衛門。トルレスと申すあの邪教僧じゃが、さして悪い人間には思えなんだのじゃ」

治右衛門も接するうち、姿かたちの違う異人とはいえ、トルレスの稀有《けう》な人柄には気づいていた。もし久三のごとく幼い頃に引き取られ育てられたなら、トルレスを実父のように崇め敬い、キリシタンの戦士となったに違いない。

トルレスは悲嘆と不幸に沈んでいた異教徒の民たちのただ中に丸腰で飛び込んだ。二十年近い布教生活の中で、トルレスは完全に日本の風習を身につけた。異国の宗教と神が刮目《かつもく》すべき速さで大友領に伝播《でんぱ》した最大の理由は、引き換えとされた南蛮《なんばん》貿易の利や宗麟が寄せる好意ゆえではなかった。ひとえにトルレスの高潔で無私な人柄と、不屈で揺るがぬ信仰の賜物《たまもの》であったろう。

戦乱に明け暮れ、貧困に苦しむ異郷に身を置いて、トルレスは怨嗟《えんさ》と絶望を、赦《ゆる》しと希望に変えようと試みた。それは一部であるにせよ、現実になろうとしていた。古庄でさえそれを感じている。

「心配ご無用。トルレスは生き仏を気取っておりまするが、しょせんはただの人でござる。斬れば血を流して、死にまする」

「じゃが斬れば、キリシタンどもが暴れはせぬか」

「トルレスの巧言に乗せられ、日を追うごとに府内、いや豊後《ぶんご》じゅうで信者の数が膨れ上がっておる始末。このまま捨て置かば、いずれ豊後はキリシタンに支配されましょう。事は一刻を争いまする」

治右衛門が十九年のろくでもない生涯で出会った人間の中で、トルレスは間違いなく最も立派な人格だった。だが、邪教徒だという理由、ただそれのみで有害無用だ。いや、トルレスはその高徳ゆえにこそ存在が許されなかった。奈多夫人もそれを見抜いていた。トルレスさえ除けば、邪教の伝染は収束する。

「お前は聖堂へ足しげく通ったのであろう。心が痛まぬのか？」

「それがしは御簾中の密命を帯びて、邪教徒どもの陰謀を探るべく潜伏しておったもの。邪神なぞ毫《ごう》も信じてはおりませぬ」

治右衛門は幼時から己の心を隠す術《すべ》を身につけていた。さもなくば生きられなかった。心の中では憎しみの炎を煮えたぎらせながら顔には出さず、時に笑ってみせた。

先輩風を吹かせる程度ならよいが、古庄は名門の子弟には揉《も》み手《で》で取り入るいっぽう、治右衛門を成り上がり者として内心蔑んでいた。

古庄は小心者だが悪人ではなかった。が、一見親切に思える古庄の行為も、治右衛門に対し優越を感じるためであって、見返りは求めぬまでも恩に着せ続けた。古庄は治右衛門が抱く陰《いん》鬱《うつ》な憎しみを知るまい。居丈高《いたけだか》な古庄に屈辱的な思いをさせられるたび、いつか力を付けた暁《あかつき》には、古庄を潰《つぶ》してやると誓ったものだ。

治右衛門は今宵、志半ばで豊後を去るが、デウス堂焼き討ちの陰謀は、古庄を破滅させる仕返しでもあった。デウス堂が灰燼《かいじん》に帰す時分には、治右衛門はマリアとともに騒擾に紛れて他国に逃れ着いているはずだった。愚か者は府内のど真ん中で、疲れ果てるまで死の舞を踊るがいい。分相応に生きておればよいものを、才乏しき凡人は高望みのゆえに身を亡ぼすのだ。

「実はな、治右衛門。郷の家人をまだ呼んでおらぬのじゃ」

そんな話だろうと思ってはいた。ゆえに治右衛門は駆武者を集めておいた。古庄が土壇場で翻意しても、手下が騒げば十分だ。派手な騒擾で府内を混乱に陥れ、古庄に罪を着せることが目的だった。

「相手は年寄りのバテレンと刀も満足に扱えぬ貧民ども。われらと駆武者のみで足りまする」

「確実を期すためにもこの際、日延べしてはどうじゃろう？」

「御簾中には今宵、古庄丹後殿の指揮で決行するとお伝えしてござる。府内の邪教徒どもがもがき苦しむ姿を眺められると、心待ちにしておられるはず。今さら約を違《たが》えたとなれば、無事ではすみますまい。お心を決められませ」

この機を逃せば立身はない。それどころか、身が危うくなると脅し文句を使った。すべて虚言だ。奈多夫人は古庄など顔も知らぬし、覚える気もあるまい。

「さ、されど万一失敗したら、何とするのじゃ？」

治右衛門は内心で嗤った。この世で何かを企図して、それが必ず成功するのなら、誰でもやっている。危険を冒さずに何かをつかみ取れはしない。

「集めておる駆武者どもには、さる高位の貴人からの依頼としか明かしておりませぬが、万一事が破れし場合、ご懸念ならばそれがしが口止めに討ち果たしましょう」

「……あいわかった。やらねば、ならぬのじゃな……わかった。……御簾中のお誉めにあずかれば、近習頭になれるであろうか」

治右衛門は嘲《あざけ》りで鼻を鳴らしたが、さいわい暗がりで古庄には気づかれなかった。最年長の近習でありながら、近習頭になれぬ身が古庄にはよほど堪えているらしい。

古庄は、今度は実行するための理由を懸命に探しているようだった。もう少し調子に乗せてやったほうが確実だが、古庄の因循《いんじゅん》につき合うのが馬鹿らしくなってきた。治右衛門はこれからマリアを連れ出さねばならぬ。欠落《かけおち》の障害は少なくない。急がねばならなかった。

「じゃが、治右衛門。このかっこうはいかがしたものかの」

古庄は久三の血に染まった小袖《こそで》を心持ち開いて見せた。久三が死に、古庄が生きている事実が、その結果が己の手によるだけにいっそう、治右衛門には腹立たしかった。だが、久三を生かしていれば、古庄と駆武者どもはデウス堂で討ち取られ、騒擾には至らぬだろう。久三は斬らねばならなかったのだ。

——俺はまだ、久三なんぞの死に引きずられておるのか。

治右衛門は内心で始まった己の言いわけに強く苛立った。人を殺めるのに理由など必要なかったはずだ。

「夜陰にまぎれて、沖ノ浜へ行ってくだされ。そこで出っ歯の弥助《やすけ》と申す男が待ってござる。その者、一切を承知してござれば、それがしの名を出せば、着替えも用意してくれるはず」

「……承知した。して、お前は何とする？」

「それがしはこのキリシタンの骸《むくろ》を始末したのち、萬寿寺《まんじゅじ》の横手に集めてある駆武者どもを連れて参りまする。されば、約束の刻限にデウス堂の南、祐向寺《ゆうこうじ》の境内《けいだい》で落ち合いましょうぞ」

古庄がごくりと唾《つば》を飲み込む音が聞こえた。

「時がござらぬぞ、古庄殿。トルレスは明朝、津久見《つくみ》へ説法に出向くはず。今宵を逃がしてはなりませぬ」

四

古庄丹後の姿が夜の闇《やみ》に消えると、治右衛門は再び久三の遺体と向き合った。いつの間にか月夜の空は澄みわたっていて、信心深かったキリシタンの死を天主《デウス》が悼《いた》んでいるようにさえ感じられた。

久三の安らかな死に顔は、治右衛門に向かって微笑んでいた。閉じた眼から流れ落ちた涙の筋も、口元から流れ出た血もすでに乾いていた。

「早とちりいたすな。司祭《パードレ》を助けたつもりはないぞ、久三」

答えぬと知りながら、久三に話しかけているのはなぜか。命を奪った相手に罵詈《ばり》以外の言葉をかけたのは初めてだったろうか。

小心者の古庄を一人にすれば、また翻意するやも知れぬ。それを知りながら、治右衛門は行かせた。沖ノ浜に集めた駆武者どもには、古庄の逡巡にかかわらず、約束の刻限が来れば火を付けるよう指示してはいた。だが、しょせんは金で雇った者どもだ。実行する保証はなかった。

「俺にはデウス堂が焼けようが焼けまいが、いずれでもよいのじゃ。お前の願いを聞き届けたわけではない」

――もしそうなら、なぜ俺を斬ったのだ?

と久三に問い返された気がした。久三を斬るまではデウス堂を焼き払うつもりでいた。天を焦がす邪教の大伽藍の赤い炎に見送られて、豊後を出るつもりだった。そのほうが確実に逃げられるからだ。

治右衛門は久三の亡骸《なきがら》を両手で抱き上げた。さっきまで躍動していた若い肉体は氷のように冷たくなっていた。死体には馴れているはずが、生前をよく知るせいか、その固さと冷たさに総毛立った。死は重いのだと久しぶりに感じた。弱気を振り切るように、大分川のなかにざぶざぶと入っていく。

川の流れに小舟を浮かべるように、遺体を横たえた。

これは葬るのではない、あくまで証拠を隠滅するためだ。

いや、もともとは亡骸を残し、古庄を久三殺害の下手人に仕立て上げる段取りだったはずだ。川べりに野ざらしにするのを哀れと思ったからではないか。久三は府内にほど近い海辺の村の生まれだと話していた。本当は海に帰してやりたいためではないのか。

月影に照らされた久三の死に顔はあくまで超然としていた。

治右衛門はこれまで、戦場で倒した敵は首をかき切って手柄とし、必要なら何ぴとでも殺害したが、みじんも痛痒《つうよう》を感じてこなかった。その治右衛門にささやかな弔《とむら》いの気持ちが起こったというのか。

久三の遺骸《いがい》を離して流れに乗せると、逃げるように川を後にした。

今宵、治右衛門はあと何人の命を奪うのだろう。

――なぜ、問うのだ？

人が人の命を奪うのに理由など要らぬ。人生は戦場と何も変わりがない。生き延びるために必要なら人をだまし、消す。治右衛門は乱世に生を享《う》けた。乱世とは強者が勝って生き残り、弱者が踏み台にされる世界だ。それが治右衛門の学んだ唯一絶対の真理だった。

――思い出せ。幼い俺の目の前で衰弱し餓死した母者は、弱い人間だったから運命に負けたのだ。弟も同じだ。他人を恨むな。恨むなら、己が弱さを恨め。

もしも俺がいつか誰ぞの手に掛かって命を落とすなら、それは弱かった俺が悪いのだ。己の弱さ愚かさを嚙《か》み締めて、俺は己を嘲笑《ちょうしょう》しながら死を歓迎してやる。だが、俺は神志那《こうじな》や久三や古庄とは違う。強者だ。必ず生き延びてみせる。

川から上がった治右衛門は、府内の南の丘を目指した。行く先は想《おも》い人のマリアが住まう上《うえの》原館《はるやかた》である。

治右衛門は足早に萬寿寺の脇《わき》を通りすぎた。古庄にした、萬寿寺横手に集めた駆武者の話など虚言だった。

今夜、宗麟は不在だが、館には十人ばかりの側室が住まっていた。治右衛門は確かな腕を買われて、館つきの警固を交代で担当してもいた。三十人ほどの衛兵を指揮して館を守る役回りで、近習の好まぬ裏方仕事だ。治右衛門は今夜の宿直《とのい》の交代を買って出、許されていた。警固の名目で邸内を巡回する際に、マリアを説いて連れ出す。衛兵の配置は治右衛門の裁量だから、うまくやれば人目にはつかぬ。駕籠《かご》では遅い。館の馬を使う。これまでのところ治右衛門の計画にはどこにも抜かりがないはずだった。

五

高く昇り始めた月が治右衛門のゆくて、上原館《うえのはるやかた》を照らしていた。

あの館の西端に、マリアは籠《かご》の中の鳥のごとく住まわされている。山の端《は》に沈む落日を眺めながら天主《デウス》に祈りを捧げていた孤独なマリアに、生きる喜びを与えたのは治右衛門だった。

宗麟の命で礼拝所に通って何日目であろうか、治右衛門の隣にやや大柄な若い女性が座っていた。白い頰《ほお》かむりに隠されて顔は見えなかったが、異国の聖歌を歌い始めると、その澄み切った声が治右衛門の中に正体の知れぬ感情を呼び覚ました。戦場の生からは縁遠い気持ちだが、知らぬ感情ではなかった。記憶をたどるうち、幼い頃に母や弟に抱いた感情に少し似ていると気づいた。

治右衛門はその声を守りたいと思った。その声を聴くために礼拝に出た。その女性は「マリア」の名で呼ばれていた。

最初は恋をする気などなかった。暗がりで顔もよく見えず、素性も知らなかった。キリシタンの動向を探る目的で、たまにデウス堂に出入りしている敬虔な女信徒に接近しただけだった。

マリアと初めて言葉を交わしたのは降誕祭の日だった。ロウソクを手に聖歌を口ずさむ愛らしい声に聴き入った。祈りを捧げる時、女は頰かむりを取った。その横顔を眼にした治右衛門は、己を突き動かす激しい感情に気づいた。

やがてマリアが主君宗麟の寵姫《ちょうき》だと知ったが、すでに恋をした後だった。手の届かぬはずの女だからこそ、治右衛門はマリアを目指した。

最初は取りつく島もなかった。難事だとは承知していた。少しずつしかし着実にマリアの心を手に入れていった。治右衛門は、移り気な宗麟が新しい女に寵愛を移した後にできた、マリアの心の間隙《かんげき》を利用した。信心深いふりをしてトルレスにうまく取り入った。久三が己を兄のごとく慕うよう仕向けもした。

治右衛門には宗麟よりも強力な恋敵がいた。天主《デウス》と呼ばれる神である。だが逆に、治右衛門はこの神を大いに利用した。トルレスには修道士《イルマン》を志していると嘘《うそ》をつき、キリスト教を学んだ。近習ゆえ洗礼はまだできぬものの、マリアは治右衛門ほど敬虔なキリシタンはいまいと勘違いした。

治右衛門はあるきっかけでマリアの心を開き、ついに不義をなさしめた。修道士《イルマン》を目指すキリシタンが不義をなすほどに己を想っていると知ったマリアは、禁断の愛に女としての幸せを見出《みいだ》した。治右衛門はマリアに天主《デウス》と宗麟を裏切らせた。一度堕《お》ちると、人は弱い。マリアは共犯者である治右衛門にすがるまでになった。

側室との不義は、さして難しい話でもなかった。宗麟は馬で半日かかる臼杵《うすき》の丹生島城《にゅうしまじょう》にも側室を置き、臼杵と府内で二重の生活を送っていた。治右衛門は奈多夫人との連絡も担当し、常に府内に伺候《しこう》し、近習としていつまで宗麟が丹生島城にあるかも把握しているから、突発的な事情でもない限り、不義の最中に鉢合わせする可能性はなかった。おまけにマリアはキリシタンとして足しげく聖堂に通っていたから、その警固の名目で宿直を部下たちに任せ、上原館を簡単に抜け出せた。

今ならマリアは、宗麟や天主ではなく、治右衛門に従うはずだった。

館の西端から鈍《にぶ》い灯《あか》りが漏れていた。マリアが天主《デウス》への祈りを捧げている時分だ。神に不義の赦しを乞《こ》うているなら、それも今宵で最後だ。マリアを狂信と不義と側室の桎梏《しっこく》から解き放ってみせる。

――柴田治右衛門じゃな？

思いに耽《ふけ》っていて、油断した。次々と現れた黒影は十人近くいるだろうか。血走ったようにぴりぴりする殺気が辺りに満ちていた。上原館に治右衛門が来ると見越して、待ち伏せしていたわけか。

治右衛門が鯉口を切るや、黒い影たちが襲いかかってきた――。

殺戮が終わると、月明かりに見覚えのある男の死に顔を見た。府内奉行の田原民部がよく使っている男だった。

暗殺者たちはいずれも手強い相手だった。治右衛門は深く斬られた脚を引きずりながら、愛する女のいる館へ向かった。

空に昇った月が高い。この長い夜が明けた頃には、治右衛門とマリアは新天地にいるはずだった。

六

ふたりのゆくてを照らす月明かりは時おり高塀で遮られた。

治右衛門は武家屋敷の裏手をゆっくりと進んだ。女の温かくやわらかな手を強くにぎり締める。計算違いが続いていた。

馬の揺れが身重のマリアには耐えられぬらしく、府内に向かう途中でやむなく乗り捨てた。最初は大柄なマリアの身体を抱きかかえて歩いたが、左脚に受けた刀傷が思いのほか深く、遅れていた。すでに府内奉行が動き出している。時がなかった。

順調なら、古庄丹後によるデウス堂の焼き討ちがそろそろ始まるはずだった。今になって、古庄を焚きつける最後の詰めが甘かったと悔いてもいた。

「治右衛門さま。わたしたちはいずこに向こうておるのですか？」

マリアには久三が何者かに斬られ、デウス堂で手当てを受けているが、危篤だと伝えてあった。治右衛門もいっしょに襲われたと自身の怪我を説明する必要があったし、欠落《かけおち》すると真実を告げた場合、本当に治右衛門に従ってくれるか、土壇場で自信がなくなった。

「沖ノ浜でござる」

弥助に手配させてある舟で海を渡れば、暁には伊予《いよ》の国に着いているはずだ。

背後で息を呑《の》む気配がした。立ち止まろうとする女の手を構わず引いて、強引に進んだ。

「……わたしを、たばかったのですね？」

治右衛門はこれまで自他を偽って生きてきた。正しい目的のためならたとえ相手が愛してやまぬ女であっても、欺《あざむ》いてよい。

「お赦しくだされ。こうでもせねば、われらは添い遂げられませぬ」

ふたりが夫婦《めおと》になる方法は欠落《かけおち》しかなかった。マリアはもう引き返せぬ。他の道をすべて断ってしまえば、人は残された道を歩むほかない。

「お待ちくださいまし、治右衛門さま！」

マリアが手を振りほどいた。振り返ると、怖れるように治右衛門から身を引いていた。

「今日も悩んでいたのです。わたしたちのふるまいを天主《デウス》がお赦しになるのかと。なにゆえ、かくもお急ぎになるのですか？」

「民部様がわれらの仲を嗅《か》ぎつけたのでござる」

マリアは息を呑んだ。

田原民部は宗麟がマリアを側室に迎える際も苦言を呈した。民部は懐刀《ふところがたな》として宗麟のあらゆる欲望を実現してのし上がってきた男だが、キリシタン急増への懸念から異例の諫言《かんげん》をしたわけである。近習との不義は、マリアを排除するには格好の材料だった。

マリアは心を決めた様子でうなずいた。

「治右衛門さまのお命が懸かっているなら、背に腹は代えられませぬ」

上原館の衛兵には、デウス堂に不穏の動きありとの連絡があったため、調べに出るとしか伝えていなかった。むろん、マリアの外出は伏せてある。だが、これだけ戻りが遅ければ、所在が確認されるだろう。

治右衛門が仕掛けておいた府内の騒擾は、無事にふたりの欠落《かけおち》を覆い隠してくれるだろうか。

左手、デウス堂の方角に火の手はまだ見えぬ。前へ進むしかなかった。逃げ切ってみせる。治右衛門はマリアの手を強く握った。

七

欠け月に照らされた灰色の海は荒い波音でふたりを迎えた。

つわりがひどくなって嘔吐《おうと》を始めたマリアを抱きあげ、左脚を引きずりながらようやく沖ノ浜にたどり着いた。油断はできぬが、強い潮の匂いを感じると、疲労と安堵《あんど》で魂が抜けだしそうな気さえした。弥助に会い、海を渡れば新天地だ。

港近くにはブラスという名のキリシタンのやり手の漁師がいて、もう使われていない舟小屋を持っていた。そこが弥助との待ち合わせ場所だった。ひと押しすれば崩れそうな古い家屋だ。

舟小屋に近づくと、どこからともなく小柄な影が寄り添ってきた。

「お待ちしておりましたぞ、旦那」

弥助の鼠《ねずみ》顔が、地獄で出会った仏に見えた。

舟はまだ繋がれていない。中柱に支えられた小屋に入ると、中には燭台《しょくだい》が灯っていた。腕の中のマリアを小屋の板壁にもたれさせた。マリアはえずくように軽い呻き声をあげたが、ぐったりとしたまま瞼《まぶた》を閉じていた。

治右衛門も傷ついていた。疲れ切った身体を休めたかった。

「舟を出す前に、酒と包帯を持ってきてくれぬか」

弥助は治右衛門とマリアをじろじろ見ながら問うた。

「何やら大変なご様子ですな。お腰の物は刃毀《はこぼ》れしておりませぬか」

「磨《す》り上げれば使えようが、新刀を都合してくれぬか」

治右衛門は腰から刀を鞘ごと外すと、差し出された弥助の両手の上に置いた。

「ときに古庄は来なんだか？」

「見えませなんだ。馬油なぞも持って参りましょう」

古庄は怖気づいたのであろう。早く舟を出せねばならぬ。

弥助が音もなく去ると、板壁に背をもたせかけた。マリアを抱き寄せると、すがりついてきた。すべてを捨てたマリアにはもう、世に治右衛門以外に頼る者がないはずだった。

「お怪我はだいじょうぶでございますか？」

「何のこれしき。あとは舟に乗るのみ。弥助に任せておけば間違いはござらぬ」

マリアは青白い顔でつわりの苦しみに耐えていた。昨夏、奈多夫人がつわりで苦しんだ頃、一日じゅう侍女に身体をさすらせ、治右衛門にも大きな団扇《うちわ》であおがせていた姿を思い出した。

治右衛門はマリアを強く抱き締めた。この女を守ってみせる。マリアの髪の匂いを嗅ぎながら、幸せを感じた。眠りに落ちたのか、意識が一瞬、遠のいた。

八

小屋の周りで金属音がしていた。鎧《よろい》のこすれる音だ。

治右衛門はハッと目を覚まし、耳を研ぎ澄ませた。

弥助はまだ戻っていない。腰元の脇差をそっと抜いた。燭台の炎を吹き消すと、小屋に闇が戻った。

甘かった。沖ノ浜まで田原民部の追捕《ついぶ》の手が伸びていたか。

「マリア様には手出しができぬはず。安心なされませ」

ささやき終わらぬうち、引き戸が勢いよく開かれた。

「わしじゃ。治右衛門はおるか？」

先頭に立つ鎧武者は、齢《とし》の離れた兄、柴田紹安《じょうあん》であった。紹安の後ろから物々しい甲冑《かっちゅう》姿の武者たちが所狭しと乱入してきた。小屋は包囲されている様子だった。

「何たる不始末よ。恩を仇《あだ》で返すとはな。せめてお前の首を差し出さねば、柴田家は取り潰しとなろう」

欠落《かけおち》を計画し始めてから、治右衛門は一度も、兄や柴田家のゆくすえに思いを致さなかった。庶子の弟とはいえ、実弟が国主の側室と不義を働いたとなれば、宗麟の虫の居所しだいでは、柴田家の一族郎党が鏖殺《おうさつ》の憂き目に遭うおそれもあった。十数年前の話だが、宗麟が家臣服部《はっとり》右京助《うきょうのすけ》の室を見染めるや、謀叛を理由に服部一族を掃討してその室を奪い、側室とした事件があった。

紹安は家来に命じ、松明《たいまつ》で小屋の中を照らさせた。

「わしは皆を守らねばならぬ、されば、治右衛門。柴田のため、死んでくれい」

「お待ちなされ、兄上。それがしは御簾中《ごれんちゅう》のお覚えめでたき身でござるぞ。御簾中が御館様のご側室に対し平静ならざる思いを抱かれるは、人としてやむなき話。さればそれがしは御簾中のご命にてマリア様を他国へお連れするもの。邪魔立てをなされば、ただでは済みますまいぞ。

御館様も内々にご承知の話にござる」

「たわけが。さような詐言《さげん》にわしが惑わされるとでも思うてか。こたびお前を捕えるは府内奉行、田原民部様のご命令じゃ。昨日ご使者を野津《のつ》へ寄越されてな。仔細《しさい》を聞いて仰天したわ。お前を討つために、急ぎ府内に出て参ったもの」

展開が早い。やはり神志那が民部に治右衛門の秘密を漏らしていたのだ。

「俺は御簾中の侍従でござるぞ。闇討ちなどすれば――」

松明に浮かび上がる紹安の表情に、物乞《ものご》いでも見やるような哀れみが浮かんだ。

「御簾中が民部様を捨てて、お前ごときを選ばれるとでも思うてか。すでに御簾中もご承諾の話じゃ。お前などとうに見捨てられておる」

奈多夫人の妖《あや》しげな笑みが思い浮かんだ。破滅を誘うような甘苦しい体臭さえ鼻先に蘇った。夫人は治右衛門を捨て駒にしてデウス堂を焼かせる肚《はら》だったのだ。広い大友領で治右衛門の代わりになる若者などいくらでもいた。二年近くそばに仕えて、飽きられていたのやも知れぬ。

治右衛門は己の生存が柴田家にとって利となる理屈がないか、すばやく思い巡らしてみた。

紹安は、戦場で華々しい手柄を立てた弟の治右衛門が、やがて大友の宿将戸次鑑連《べっきあきつら》に取り立てられ、さらには宗麟の近習になった快挙をわが事のように喜んでいたものだ。だが人の心は奇っ怪で、いつしか妬みを抱くようになったらしい。父と兄の戦死を契機に若くして仏門に帰依《きえ》した信心深い紹安が、方便とはいえキリシタンと繋がる治右衛門を嫌悪し始めた事情もある。

治右衛門にとっても紹安の助けなど無用だった。いや、しがない土豪の出自を想起させる邪魔者でさえある。だから距離を置き、疎遠になっていた。互いに利用価値がなくなったのだ。

利なくして人を説くのは難しい。

柴田兵は槍《やり》を手に鎧を身に着けている。治右衛門は脇差《わきざし》ひとつで、しかも負傷していた。

「わかり申した。兄上と柴田家、大友宗家には大恩ある身。せめて潔く投降し、罪を認めて腹を切りたく存じまする。それがしの命は要りませぬ。されど、マリア様だけはお見逃し下され。御館様とて情を交わした女性《にょしょう》を手にかけたくはないはず」

治右衛門の言葉に腕の中のマリアが強くしがみついてきた。

降《くだ》る気はなかった。隙を見て槍さえ奪えば、治右衛門に敵う者など柴田家にはいない。マリアを先に舟に乗せて機を窺えばいい。

紹安はしばし考えていたが、やがて小さくうなずいた。

「よかろう。されば、脇差を鞘に戻し、こちらへ寄越せ」

兄とはいえどこまで紹安を信じてよいか。治右衛門を捕えながらマリアを逃がした言いわけを考えついたろうか。紹安がそこまで危険を冒す義理もないはずだ。奉行に差し出した後で治右衛門に下手な動きをされるより、ここで殺害して首を届けたほうが確実なはずだった。

「されば、槍をおさめて下さらぬか。仮にもマリア様は御館様のご寵愛を受けしお方、無礼でござろう」

紹安の合図で槍が引かれると、治右衛門は「すべてお任せあれ」とマリアの耳元に囁《ささや》いてから立ち上がった。

斬られた左脚が感覚をほとんど失っている。引きずるようにして歩いた。この身体でも柴田家の雑兵《ぞうひょう》相手なら戦えるはずだ。だが、得物がない。脇差を朱鞘に納めながら、小屋の中柱に寄りかかった。

「行平《ゆきひら》の上物でござる」

床を滑らせて渡した。脇差を手にした紹安が後ろに身を引いた。

「赦せ、治右衛門。丸腰でのうては討てぬゆえな。ここでお前を討ち取らねば、悔いを千載に残す。ご側室は御館様にお届けする」

柴田の見知った兵らが再び音を立てて、いっせいに槍を構えた。以前、ともに戦場を駆けた朋輩でもあった。紹安は治右衛門の母を見捨てた同じ父親の血を引く男だ。予期していた行動だった。

治右衛門は両手でがしりと中柱を摑んだ。両腕に抱え込み、ふんと怪力を込めた。力の限り柱を引っこ抜く。天井が砕ける音がした。屋根が割れ、夜空が見えた。舟小屋がぐらつき、崩れ始めた。

治右衛門はマリアを左腕に抱き上げ、板壁を蹴破《けやぶ》った。崩れていく小屋の外へ出た。右脇に抱えた柱をぶんと振り回す。周りの柴田兵を薙ぎ払った。

倒れた兵士から槍を奪った。槍さえ握れば、治右衛門は天下無双だ。全身に若い力が漲《みなぎ》ってきた。

九

柴田家の動員兵力はせいぜい数十人だが、総出であったらしい。潰れた小屋の下敷きになった者たちも数名いるが、三十人ばかりの鎧武者が治右衛門とマリアを取り囲んでいた。見知った顔が並ぶ。

「無駄じゃな、兄上。柴田の郎党では俺を討てませぬぞ」

若年ながら治右衛門は、大友最強の戸次軍にあり、陣頭で一隊を指揮する将となった男だ。柴田家の包囲陣ごとき、簡単に突破できた。

後は弥助に会い、舟に乗れば、逃れられる。だが見回しても辺りにあの小柄な姿が見えぬ。紹安に殺害されていなければよいのだが。

紹安は涼しい顔で前に一歩、踏み出した。

「お前の武勇を知らいでか。わが家中にも一人、お前を討てる者がおったのを忘れたか？」

紹安の後ろから小兵が現れると、治右衛門は覚えず舌打ちをした。マリアを背に守りながら海辺まで後ずさった。

「しばらくじゃな、治右衛門。鑑連公のもとで多少は精進したか」

特徴あるかすれ声は遠くで聞こえる雷鳴に似ている。総白髪だがしゃんと背筋を伸ばした痩身の男が、ゆっくりと前に出た。両手に槍を一本ずつ持っている。治右衛門の武芸と学問の師、冨来太郎兵衛《とみきたろべえ》だった。

五年前に治右衛門が野津を出た後、隠居したはずだが、愛弟子《まなでし》を討つために老軀《ろうく》に鞭《むち》打って田舎から出てきたわけか。老いたりとはいえ、戦場でも見かけぬほど厄介な相手だった。優に万を超える立ち合いで、治右衛門が勝った経験はただの一度だけだった。

「マリア様、しばしここでお待ちくだされ」

耳元でささやいてから、一歩前へ出た。

「御師におかれてはご健勝で何より。お齢《とし》を考えて、無用の立ち合いはやめられよ」

「最後の稽古《けいこ》じゃ、治右衛門。これを使え」

太郎兵衛が投げた槍を右手で受け取った。使い込まれた黒い柄の十字槍だった。治右衛門は戦場で十字槍を愛用した。十字槍は扱いにくいが、熟達すれば絶大な威力を発揮する。

「どれ、鑑連公の薫陶がいかほどのものか、見せてもらおうか」

太郎兵衛が前に踏み出しても、治右衛門はまだ槍の穂先を上げたままだった。構えたくなかった。この五年で治右衛門の槍の腕前は格段に上がっていた。強敵でも、今なら打ち倒せる。だが治右衛門は太郎兵衛を殺したくなかった。今まで人を殺す是非など考えもしなかった。殺せるかどうか、可否のみを考えた。俺は昨夜からどうかしている。だが、この老人を倒さぬ限り、伊予には渡れまい。マリアとともに豊後で死なねばならぬ。

「柴田家の顔に泥を塗るとは何たる愚か者か。死して、詫びよ！」

太郎兵衛が踏み込んできた。ブンと唸《うな》りを立てて、いきなり十字の穂先が突き出された。治右衛門は身を引く。間一髪だ。鋭い槍が次々と繰り出される。辛うじてかわし続けた。加齢で衰えるどころか、槍さばきの切れが一段と増している気さえした。

「くそ爺め、いつも俺の邪魔ばかりしおるわ」

「近ごろは一人前に女遊びなぞしおって、腕が鈍っておるかと思えば、さほどでもないようじゃな」

太郎兵衛は値踏みでもするような眼で治右衛門を見ると、枯れた片笑みを浮かべた。伸び放題の無精ひげは昔と変わらなかった。

太郎兵衛は自慢の十字槍で柴田家四代に仕えた老臣であった。

十年ほど前、腹違いの弟が世にいると知った紹安は、野伏《のぶせり》の一団にいた十歳の治右衛門を探し出して柴田家に引き取った。が、治右衛門の乱暴狼藉《らんぼうろうぜき》にほとほと手を焼き、太郎兵衛に預けた。黙って引き受けた太郎兵衛は、ひ孫代わりに治右衛門を厳しく育てた。妻子を早くに失いずっと家族のいなかった不器用な老人と治右衛門との五年余りの共同生活はさながら戦場で暮らしているようだった。

「参るぞ」と、また太郎兵衛が先に動いた。

十数合打ち合わせた。押されっぱなしだった。左脚の負傷と疲れもあるが、昔と変わらぬ力量の差を感じさせられた。

槍を合わせるうち、昔の記憶が次々とよみがえってきた。

「弟子の不始末の尻拭いとは、おちおち鼻毛も抜いていられぬわ」

太郎兵衛はふだん無口なくせに、稽古中はよくしゃべった。それも稽古をつけながら悪口を並べ立てる。悪口を言われれば、言い返したくもなる。二人は師弟、君臣、家族の間柄だったが、会話はいつも言い争いになった。口論ではたいてい治右衛門が勝ったが、武芸では必ず太郎兵衛が勝った。体格に優れた治右衛門は、引き取られて間もなく太郎兵衛の背を越し、腕力も上回ったが、武技の格が違いすぎた。このいけ好かぬ老人をいつか叩《たた》きのめしてやりたいと願い、毎日精進を重ねた。今では懐かしい思い出だった。

治右衛門は太郎兵衛の構えに一瞬の隙を見つけた。初めて前に踏み出した。槍を繰り出すが、即座に打ち払われた。

「戦いの機微が多少は見えるようになったか、治右衛門」

太郎兵衛は稽古をつけるごとく満足げにうなずいた。

「今ごろ俺を誉めておるつもりか、御師？」

太郎兵衛は答えの代わりに、槍を激しく繰り出してきた。

「あの時、なぜわしがお前を追い出したか、わかったか？」

初めて太郎兵衛を打ち負かした日の夜、治右衛門は誉められると期待していた。むろんたまたま一本取れただけの話で、依然として実力差は歴然としていた。庶子とはいえ主家から預かっている若者を育て上げたのだ。太郎兵衛も誇ってよいはずだった。

だがその夜も太郎兵衛はふだん通り無口で、話しかけても悪口《あっこう》だけが出てきた。その前年、治右衛門が初陣《ういじん》で手柄を立てた時さえ誉めなかった。むしろ手柄を立てるためにした無理をひどく叱《しか》った。

この偏屈な老人は治右衛門の成長を喜ぶどころか、子どものように悔しがっているのだと思った。ふだんは腹を立てて口答えしていた治右衛門もこの夜ばかりは悲しくてたまらなかった。他の者はどうでもよい、己はただ太郎兵衛に認めて欲しかったのだと気づいた。同時に太郎兵衛にだけは心を許していたのだとわかった。

太郎兵衛の悪口《あっこう》に対し、治右衛門は心にもない罵詈《ばり》雑言《ぞうごん》を並べ立てて応じた。弁舌では負けぬ治右衛門が太郎兵衛を論破し、苦いだけの沈黙が流れた後、太郎兵衛は五年の間ただの一度も口にしなかった、初めての言葉を口にした。

――出て行け、と。

治右衛門は耳を疑い、訊《き》き直したが、答えは同じだった。

その夜そのまま、治右衛門は野津を出た。柴田家を出奔した治右衛門は、太郎兵衛が賞賛していた戸次鑑連に仕官を許され、すぐに戦場で抜群の軍功を立てるようになった。以来、太郎兵衛とは一度も会わず、文さえ交わしていない。

「わしはお前を誉めておるのではない。お前なんぞを育ててくださった鑑連公に感謝申し上げておるだけじゃ」

また、太郎兵衛に隙が見えた。踏み込んだ。が、相手は消えていた。左に回られた。身体をひねる。間に合わぬ。鋭い突きが襲う。かわし切れぬ。左胸に衝撃が来た。治右衛門の巨軀がはじき飛ばされた。

「この次は石突《いしづき》では済まさぬぞ。お前はまだ、だましの隙の見分けがつかぬようじゃ。気の流れを摑み切れておらぬからよ。お前には誰にも負けぬ天賦の才がある。精進を重ねれば見えてくるじゃろうが、時すでに遅しよ」

治右衛門は呻きながら立ち上がろうとした。だが、胸を押さえて地面にへたり込んだ。身体が震えていた。――恐怖だった。

肋骨《ろっこつ》が折れたのか、溺《おぼ》れたように息が苦しかった。だめだ、この老人にはまだ、勝てぬ。このままでは、殺される……。

死の恐怖に心が押しつぶされそうだった。己が殺害してきた相手は皆、この恐怖に怯えていたのか。初陣の頃に感じていた心の慄《おのの》きをはっきりと思い出した。

「震えておるか、治右衛門？　お前に恐怖を与えておるのは、わしではない。お前自身の心の弱さ、疚《やま》しさじゃ。己が生きざまを誇れぬ悪鬼の心ゆえよ。今のお前の眼は嘲りと蔑みに満ちておる。たしかにお前は恐怖を忘れられるくらい強うなった。じゃが、その強さのおかげで心はむしろ弱うなった」

治右衛門は恐怖を忘れていただけだった。克服したわけではない。命のやりとりを巡って恐怖に身体を震わせていた久三や古庄の姿を思い出した。あの二人よりも、今の治右衛門のほうが惨めな気がした。

治右衛門はよろめきながら立ち上がった。手の震えのせいで、十字槍の穂先も小刻みに揺れている。

「情けなや。お前はわしが育てた。わしは口下手で子育てもへたくそゆえ、真の武人に育ててやれなんだ。世に害をなす悪鬼を生んでしもうたなら、わしが始末をつけねばならぬ」

太郎兵衛は深い息を吐きながら、槍を構えなおした。

「次が最後じゃ、治右衛門。覚悟せよ」

太郎兵衛が痩身から凄《すさ》まじい殺気を迸《ほとばし》らせた。尖《とが》った穂先で渾身《こんしん》の一撃を食らえば、即死だろう。太郎兵衛は責めを負うつもりだ。治右衛門を討った後、腹を切って詫びる気に違いない。

もしもいま一度やり直せるなら、治右衛門が戸次家に仕官して戦功をあげたとき、あるいは足軽大将に取り立てられたとき、意地を張らず故郷に錦を飾り、ぼろ家の縁側で太郎兵衛と酒を酌み交わしたかった。そうすれば、聞き馴れた悪口の途中で本心が出て、ぽろりと「治右衛門、でかしたぞ」とひと言くらい褒めてくれたろうか。いや治右衛門こそ、照れくささのせいで今までついに一度も言えなかったが、「御師のおかげじゃ」などと感謝の言葉くらい吐けたやも知れなかった。

そうしていれば、治右衛門も悪鬼に堕して人の命を弄《もてあそ》ぶような心根にはならなかったろうか。太郎兵衛はいつか治右衛門が戻り、立てた手柄の自慢話でもするのを、鼻毛をいじりながら聞きたかったのやも知れぬ。太郎兵衛はあの夜、治右衛門を育てるために追い出したのだ。今さらだが太郎兵衛に対し申し訳ないと悔いた。後悔するうち心が次第に澄み渡って、恐怖が和らいでいく気がした。

「すまなんだな、御師。だが俺は今、どうしても生きたいのじゃ」

初めてだろうか、本当の気持ちが素直に出た。太郎兵衛を前に死を覚悟したせいだろう、震えも止んでいた。勝てる気がした。

同時に太郎兵衛を殺したくはないと心底思った。が、相手は凄まじい殺気を放っている。これほどの強者を相手に、手加減などできようはずもなかった。かつて教わったように一撃必殺の致命傷を与えて、勝ち逃げできるかどうか。死ぬ気でかからねば、とても生き延びられぬ。

全神経を太郎兵衛の動きに集中させた。

「こたびの一件、死んで詫びるほかあるまい。治右衛門、参るぞ」

太郎兵衛が地を蹴った。治右衛門と同時だった。太郎兵衛の左胸にわずかな隙が見えた。狙《ねら》う。いける。変だ――。

突風で灯りが消えたように、突然、決闘の場から殺気がかき消えた。が、治右衛門が繰り出していた槍は、途中で止められなかった。そのまま太郎兵衛の痩せ枯れた小さな身体を刺し貫いた。

「……御師！　何ゆえ！」

太郎兵衛は刺さった槍を左手で握りながら、口から痰《たん》のようにペッと血塊を吐いた。

「半人前めが。老い先短き身で、若者なぞ討てるか」

太郎兵衛は駆け寄ろうとする治右衛門を手で制すると、槍を胸に刺したままの姿で紹安に向きなおり、片膝を突いて頭を下げた。

「殿、わしは柴田家四代にお仕え申し上げた。さればなにとぞ、五十年で立てた功に免じ、わが命と引き換えに弟御をお赦しくだされ」

太郎兵衛の捨て身の願いに、紹安は何度も小さく首を横に振った。

「何をしたとて、もう治右衛門は救えまい」

「鑑連公は家臣と民を誰よりも大切にされるお方と聞き申す。公のお見捨てなくば、まだ命を拾えるやも知れませぬ」

太郎兵衛はついに力尽きたが、刺さったままの十字槍の両鎌がつっかえになって、身体はすぐに倒れなかった。

「御師！」

治右衛門が駆け寄って槍を抜く。死にゆく恩師を抱きとめた。軽い。老いて縮み、骨ばった身体だった。

太郎兵衛は月影の下で、治右衛門に初めて微笑んだ。

「強うなったな、治右衛門。お前が脚を怪我しておらねば、負けておったわ。いつも言うておったろう。何事も決して最後まであきらめるな。鑑連公を信じよ。もし奇跡が起こり命を拾うたなら、大友宗家のためその力を存分に使え。過去は変えられぬが、武人の生の過半は死にざまで決まるのじゃ。誇れぬ生を生きてしもうたなら、せめて死を以《もっ》て誇れ。よいか、治右衛門。今度こそ柴田の名を汚さぬよう、心して乱世を生き、見事に死ね」

「待て、御師！　こんな所でくたばるつもりか！」

「悪い死に方でもないと、思うておるのじゃがな」

「負けて死ぬなぞ、弱き者の末路ではないか！」

「最後まで減らず口を叩きおるわ。負けて死んでも、弱者とは限らぬぞ。己《おの》が運命にさえ打ち克《か》てば強者じゃ」

　死の間際に久三が治右衛門を祝福したかすれ声が再び耳に響いた。ならば、子らのため最後まで懸命に生きようとした治右衛門の母も弱者ではなかったのか。

　小刻みに震える太郎兵衛の手が、治右衛門の頰に触れた。

「わしの家によう来てくれたな、治右衛門。楽しかったぞ。礼を言う」

　治右衛門はただの一度も太郎兵衛に礼を言った覚えがなかった。

「礼を言わねばならぬのは俺のほうじゃ。……御師！」

　太郎兵衛の細い眼から涙があふれ出た。初めて見る涙だった。

　微笑んだまま太郎兵衛が息を引き取ると、治右衛門は覚えず雄叫びをあげた。なぜかは知らぬ。久三を殺めた時と同じだった。封じていたはずの涙が堰《せき》を切って込み上げ、あふれ出た。

　——俺はまた童《わらべ》のごとく泣いておるのか！　俺はどうしたのだ！

　周りで鎧の音がしはじめた。治右衛門は太郎兵衛の痩身をそっと横たえると、涙もぬぐわず槍を手に立ち上がった。

感傷など捨て去らねば、乱世を生きられぬ。太郎兵衛の遺言に従って投降すれば死罪となるに決まっていた。厳正な鑑連なら己が家臣の不始末に怒り、家臣の首を差し出して宗麟に詫びるだろう。太郎兵衛が願うほど人生は甘くない。世はもっと汚れている。

「治右衛門は手負いじゃ。討ち取れ！」

紹安の声が無情に響いた。治右衛門は太郎兵衛の命を奪った黒柄の十字槍を強く握りしめた。

「来るな！　これ以上、俺に殺生をさせるな！」

大音声で怒鳴りつけると、柴田兵はぴたりと動かなくなった。今の治右衛門を討てる者なぞ誰もおらぬ。

海辺にひとりしゃがみ込んでいたマリアを助け起こすと、ふたりで悠然と包囲網を抜け出た。治右衛門の鬼気迫る様子に、柴田兵は誰も手を出そうとしなかった。

「わが友の形見じゃ。行平を返されよ」

紹安に言い、神志那の脇差を取り戻した。

†

ふたりのゆくて、波間には大きな南蛮船が一艘《そう》揺れている。

港に向かって足を引きずりながら歩いてゆくうち、弥助の小さな姿を見つけた。助かった。生きられる。俺は御師に約束した。豊後ではできなんだが、新天地で愛する女とともに生き直して見せる。御師の死を無駄にはせぬ。名だたる勇士冨来《とみき》太郎兵衛まで討ち取られて、治右衛門を取り逃がしたとあれば、柴田家もいちおうの申し開きができよう。そのために太郎兵衛は府内まで命を捨てにきたのだ。

「これは……ようご無事でおられましたな」

弥助は幽霊にでも会ったような顔で、治右衛門を見上げた。眼は落ち着きなく治右衛門とマリアの顔を窺《うかが》っていた。

「お前も無事で何よりじゃ。もう手出しはさせぬ。いずれ奉行所の連中が来るであろうが、ぎりぎり間に合うたわ。手当てをする暇もないゆえ、即刻出たい。舟はいずこじゃ？」

民部にはすでに二度襲われていた。あの奸智に長けた男なら、柴田家の失敗も見越して幾重にも手を打っているはずだ。

「あいにく、舟が出払っておりましてな……」

いつになく歯切れの悪い弥助の声を聞いた瞬間、すべてが腑《ふ》に落ちた。沖ノ浜には最初から、伊予へ渡る舟など用意されていなかったのだ。弥助の裏切りを考えなかったとは、治右衛門も悪人失格だった。弥助は今夜マリアの姿を見る前から欠落《かけおち》の企てに気づいていた。いや、弥助こそが民部に寝返ってマリアとの不義を神志那に伝え、府内奉行に治右衛門を売った張本人だったのだ。

弥助は、奉行所の役人であり宗麟の近習でもある治右衛門と手を組んでいただけで、身の危険を冒して逃亡を助けてやる義理などなかった。治右衛門から何の利も得られぬ以上、絆《きずな》は切れて当然だった。追われる身の素浪人でも、売れば金になる。どうせなら最後まで利をむしり取ったほうがよい。弥助は己の保身を考えて、側室と近習の不義から手を引く時期を窺っていたのだろう。裏切らぬほうがおかしかった。

治右衛門は右手の槍を強く握りしめた。昨日までの治右衛門なら、ひと突きで弥助を刺殺していたはずだった。だが、なぜか命を奪う気にはならなかった。太郎兵衛の命を奪った十字槍を、弥助なぞの血で汚したくもなかった。

「今から出る南蛮船はないか?」

「明昼に出る船が、一艘……」

南を振り返っても、府内は炎上などしていない。古庄丹後は結局、焼き討ちを実行しなかった。紹安は田原民部に応援を頼んでいるはずだ。民部の追捕の兵はいずれ沖ノ浜に到達しよう。

「治右衛門さま、司祭《パードレ》を頼りましょう。いざデウス堂へ」

治右衛門の左腕のなかで、マリアが見上げていた。

寺社領は無縁所《むえんじょ》として政治権力が及ばぬはずだが、新宗教である教会の場合は取り扱いが決まっていない。だが、追捕の手からいったん逃れて身体が休められる場所を他には思いつかなかった。

「弥助。馬を一頭、ただちに都合せよ」

有無を言わせぬ治右衛門の剣幕に押され、弥助はあわてて駆けだすと、すぐさま馬を連れて戻ってきた。

弥助に手伝わせて乗馬する。柴田兵はなす術もなく遠巻きに見ているだけだ。

治右衛門は左腕でマリアをしっかりと身体の前に抱いた。血塗りの十字槍を右手に、柴田の武装兵の間を堂々と押し通った。

「民部様がお前を放っておくはずがあるまい。いずれ奉行に捕まるなら、柴田の手柄とさせてくれぬか」
紹安の呼びかけに治右衛門は答えなかった。
海風が吹いていた。血の匂いが鼻について離れず、潮の匂いは感じられなかった。

第三章　青銅の十字架《クルス》

一

デウス堂から聖歌が消え、キリシタンたちが府内《ふない》の町のどこかへ吸い込まれた頃《ころ》には、更待《ふけまち》月《づき》が空高く昇っていた。

柴田治右衛門《しばたじえもん》は左腕に抱き寄せたマリアの髪を頰《ほお》で撫《な》でた。つわりのせいでマリアは具合がすぐれず、教会の脇《わき》に建てられた病院の一室で日がな横になっていた。治右衛門はずっとマリアのそばにいた。他に用事もなかった。

言葉は必要なかった。口に出さずとも、この優しいひと時がもうすぐ終わる運命をふたりは承知していた。

デウス堂に逃れてから二日が経《た》った。門から一歩でも外へ出れば、各所に待ち構える府内奉行の武装した公吏たちに、たちまち捕縛されよう。

かねて寺社領内は治外法権の地であり、時の権力も及ばなかった。だが、外来の新興宗教勢力にすぎぬキリスト教について寺社と同様に扱うべきかは新しい大問題だった。

府内奉行田原民部《たわらみんぶ》による治右衛門とマリアの引渡し要請を、トルレスは毅然《きぜん》として撥《は》ねつけた。民部は手続を踏むためにひとまず引きさがったが、次はいかなる手を打ってくるか。宗麟《そうりん》を除き、寺社勢力も重臣たちもキリスト教を快く思っていなかった。

もともとは治右衛門が仕組んだ陰謀だが、奈多《なだ》夫人の願いで宗麟もデウス堂の焼き討ちを承諾していた。奉行からの要請拒絶は、実力行使に出る格好の口実ともなりえた。炎上するデウス堂からのほうが脱出しやすかろうと心中で打算するたび、何かをやり遂げたような久三《きゅうぞう》の死に顔が脳裏をよぎった。

「久三はどこへ行ったのでしょう？　あの子は昔、修道士《イルマン》になると言うておりましたのに剣ばかり強くなって……。近ごろはゆるりと話す時を持てませんでした……」

何も知らぬマリアは行方知れずの久三の身をしばしば案じた。

治右衛門の心がうずいた。久三を思い出すと、胸がつかえるのはなぜか。利用して捨てた道具なぞに想《おも》いを致しているのかと頭で叱咤《しった》する。だが人を殺すと心が痛むことを思い出した。

いったん感じ始めると、幼い弟を守ってやれなかった時と同じくらい強く痛んだ。

トルレスの手当てのおかげで、受けた身体《からだ》の傷は癒《い》えてきたが、心に生じた霧は晴れなかった。久三を殺《あや》めて不覚にも涙を流して以来、生ぬるい偽善の気持ちが、心のなかで黴《かび》のように殖《ふ》え続けている気がした。

マリアに勧められて、治右衛門は柄にもなくコンヒサン（懺悔《ざんげ》）をやってみた。皆が寝静まった夜遅く、姿を見せぬトルレスに向かい、斜めの面格子窓ごしに低い声で告解なる儀式をやった後は、気が少し楽になった。むろんトルレスの裏切りを恐れて久三の件は伏せてあった。もっぱら母と弟の話やマリアとの恋、太郎兵衛《たろべえ》の死について、治右衛門は語った。だがコンヒサンなぞ百たび繰り返したところで事態が好転するはずもなかった。

「わたしは薬師となって、修道士《イルマン》たちとともに病に苦しむ人たちを助けたいと願うておりました……」

府内の貧民の孤児《みなしご》だったマリアはトルレスに拾われ、聖堂で育てられた生まれつきのキリシタンだった。幼い頃から、今は肥前《ひぜん》にいる修道士《イルマン》の医師ルイス・デ・アルメイダの手伝いをして病人たちを救ってきた。宣教師たちも従順で心優しい孤児を慈しんだ。マリアは天主《デウス》に仕えるべくして仕えた。マリアたちの運命を変えたのは、宗麟《そうりん》の鼻風邪《かぜ》だった。宗麟はアルメイダによる治療の評判を聞きつけると、新し物好きも手伝って上原館《うえのはるやかた》に呼んだ。その時、助手を務めたマリアの楚々《そそ》とした姿が宗麟の心を引いたのだった。

天涯孤独のマリアが抱く生来の寂寥感《せきりょうかん》は、信仰によって和らいでいたらしい。だが、宗麟の抱く感情が愛欲にすぎぬと早々に気づいたマリアは再び信仰に救いを求めるようになった。宗麟はキリスト教への関心もあって、マリアの聖堂通いを二つ返事で許した。

「治右衛門さまとずっと、こうしていられればよいのに……」

マリアの少し熱い額を左頬で撫でながら、治右衛門は思案する。

独りなら夜の闇《やみ》へ姿をくらませよう。だが身重のマリアを伴わねばならぬ。

ふたりが結ばれるきっかけとなったのは昨年起きた地震だった。もともとマリアは修道士《イルマン》を志すという治右衛門に好意を抱いている様子だった。

デウス堂として新たに再建される前、トルレスの教会は、ほったて小屋のような粗末な作りであった。

大した地震でもなかったはずだが、礼拝中、人であふれていた教会が倒壊を始めた。いち早く屋外に逃れた治右衛門はマリアの姿を探した。が、見当たらぬ。マリアは子供たちと出てきたが、すぐに中へとって返した。逃げ遅れた幼い孤児たちを探しているらしい。外柱が音を立てて揺らぎ始めると、マリアはとっさに子らを抱きしめて覆い被《かぶ》さった。その姿を見て治右衛門は心を揺さぶられた。何かに突き動かされるように中へ飛び込み、マリアの上に覆い被さった。天井が崩れ落ちたが、幸い死傷者は出なかった。マリアはこれを、天主《デウス》と治右衛門の信仰が起こした奇跡だと勘違いした。

マリアは治右衛門の自己犠牲を信仰心によるものと誤信した。愛のために修道士《イルマン》への道を捨てるとさえ告白する治右衛門に、最初は拒絶していたマリアもついに心を開いた。

治右衛門の人生にはマリアが是非とも必要なのだ。マリアの無私の心と行為に接すれば、人間らしさを取り戻せる気がした。

だが今の苦境をいかに脱するか。トルレスはいつまで引渡しを拒絶できるか。あの晩トルレスは、傷つき救いを求めてきたふたりを受け入れ、微笑《ほほえ》みながら「信徒の身は天主《デウス》と私が守ります」と言い切った。だが、ふたりを匿《かくま》ったために事情は大きく変わった。

奈多夫人と民部は、罪人引渡しの拒絶を理由にデウス堂を焼き討ちする理由を正式に得るやも知れぬ。不逞《ふてい》の輩《やから》による暴発ではない、府内奉行が国都警固の名目でデウス堂を包囲し火をかける実力行使に出るのだ。多くの信徒の命と引き換えにトルレスはふたりを見捨てるだろうか。焼き討ちの脅しに加えて見返りの提示があればどうか。たとえばかねて話に出ている津久見《つくみ》での教会建設と引き換えに、ふたりが明日にも売り渡されぬ保証はなかった。

売られるくらいならその前に裏切る。それが治右衛門の習得してきた乱世の生き方だった。

「このままではトルレス様やキリシタンの皆に危害が及びまする。さればその前に、ふたりで府内を抜け出しましょうぞ」

治右衛門はずっと迷っていた。だが今夜、デウス堂を焼くと決めた。その混乱に乗じ、マリアとふたりで府内を脱出する。他に方法が思い浮かばなかった。

マリアは顔を治右衛門の胸にもたせかけたまま、「すべて、お任せいたします」と小さな声で答えた。

――これが最後の嘘《うそ》だ、最後の裏切りだと、治右衛門は何度も己に言い聞かせた。太郎兵衛との約束でもある。心を入れ替えて、新天地で武人としてもう一度やり直すのだ。

マリアを抱き上げて褥《しとね》に寝かせた。病院を出て司祭館を見ると、今夜もトルレスの部屋から明かりが漏れていた。治右衛門にはこれから会う男がいた。あばた面はどんな話を持ってきたのか。

二

「復活祭《バスコア》とやらは、やけに派手にやりおるのじゃな」

古庄丹後《ふるしょうたんご》は聖堂内部の装飾を見上げながらつぶやいた。

奥の小部屋に入ると、古庄が当然のように上座に坐《ざ》した。トルレスを通じた打診があり、今宵《こよい》の古庄との面会を治右衛門は承諾した。

古庄が奈多夫人の使いとして来たことに、治右衛門は少なからず驚いた。古庄はあの夜、逡《しゅん》巡《じゅん》したあげく沖《おき》ノ浜《はま》にも出向かず、焼き討ちを実行しなかったという。怯《おび》えながら素知らぬ顔で登庁していたところ、丹生島《にゅうしま》から戻った宗麟からじきじきに呼ばれ、奈多夫人にも初めて面会した、お美しいお方であったなどと古庄は得意げに語った。

治右衛門に欺《あざむ》かれていたとも知らず、不義を犯した同僚の没落を見物に来たような按配《あんばい》で、すこぶる機嫌がよかった。

「御簾中《ごれんちゅう》（奈多夫人）はトルレスの白髪首をご所望じゃ。罪人を匿う不届き者なれば、理由はいかようにもつく。お前が取って参れ」

南蛮《なんばん》貿易に悪影響を及ぼす宣教師の殺害を民部は認める気なのか。古庄を下手人に仕立て上げ、その首で幕引きを図るつもりなのか。

「司祭《パードレ》はいつも丸腰でござる。なぜ己《おのれ》で取られぬ？」

「実を申さば、わしはまだ人を殺《あや》めた経験がないのじゃ。生首は苦手でな。首を斬《き》るなぞ、わしにはできん」

治右衛門は嗤《わら》わなかった。乱世で人を殺《あや》めずに生きてきた古庄こそ幸せ者なのやも知れぬ。古庄はもう治右衛門の人生が完全に終わったと見ていた。だから平気で打ち明けたのだろう。

「トルレスの首ひとつで、御簾中が御館様におとりなしくださる。お前は死罪を免れぬところ、伊予《いよ》なりへ落ち延びる手助けはすると。マリア様にもお咎《とが》めなしとのお約束じゃ」

今となっては悪い条件でもないが、古庄はともかく奈多夫人の約束を信じてよいのか。罠《わな》やも知れぬ。宗麟に返すくらいなら、マリアと死にたいとも思った。

「承知いたした。されど諸々《もろもろ》の手配もござれば、三日のご猶予を」

ここで承諾しておいて、日数を稼げまいか。

「御簾中はお気が短い。明日の夜まででどうじゃ？」

治右衛門がうなずき、話は済んだ。聖堂を出、裏手口まで古庄を無言で送った。田原民部なら人質にもできようが、古庄では役に立たぬ。府内奉行が治右衛門ごとき下級武士に会いに来るはずもなかった。

「そうじゃ、治右衛門。知っておるか、今朝、戸次《べっき》の兵が府内に入ったぞ。鑑連《あきつら》公、御自らお越しになった」

治右衛門は戦慄《せんりつ》した。兵の数は五百ほどという。

「お待ちくだされ。なにゆえ鑑連公が兵を……」

「近ごろデウス堂の焼き討ち、あるいは邪教徒の襲撃なぞを企てる物騒な者がおるでな。騒擾《そうじょう》のおそれに鑑《かんが》み、奉行から警固の依頼があった。大友館にあの大音声《だいおんじょう》が轟《とどろ》いておったゆえ、間違いない」

治右衛門は己の甘さに歯噛《はが》みした。デウス堂から身動きが取れず気づかなかったが、民部は恐るべき手を打っていた。大友最強の軍隊が治右衛門を待ち受けているのだ。迷った末に日延べしたが、昨夜決行していれば、脱出ははるかに容易だったろう。機を逸した。

鑑連が自ら出府した意図は何か。鑑連は法を守る厳正さで知られていた。非行に及んだ家臣の首を主君に差し出さねばならぬと考え、精強の兵を率いて府内入りしたのだろう。治右衛門は二年前、中央政庁に出向する形で鑑連のもとを離れた。さらなる立身のためだった。鑑連は表向き家臣の不手際を理由とするだろうが、己を見限った治右衛門に意趣返しをする気なのだ。

名将と謳《うた》われる鑑連も、意外と器の小さい男だ。

鑑連に捕えられる前に、奈多夫人の誘いに乗るべきではないか。夫人は治右衛門に最後の機会を与えてくれたのだ。夫人は治右衛門を好んでそばに置いた。多少の情を持ってはいまいか。司祭《パードレ》の死に狂喜した夫人が、本当に治右衛門とマリアを救ってくれる可能性も皆無ではあるまい。一命を救われたなら、再びマリアを奪い、今度こそ新天地に向かう。

「古庄殿。やはりトルレスの首は、明日の夜明け前にお渡しいたそう」

「それは重畳《ちょうじょう》。御簾中も喜ばれよう。楽しみにしておるぞ」

古庄が上機嫌で言い捨てて去ると、治右衛門は司祭館を目指した。トルレスに恨みはないが、生きるためにはやるしかなかった。

司祭館の隅の部屋からはあたたかい灯《あか》りが漏れていた。

三

「眠れぬのですか？」

トルレスの穏やかなかすれ声は、なぜか治右衛門を怖気《おじけ》づかせた。

司祭館の奥には小部屋が二つあり、北東にある小部屋がトルレスの執務室だった。ロウソクのあかりで書き物をしていたトルレスはにこやかな笑みを浮かべながら立ち上がり、治右衛門を迎えた。が、

「もうすぐ終わりますので、しばしお待ちなさい」

とだけ告げると、すぐに文机《ふづくえ》に戻った。

治右衛門は無防備なトルレスの細長い背を見つめながら、腰の刀の柄にそっと手をかけた。トルレスは乱世の日本に来て二十年近くになるはずだが、人を警戒する必要を学ばなかったらしい。

そういえば二年近く前、初めてこの部屋に入った時も、治右衛門はトルレスを斬るつもりだった。奈多夫人の寵《ちょう》を得るには邪僧の殺害がもっとも手っ取り早かった。

修道士の中でも位の高い布教長コスメ・デ・トルレスは身に寸鉄も帯びぬ痩《や》せた長身の老人だった。ひと突きで命を奪えた。実行しなかった理由は、吸い込まれそうなトルレスの蒼《あお》い瞳《ひとみ》のせいではない。利用できると考えたからだ。いや、本当にそうか……。

治右衛門はトルレスの文机の上に粗末な木の額縁で飾られている一枚の絵に目をやった。異国の若い女が合掌する半身を描いた絵で、多少の絵心が感じられた。どこから眺めても不思議にその女の視線が追いかけてきて、己を見ている気がした。

トルレスはあの時、微笑みながら説明したものだった。

——これは母の絵です。数十年前、絵師になりたかった弟が死ぬ前に震える手で描《か》きました。ふたりとも天に召されましたが、私は再会できる日を楽しみにしているのです。

——母も弟も死の疫病に冒されていました。ふたりが生きたかった日々を、私が代わりに生きようと思いました。許される限り多くの人々を天主《デウス》の力で救い、母と弟が生きられなかった日々を皆に生きてもらいたいと願い、司祭《パードレ》になったのです。

トルレスの事情など知らぬ。俺は生きねばならぬのだ。

治右衛門が刀の柄を握った時、いまわの際の久三の懇願が耳にこだましてきた。死に臨んで久三はトルレスを殺さぬよう求め、治右衛門を祝福してから旅立った。あれはもしやトルレスを守る意味だけでなく、治右衛門を想いやって出た言葉だったのか。

二年前も今と同じだった。治右衛門はトルレスを殺さなくていい理由を無意識に探していた気がする。だが、今宵は違う。トルレスの白髪首を献上して奈多夫人の力で窮地を脱する以外に、生きる道はないのだ。

治右衛門は思いを振り切るように、柄を握った右手に再び力を込めた。殉教すればパライソへたどりつけるはずだ。せめて死の恐怖を味わわせずに送ってやろう。トルレスの背後で、治右衛門は精神を統一し、完全に気配を消した。

「これで二度目でしたかな。されど、私を殺してもそなたは救われますまい」

物柔らかだが力強い言葉だった。隙《すき》だらけの背だが、刀を抜けぬ。

「ご安心なさい。天主《デウス》のお力を借りて、私はそなたとマリアを守りますゆえ。……さてと、終わりました」

トルレスがやおら振り向いた。宝石のように澄んで青みがかった優しげな瞳をしていた。決して鋭くはないが、すべてを見透かしているようだった。この南蛮人の口元にいつも浮かべられた微笑みを、マリアは乾き切った地に降り注ぐ慈雨のようだと言っていた。優しさだけではない、同時に強い意志を感じさせる笑みだ。頬に深く刻まれた皺《しわ》は味わってきた苦難のゆえか、老醜ではなくむしろ威厳を感じさせた。肩までかかった灰色の髪はところどころ縮れて波打っている。キリシタンたちが聖者と崇《あが》めてやまぬ男は粗末な衣を痩身《そうしん》にまとい、胸に架けた青銅の十字架《クルス》以外に身を飾る物とてなかった。何の因果かこの異国人は波濤万里《はとうばんり》を越えて、戦乱に喘《あえ》ぎ苦しむこの国に現れ、頼まれもせぬのに民たちを救い始めた。

治右衛門は柄から手を放して居住まいを正すと、両手を突いた。

トルレスは治右衛門の仕えていた戸次鑑連にどこか似ていた。鑑連は人を殺める武将を、トルレスは人を救う宣教師を生業とし、姿かたちもまるで違うのだが、その姿を前にすると皆、背筋を伸ばした。

トルレスはぶあつい紙の束を取ると、治右衛門の前にそっと置いた。

「これは……？」

「二年前、そなたが入信したいと私に相談に来た時から、そなたの魂と信仰について記録したものです」

見ると、細かな異国の字でぎっしりと何かが書かれている。「槍《やり》」「約束」「贖罪《しょくざい》」などの日本語もあった。

「なにゆえかような物を？」

「そなたの魂が泣いているからです。戦士は戦う意味について苦悩するもの。そなたはマリアに救いを求めていましたが、真の救いは天主《デウス》によってしか与えられません。こたびの一件も私の力が及ばず、そなたを信仰へ導けなかったために生じました」

「ようわかりませぬな。なぜそれがしなんぞに心をかけなさる？」

「そなただけではありませぬ。齢《とし》とともに物覚えも悪くなりましたゆえ、信徒の皆について書き記しているのです。どのような生を送り、何に苦しんでいるかを知らねば、本当にその信徒のために祈ることもできませせぬ」

「すべての信者と……仰せか？」

トルレスはやわらかくうなずいた。

この老人はこの部屋でいつも書類の山に埋もれていた。夜の司祭館はいつ見ても明かりがついていた。信者は府内だけですでに二千人を超えているはずだ。この異国の聖者は一人ひとりの生涯と信仰にどこまで責めを負うつもりなのか。トルレスに感化され、次々と入信していく者たちの気持ちがわかった気がした。

トルレスの布教態度は公正だった。デウス堂の門戸を叩く者のなかには「盲人が受洗して目が見えるようになった」とか、「キリシタンになれば、動かぬはずの四肢が動かせるようになる」などといった風聞を信じてきた者も少なくなかった。

治右衛門が論破しようとこの噂《うわさ》の真偽を問うと、トルレスは即座に誤りだと答えた。医術の心得のある修道士《イルマン》たちは求める者に治療を施していたが、治療中は入信させず、治った後に教えを説く方針を守っていた。真の信仰を得させるためだった。

トルレスの布教が始めから順調だったわけではない。初めは街頭で説くたびに人々に石を投げられた。夜は教会で藁を敷いて寝た。教会といっても、ようやく譲り受けたぼろ家に紙の十字架をはりつけただけの代物だった。かぶら汁と漬け物、たまに呑《の》むひょうたんに入れた酒がご馳走だった。マリアから聞いた話だ。

「されどマリア様とそれがしはもう、完全に追い詰められてござる」

治右衛門が絶望を告げても、トルレスはおだやかな表情を崩さなかった。

「司祭《パードレ》よ。目の前の二人を救えば、代わりにデウス堂が焼かれ、多くの信徒が死にまする。それでも救うと言われるか」

　トルレスは寸分の迷いも見せずにうなずいた。

「私は、友が目の前で殺される姿を黙って見ていることはできません。人は弱き生き物です。ですが天主《デウス》の力を信じ、祈れば、道は開けるものです」

「槍も使えぬ司祭《パードレ》にいったい何ができると仰せか？」

「私には信仰と言葉があります。言葉は力を持っています。私は天主《デウス》を信じ、説いて、祈ることができます」

　笑止。無力と同義だ。今夜、デウス堂が炎に包まれた時、はたしてトルレスは同じ言葉を吐けるのか。

「それがしなんぞを救って、司祭《パードレ》にいかなる益がござる？」

「そなたに、私の弟が生きられなかった時を生きてもらえます。希望を持ちなさい」

「不義を働きし者が死を賜《たまわ》るは必定。いかなる希望を持てと仰せか」

　治右衛門は己の運命を嗤《わら》った。逃げおおせぬ限り、破廉恥《はれんち》な罪に身を落とした下賤《げせん》の男には、刑場の露と消える以外に道などありはしなかった。

「天主《デウス》の御業《みわざ》は人智の及ばぬところ。憐《あわ》れみ深き神をお信じなさい」

　トルレスは祈りの言葉しか持ち合わせていない。ただの言葉に、運命を変える力なぞあるはずがなかった。

　まして治右衛門は悪鬼だ。故郷の野津《のつ》、戦場あるいは府内で数知れぬ命を奪ってきた。命乞《いのちご》いする相手を嘲笑《あざわら》いながら刺突した時もあった。生温かい返り血の匂《にお》いにも馴れ、いつしか好きにさえなった。治右衛門はあまりに人を殺しすぎた。さような男を憐れみ、救う神など、邪神ではないか。

「異教徒なら何人殺しても天主《デウス》はお赦《ゆる》しくださりまするか？」

「キリシタンでなくとも人は人。命に変わりはありません。人は人を殺めてはなりませぬ。それは乱世であっても変わらぬ道理」

　馬鹿な。殺さねば殺されるではないか。命を投げ出せと説く気か。治右衛門は手にした紙の束を投げ捨てるように置いた。

「されば俺なんぞは、改心したとてインヘルノ（地獄）に堕《お》とされよう。どうせ救われぬのなら、悪をなさねば損じゃ」

　トルレスはゆっくりと首を横に振った。

「過去の罪の深さに思いを致し、悔い改めなさい。そなたが奪いし一人ひとりの魂のために、心からの祈りを日々捧げなさい。天主《デウス》はきっとお赦しになります。そなたの心はずっと病んでいました」

　病んだ心を治してもらったところで死罪は免れぬ。最低の悪鬼が捧げる祈りに何ほどの意味があろう。

　治右衛門の心中に残酷な気持ちが芽生えた。どうせこれからトルレスを殺すのだ。真実を知って、絶望するがいい。

「実は司祭《パードレ》、俺はゼザベルの内偵としてデウス堂に出入りしておりました。入信したふりをしておっただけじゃ」

「知っています。ですが、そなたの魂は悲鳴をあげ、私に救いを求めていました」

「何でもお見通しの様子なれど、この話はご存じあるまい。久三はデウス堂に二度と戻らぬ。今ごろ海の底で魚の餌《えさ》になっておろうゆえ。殺したのはこの俺じゃ。それでも司祭《パードレ》は俺を救うと仰せか？」

治右衛門は、狼狽《うろた》え嘆いて不信心を咎《とが》めるトルレスを怒りに任せて刺殺するつもりだった。だが、トルレスははらはらと涙を流し、胸の前で十字を切ると、静かに手を合わせた。

「俺に天罰が下れとでも祈っておいでか？」

「天に召された友と、まだ生かされてあるそなたのために祈りました。そなたが私のもとを訪れて以来、二年もの時を与えられながら、私の力が及びませんでした」

「なぜ俺を責めぬ？　無辜《むこ》のキリシタンをだまし討ちにした悪鬼ぞ！」

トルレスは涙をあふれさせながら即答した。

「言ったはずです。そなたの身は天主《デウス》と私が守る、と」

口先の約束だ。トルレスは命が惜しいのだ。治右衛門に殺されるのを恐れているだけだ。祈りの言葉しか持たぬ坊主に何ができる。

「たとえ全世界の人間がそなたを憎み、蔑《さげす》もうとも、天主《デウス》と私はそなたを見捨てはしません」

再び刀の柄に手をかけながら、治右衛門はせせら嗤った。

「ありがたき話よ。なにゆえ俺なんぞを救うてくださる？」

「それが私の役目だからです。もともとそなたは澄んだ心を持った若者です。久三を殺したそなたの心は深く傷つき、苦しんでおるはず。そなたは心から悔いているはずです」

心に垂れ込めて消えぬ暗雲は悔いと呼んで差し支えなかったろうか。だがすべて手遅れだ。久三は死んだ。治右衛門の悪事は消えぬ。

「久三は大乱のせいで母に捨てられた孤児でした。兄とも幼くして死に別れました。この国を長く覆っている戦乱は、人々から大切なものを次々と奪っていきます。ですが久三を憐れんだ天主《デウス》は、母の代わりにマリアを、兄の代わりにそなたを与えられました」

　少なくも治右衛門は母に捨てられはしなかった。母は治右衛門を守りたかったろうが、弱かったために守れなかっただけだ。同じく母の愛を受けながら、トルレスは人を救うために、治右衛門は人を踏み台にするために、生きてきた。

「大昔、弟を妬《ねた》み、殺めた兄がいました。天主《デウス》は悔い改めた兄を赦し、印を与えて守られました。罪は消せずとも、贖《あがな》えば赦しは得られるのです。私はそなたのために祈り続けましょう。私の力は微小なれども、何人も天主《デウス》の御業を妨げられはせぬのです」

　ただの狂信だ。天主《デウス》に力があるのなら、治右衛門の手から久三を守ったはずだ。そうしてくれれば、苦しまずとも済んだものを。現に今、トルレスは己の身さえ守れぬではないか。

　治右衛門が鯉口を切った時、にわかにデウス堂の外が騒がしくなった。怒鳴り声がする。

「おやおや、元気な客人がお見えのようです」

　こんな夜分にいったい誰か。

「大友家最高の将と名高いお方から、私に会いたいとの申し入れがあったのです。私もぜひ一度お会いしたいと願っていた方でした」

　嵐《あらし》のようなざわめきが近づいてくる。治右衛門は総毛立った。戸次鑑連に違いなかった。敵中に自ら乗り込むのは、戦場でも陣頭で槍を振るう鑑連のやり方だ。

「そなたの仕えていたお方ゆえ、いい知恵がもらえるやも知れませぬ。同席しますか？」

「俺は裏口に潜んでござれば、決して居場所は明かされぬよう」

「わかりました。お任せなさいと言ったはずです」

微笑むトルレスを残し、治右衛門はあわてて館の裏口を飛び出した。

四

戸次鑑連の割れ鐘《がね》のごとき大音声が、司祭館の外まで響き渡っていた。

――御坊。柴田治右衛門はわが家臣ゆえ、引き取りに参ったと申しておる。

鑑連は身体こそ小柄だが、全身が覇気の塊のような男だった。怒鳴っているわけではないが、大きすぎる地声のために壁ごしでも言葉がはっきり聞こえた。トルレスの穏やかな声は聞き取れない。

――わしは田原民部ふぜいの家臣ではない。されば奉行の指図は受けぬ。されど家臣の不始末はわしの不始末よ。治右衛門が逃げ回っておると聞いたゆえ、ひっ捕まえて奉行所へ突き出すのじゃ。

辺りをうかがった。鑑連は軍勢を引き連れてはいない。供の者をデウス堂の門前で待たせ、単身で司祭館に乗り込んできた様子だ。

――わしはうぬらの信仰にとやかく口を出すつもりはない。大人しゅう引き渡されい。

鑑連の鬼瓦《おにがわら》が唾《つば》を飛ばしながらトルレスに嚙《か》みついている姿が目に浮かんだ。

――寺社内での捕縛が許されぬ法は承知しておる。されど、異教についてはまだ法がない。ゆえに独りで参った。

トルレスは教会も無縁所にあたると主張したのであろう。

――法がないのも、法じゃ。

敵味方から「鬼」と畏怖される戸次鑑連は、自他ともに大友最強と認める名将であった。戸次家には全国から仕官を望む者が来るが、治右衛門は五年前、すぐに仕官を許された。戦場では抜群の槍働きを見せて鑑連に認められ、足軽大将にまでなった。家柄でなく実力で評価する鑑連なればこその大出世だった。

欲が出た。野心がうずいた。戸次軍は歴戦の強者《つわもの》ぞろいだった。さらなる出世のためには齢も実績も足りぬ。ならば、別の道で早回りできぬかと考えた。戸次を離れて近習になれば、宗麟子飼いの家臣として、将来の大友家を支える腹心にもなりえた。鑑連に引き止められたが、治右衛門は聞き入れなかった。

鑑連は「たとえ御館《おやかた》の直臣になろうと、うぬはわが戸次の家臣じゃ。それを忘れるな」と言った。迷惑に思ったが、鑑連はそれほどに治右衛門の才能を愛し、惜しんだに違いなかった。

もはや大友での栄達は望めぬが、日ノ本は広い。十字槍《やり》一本で、堂々と世を渡ってゆける。十九歳の治右衛門の人生はまだ始まったばかりだ。ここで終わるわけにはいかぬ。

――御坊もしつこい坊主じゃが、根競べでは負けぬぞ。わしとて治右衛門を受け取るまでは帰れぬのじゃ。

鑑連は法に忠実で、峻烈《しゅんれつ》かつ厳正な男だった。治右衛門を引き取りに来た理由は死を以て罪を贖《あがな》わせるためだ。トルレスと鑑連のいずれが折れるのかは知れぬが、鑑連があきらめるとも思えなかった。

治右衛門は急ぎ思案を巡らせたが、道は今、一つしか見えなかった。まだ完治せぬ身体で、身重のマリアを守りながら府内を逃げ出す芸当など本来、不可能に近い。だが、鑑連がトルレスと直談判を始め、押し問答をしながらにらみ合っている今こそが、府内脱出の最後の好機ではないか。今、デウス堂を焼けば、鑑連は戸次兵の指揮を取れず、火消しにも当たらねばなるまい。

治右衛門は物音を立てずに司祭館を離れると、今夕も聖歌が満ちていた聖堂に入った。復活祭《パスコア》に向け夜通し絶えぬロウソクの火が堂内を厳かに照らしている。

祭壇の賽銭《さいせん》をかき集めると、神志那《こうじな》から奪った巾着袋《きんちゃくぶくろ》に入れた。以前なら何とも感じなかったはずだが、浄財に祈りを託していた貧しいキリシタンたちの顔がなぜか次々と思い浮かんだ。天主《デウス》などおりはせぬ。天主《デウス》より鬼の鑑連のほうが怖い。司祭《パードレ》の首を取るより、火付けのほうがましだと己に言い聞かせた。

聖人《サントス》を刻んだ銀のメダイを巾着袋に入れ、銀の燭台《しょくだい》も懐に忍ばせた。南蛮渡来の小さな銅版画や機械時計も金になる。

治右衛門はキリシタンの大工が作った木の説教台から聖書を手に取ると、燭台で揺らめくロウソクの炎をかざした。神の言葉を記した書物にろうが落ちた。聖書が明るい火を放って燃え始めると、奥の小部屋に向かった。司祭館の小部屋に入りきらなくなった信者たちの魂の記録がここにも山のように積んであった。

俺は悪鬼だ。今さら偽善をなしたとて手遅れだ。

治右衛門は細かな異国の文字がぎっしり書かれた書類の上に、燃える聖書を置いた。炎はたちまち燃え移った。逃げるように小部屋から出た。祭壇の前を素通りする。

治右衛門は身廊《しんろう》の先に立つ、細長い影に気づいた。

「司祭《パードレ》……何ゆえここに？」

「天主《デウス》の御導きでしょう。おやめなさい。手負いのそなたでは逃げられませぬ」

「俺を鑑連公に引き渡すおつもりか」

「私は約束を守ります。鑑連公とは根競べを始めたばかりですが、負けるつもりはありません。公が大いにお酒を好まれるとお聞きしたゆえ、秘蔵の葡萄酒《ぶどうしゅ》を酌《く》み交《か》わそうと思い、取りにきたのです」

身廊に立ったトルレスは、治右衛門に向かって通せんぼするようにゆっくりと両手を広げた。

「退きなされ、司祭《パードレ》」

トルレスはゆっくりと首を左右に振った。鑑連に似て、あきらめを知らぬ男だ。治右衛門はすでに火を放っていた。もう後へは引けぬ。

治右衛門は「ご免！」と踏み込むと、刀の柄頭でトルレスのみぞおちを強打した。さらに右足でトルレスの足首を強く払った。はずみで、懐に入れていた銀の燭台が落ちて喧《やかま》しい音を立てた。

トルレスは鈍いうめき声をあげて倒れていた。柱に打ちつけたらしいこめかみからは血が流れていた。命まで奪わなかったのは天主《デウス》を恐れたためではない、縁起が悪いと考えただけだ。

「ご覧あれ！　天主《デウス》は司祭《パードレ》を守られたか？　今どこで何をしておる？　なぜあの時、俺の刃《やいば》から久三を守ってくれなんだ！」

横臥《おうが》し左脚を押さえて喘ぐトルレスの痩せた身体を跨《また》いで進むと、「お待ちなさい、治右衛門」と苦しげな声が聞こえた。

治右衛門がやおら振り返ると、血で汚れたトルレスの左手が、震えながら青銅の十字架《クルス》を差し出していた。トルレスがいつも首から架けていた物だった。

「どうしても行くのなら、これを路銀の足しになさい。そなたに天主《デウス》のご加護、あらんことを……」

トルレスは微笑もうとしたが気を失い、左手は力なく下ろされた。

治右衛門は立ちすくんだ。戦場で決して勝てぬ敵に出くわしたときのようだった。心はずたずたに斬られて、絶叫していた。

治右衛門は動かなくなったトルレスの身体を抱え上げると、出口近くの壁にもたせかけた。助けるためではない。戻りが遅くなれば、鑑連が探しに来る。身廊に倒れていればすぐに見つかるからだ。トルレスが天主《デウス》に守られているなら、教会が焼け落ちるまでに逃げ出す時間は与えられるはずだ。

治右衛門はトルレスの左手にあった十字架《クルス》を手に取って懐に入れると、聖堂から駆け出た。

五

国都の東には大分川《おおいたがわ》が流れ、さらにその東に大野川《おおのがわ》が堂々と海へ注いでいる。二つの川を越えて南の山間に入ってしまえば、容易には捕まらぬ。

治右衛門がマリアを抱きあげて大分川を渡り、大野川の堤が見えてきた頃には夜が白み始めていた。

十字槍は持ち出せなかったが、デウス堂炎上の混乱に乗じてうまく脱出できた。マリアには奉行所による焼き討ちが始まったと説明した。マリアは治右衛門の身を案じ、脱出の企てに反対したが、とどまればトルレスたちの身に危険が及ぶと説くと、すべてを治右衛門にゆだねると応じた。

北は海だ。沖ノ浜に向かっても、民部の手が回っていよう。西の肥後《ひご》も大友領だ。遠く北に逃げて毛利《もうり》領を目指すべきだが、誰もが考える逃亡先だ。むしろ南下して山中に逃げ、何とか日向《ひゅうが》までたどり着いて海路四国へ渡るほうがいい。さいわい追捕の兵は見当たらなかった。

だが、浅からぬ傷を負った男と身重の女の足である。マリアのつわりがひどいため、治右衛門が途中から抱き上げて歩いた。治右衛門の左脚は草履《ぞうり》まで己の血で汚れている。トルレスの手当てを受けた脚の傷がまた開いていた。

「マリア様、いま少しでござる。しばし御辛抱なされませ」

治右衛門は立ち止まって五感を研ぎ澄ませた。ゆくてに、兵を伏せるには格好の寺の境内《けいだい》が見えた。

伏兵の気配を読む。鑑連から学んだやり方だ。多人数を伏せた地には人の気が立ち上る。風上にいるなら、かすかにひりつく殺伐とした気を感じるはずだ。さいわい兵らはいない様子だった。治右衛門と同行の女を捕まえるために、兵まで動かす必要はないと考えたのなら、もっけの幸いだ。逃げおおせてみせる。

治右衛門は日向街道を避け、人気のない裏道を歩いてきた。夜半、デウス堂の炎上騒ぎもあって、誰にも見つかってはいない。だが、治右衛門が鑑連なら、逃亡先を探るために網を張る。たとえば大野川の橋のたもとに見張りの兵を伏せておく。大野川は手負いの男と身重の女が橋を使わず徒歩《かち》で渡るには大きく、流れが速すぎた。

「この堤の陰でお待ちくだされ」

そばの松の幹にそっと身体をもたせかけてやると、マリアは力なくうなずいた。

堤から顔を出して目を凝らす。治右衛門は舌打ちした。大橋のたもとに槍を小脇に抱えた兵らが四人、寒さに手をこすりあわせていた。さすがに鑑連は抜かりなかった。

この数なら、討ち果たしてしゃにむに押し通るのも無理ではなかった。だが一人でも討ち漏らせば、戸次兵がふたりを追尾し、襲いかかってこよう。遠回りになっても、川をさかのぼって上流に架かる橋を渡るほうが安全だ。大野川で見つからねば、毛利《もうり》領目指して北へ逃げたと誤導できるやも知れぬ。

戻ってマリアのやわらかな身体を抱き上げた。最愛の女の身体の熱さが、治右衛門の身体の隅々まで力を与えてくれる気がした。

川上へ向かった。手負いでなければ四半刻《しはんとき》（約三十分）もかからぬはずだが、踏み出すたびに身体が重くなり、歩みが遅くなっていく気がした。睡魔だろうか、血が足りぬのか、身体がふらついた。陽《ひ》が昇る前に橋を渡ってしまいたかった。

ふと意識が途切れた。顔に衝撃があった。倒れたらしい。さして痛みを感じなかった。

「治右衛門さま！　お怪我《けが》が、こんなにひどく……」

マリアが蒼白《そうはく》の表情でのぞきこんでいた。われに返った。

治右衛門は地獄に落とされるべき悪鬼だ。マリアに愛される資格など本来はなかった。だがこの女性《にょしょう》さえそばにいれば、治右衛門は人に戻れた。ふたりでたどり着く新天地ではきっと生まれ変わり、誰にも恥じぬ人生を送り直してみせる。

「居眠りしておりました。マリア様、先を急ぎましょうぞ」

「おかげさまで身体が少し楽になりました。わたしは歩きまする」

ふたりで身体を寄せ合い、支えあった。暁《あかつき》の到来を思わせる風に吹かれながら、川べりを歩いてゆく。やがて前方に橋が見えた。鑑連もここまで手を伸ばしてはおらず、たもとには誰もいなかった。

「この橋さえ渡ってしまえば、追捕《ついぶ》の者どももわれらの居場所を容易には摑《つか》めますまい。ご安《あん》堵《ど》召されませ」

橋をふらつきながら渡り始めた。ふたりの船出を祝福するように、昇ろうとする旭日の気配が、ゆくてをほのかに照らし出してゆく。

「ご覧なさいまし、治右衛門さま。何と美しい暁でございましょう」

新天地へ向かうふたりを寿《ことほ》ぐように暁闇《ぎょうあん》が夜の帳《とばり》を破って、空を少しずつ橙色《だいだいいろ》に染めている。空にたなびく雲は天空に対しあくまでつつましやかで、暁の空に彩りを添えているにすぎない。想い人と眺めているせいだろう、治右衛門がこれまで見た中で最も美しい空だった。マリアの祈りが通じたのだ。逃げ切れると確信した。

「命に代えて、マリア様とお子を守り抜いてみせまする」

神々しいまでの時と風の福音のなかをふたりは歩いた。治右衛門は本当に天主《デウス》がいるのやも知れぬとさえ思った。

傷つき疲れ、遅々とした足取りで進む。

ふたりが橋の半ばまで渡った時、前方に慌ただしい金属音がした。数瞬の間に一団の軍勢が現れた。数十名の兵が待ち構えている。堤の向こうに潜んでいたに違いない。神速で鳴る戸次の伏兵だった。

「マリア様、戻りまするぞ！」

ただちにマリアの手を取って、引き返した。治右衛門は敵に背を向けて逃げた。勝ち戦しか知らぬ治右衛門にとって初めての経験だった。

だが、さっきいた橋のたもとにも、ざやざやと兵が並び始めていた。近くの神社の境内にでも兵を潜ませていたに違いない。すべて読まれていたわけだ。戸次鑑連はさすがに用兵の天才だった。

治右衛門は覚えず天を仰いだ。たったいまふたりの前で開いたように見えた未来が、再び閉ざされようとしていた。

府内奉行の要請にトルレスは頑として応じていなかった。鑑連はトルレスが引き渡さぬと見越していたに違いない。鑑連は一計を案じた。治右衛門をおびき出すために単身、デウス堂に乗り込んだ。鑑連の地声は雷のように大きいが、司祭館でのトルレスとの押し問答をどこぞに隠れている治右衛門に聞かせ、逃げ出すよう仕向けたのだ。おまけに鑑連は治右衛門の逃走経路さえ正確に見破っていた。

完敗だった。治右衛門の身体がまた、意に反して震えだした。

大友最強の軍隊の一翼を担っていた治右衛門だからこそ、その力を骨身に染みてわかっていた。いざ敵に回してみると、戸次兵が醸し出す恐ろしさの正体は、治右衛門の繰り出す十字槍なぞではなくて、鑑連のために確実な敗北へ追い込まれた者が感じる絶望なのだと悟った。

だが、さいわい逃げ道はまだ一つだけ、ありそうだった。

「マリア様、かくなる上は川に飛び込みまする。お許しくだされ」

治右衛門が抱きかかえようとすると、マリアは首を振った。

「身重の女など足手まといになるだけ。わたしは投降いたします。子を宿している主君の側室をこの場で殺せはしますまい。されど、治右衛門さまは事情が違いまする。どうか一人でお逃げくださいまし」

マリアの言う通りだった。治右衛門には確実な死が待っていた。

最後の最後で身重のマリアを棄てるのか。

今しがたマリアを守ると誓ったはずだった。舌の根の乾かぬうちに見捨てて逃げるとは、何と無力な男か。だが生き延びたいなら、他に方法はなかった。

「生き延びて、必ずお迎えに参りまする」

治右衛門は嘘《うそ》をついた。この世でただひとり愛した女なのに、マリアには嘘ばかりついていた。無事に逃げおおせたとして、治右衛門が豊後に再潜入しマリアと接触するなど不可能に近かった。己には無理だとわかっていながら口先だけで約束した。

だがマリアは治右衛門の言葉を信じた様子で、涙を浮かべた。

「うれしゅう存じまする。治右衛門さまは立身も将来も、すべてを捨てて、わたしを愛そうとしてくださいました。あなた様の想いに報いたいと存じまする。されば――」

マリアは治右衛門の腰から神志那《こうじな》の脇差を抜くと、両手で握った。マリアは刃先を自身の顔まで上げ、右頬に横、縦と二本の傷をつけた。ふくよかな頬に描かれた赤い十字架《クルス》から、血が流れ落ちていく。

「マリア様、何を……」

あっけにとられた治右衛門に、マリアは涙ぐんだまま微笑みかけた。

「御館様は全き美を愛されるお方。顔に傷のあるわたしをもはや愛そうとはなさいますまい。落飾をお許しくださるやも知れませぬ。命を奪われればこれが今生の別れですが、生きてある限り、わたしは治右衛門さまをずっとお待ち申し上げております」

マリアの流す涙が血と混ざりあって、首元にかかる象牙《ぞうげ》のロザリオを汚してゆく。キリシタンに自決は許されぬ。頬に十字架《クルス》を刻んでまで愛を貫こうとする女の想いに、治右衛門の心はまた血を流して泣いていた。

俺は必ず生き延びて、もう一度この女のもとへ戻ってくる。

治右衛門は力が湧《わ》いてくるのを感じた。

「再びお会いできる日まで、これをわたしと思うてくださいまし」

マリアは首から血染めのロザリオをすばやく外すと、治右衛門の首に架けた。マリアを強く抱きしめる。やわらかい。

「さ、早う！」マリアは身体を離し、胸の前で十字を切った。

「治右衛門さまに天主《デウス》のご加護あらんことを。時を稼ぎます。その間にお逃げなさいませ」

マリアが脇差を手に、兵らに向き直った。

「わたしを誰と心得るか！」

治右衛門は橋の欄干に立った。トルレスから受け取った青銅の十字架《クルス》を懐から取り出して、胸に架けた。天主《デウス》が奇跡を起こしてはくれぬものか。

暁色に染まり始めた大河に向かって飛んだ。着水する。大野川の大きな流れに身をゆだねた。このまま逃げ切ってみせる。

六

治右衛門は惨めだった。

すべてを見越したように、戸次兵の主力は下流に待ち構えていた。まるで群れからはぐれて一匹だけさまよい出た鰯《いわし》のように、漁労用の網に捕えられた。

「女を捨て、相手に背を向けて逃げ出すとは、やはり下賤の身に相応《ふさわ》しき末路じゃな」

聞き覚えのある声だった。かつてともに戦った足軽だが、先に足軽大将になった治右衛門を妬んでいた男だ。

治右衛門が網の中で抵抗しようと立ち上がったとき、土手にはためく戸次家の抱き杏葉《ぎょうよう》の旗が見えた。床几《しょうぎ》に悠然と腰掛ける将は誰あろう、戸次鑑連であった。ふてぶてしいまでに豪胆な鬼の姿を遠目に見た瞬間、全身から力が抜けた。抜刀もできずにへたり込んだ。足軽どもが向ける長槍の穂先に囲まれた。

「不忠者を縛り上げよ！」

戸次家を去った治右衛門は、戸次兵にとってただの裏切り者だった。

「皆の者、見よ！　こやつ、さんざん大口を叩《たた》いておったに、震えておるわ！」

どっと哄笑《こうしょう》が起こった。

寒さのせいではなかった。治右衛門は確かに死の恐怖に怯《おび》えていた。

これまで治右衛門は戦場で死を恐れた経験がなかった。それは戸次鑑連という将のもとで戦い、勝ち戦しか知らなかったからだ。真剣を抜いて向かい合っても死が怖くなかった。それは抜群の剣技に絶対の自信があり、敗北などありえなかったからだ。

だが今は違う。治右衛門は完全に敗れ去った。抵抗する気力さえ湧かぬ。身体だけではない、心が恐怖に支配されていた。

俺はこんなに臆病《おくびょう》な男だったのか。

死を恐れ、愛する女さえ見棄《みす》てたのに逃げ切れず、生き延びられなかった己に絶望した。運命に屈した治右衛門は一切の抵抗をやめた。

治右衛門は濡《ぬ》れ鼠《ねずみ》のまま呆然《ぼうぜん》と川の流れに座り込んでいた。

七

荒縄で縛られた治右衛門は数名の者たちに巨軀《きょく》を抱えられて、鑑連の前に転がされた。

「縄目を解けい！　たとえ過ちを犯しても、治右衛門はわが家臣じゃ」

濁声《だみごえ》に身がすくんだ。鑑連のもとを離れ、宗麟の近習《きんじゅ》となって二年余り、鑑連とは一度も対面しなかった。

兵らによって縄目が解かれると、治右衛門は崩れるように鑑連の前に無言で跪《ひざまず》いた。太刀を取り上げられているが、もとより反抗する気力など残っていなかった。治右衛門は鑑連の顔に泥を塗った。この場で首を刎《は》ねられても、文句は言えなかった。

鑑連の立ち上がる気配がした。足踏みのたびに地面が揺らぐ気がする。目の前まで近づいてくると、鑑連はいきなり治右衛門の胸倉をつかんだ。目の前に巨眼を見開いた鬼瓦があった。と思うや、左頬に凄まじい衝撃が走った。情けなく倒れ込んだ。

「この阿呆めが！」

鑑連に殴られた経験は二度目だった。一度目は戦場で武功を挙げた時だった。一番槍で、兜首の数も治右衛門が一番だったのに、功を誇るとなぜか殴られた。鑑連は功を挙げたはずの治右衛門を叱責したのだった。

――うぬがいかに武勇に優れ、知略に秀でようとも、うぬは武人の心を欠いておる。うぬの心は匪賊《ひぞく》と変わらぬ。

この出来事も治右衛門が鑑連のもとを去るきっかけとなった。

鑑連は治右衛門の武勇を認めたが、人格を否定した。鑑連は大友宗家に連なる同紋衆だ。しょせんは鑑連も部下の出自にこだわっていると知れた。だから治右衛門のほうから鑑連を見限ってやったのだ。

治右衛門は奥歯を噛みしめながら、鑑連の烈風の如《ごと》き威厳の前に無言でひれ伏した。殴られて唇を切ったらしく、新しく血の味がした。

鑑連は治右衛門の前にあぐらをかいて座った。

「若気の至りとは申せ、世話をかけさせおるわ」

鑑連は怒った後、いつもからりとしている。以前と変わらぬ様子で治右衛門の肩にどんと手を置いた。

「生き延びんとした心意気は褒《ほ》めてつかわす。されどどうじゃ？　うぬは軍略を誇っておったにこのざまではないか。わしの勝ちじゃな」

鑑連の豪放な笑いに、ゆっくりと顔を上げた。

間近にある鑑連の巨眼に射すくめられた。全身から噴き出る、灼《や》き尽くすような威厳に気圧《けお》されて言葉ひとつ出せなかった。人間としての器の大きさが違いすぎた。

「うぬのごとき勇士を捕えるには相応の手立てが必要であったが、うまくいったわ。大事な家臣をただの一人も死なせなんだぞ」

治右衛門は戸次兵ひとり道連れにできなかった。絶望し、戦いさえ放棄して縄目についた。いかにも鑑連らしい周到な作戦だった。

「うぬの若さで、わしに勝てるはずもなかろうが」

もし治右衛門がまだ鑑連に仕えていたなら、鑑連ばりの軍略を学びながら、ひとかどの将となる道を今も歩んでいたろうか。

瘧《おこり》のような震えが治右衛門の身体を襲っていた。怖《おそ》れと惨めさ、口惜《くや》しさから来るのだろうか。鑑連と戸次兵らの前で震え続ける己が情けなくてしかたなかった。

地平から離れ始めた太陽が、汚辱にまみれた治右衛門を照らした。すべてを明るみに出す暁の下で、鑑連の豪快な笑いが響いた。

「わしはうぬの知勇が大友を支えてくれればと願うておったに、悲しいぞ、治右衛門。何ぞ、申し開きはあるか？」

「……面目次第も、ござりませぬ」と答えたつもりが、言葉にならなかった。額を土に打ち付けて、震えながら何度も命乞いをした。

「うぬの生死は法が決めるであろう。償《つぐな》え」

血が足りぬのか、疲労と睡魔のせいか、やがて意識が遠のいた。

第四章　蟻の約束

一

大友館《おおともやかた》地下の土牢にも世の光は注がれた。が、横長の明かり取り窓から一条の光が差し込むのは、限られた一時だけだった。

柴田治右衛門《しばたじえもん》は土壁にもたれ、つかの間の日差しを浴びた。

若さのおかげであろうか、脚の傷口も閉じ、拘置されて五日も経《た》たぬうちに、身体《からだ》は順調に恢復《かいふく》しつつあった。

ふと手に微《かす》かなかゆみを覚えた。見ると、地に置いた治右衛門の掌《てのひら》に黒蟻《くろあり》が一匹はい上がっている。こそばゆい感覚に苛立《いらだ》ちを覚えた。

「お前も生きておったのか」

治右衛門は最初、毒殺を恐れて蟻に毒見させていたが、やめた。数日長く生きながらえたところで何ほどの意味があろう。治右衛門の人生には一縷《いちる》の希望も残っていなかった。

押しつぶそうと遣《や》った指を途中で止め、苦笑した。

――蟻一匹殺せぬとは、俺も弱き心になったものよ。

謀叛《むほん》に等しい不義を働いた恥さらしである。狭量な宗麟《そうりん》が裏切りを赦《ゆる》すはずもなかった。府内奉行《ないぶぎょう》が捨て置くはずもなかった。鑑連《あきつら》までが意趣返しに乗り出していた。奈多《なだ》夫人にはとうに見捨てられていた。

いかにしても死は免れまいと絶望しながら、心のどこかでは根拠もなく生を期待していた。そのゆえか、動いている小さな命が限りなく愛《いと》おしく思えた。

「お前は幸せ者よのう」

治右衛門が話しかけると、黒蟻はせわしそうに手の甲まで回り込んだ。掌を返し、手を近づけて話しかけた。

「せいぜい長生きせよ」

指先を冷たい土面に下ろすと、黒蟻は指を伝って地に降りた。やがて独房の格子の間をゆうゆうと抜け、治右衛門の視野から去った。

治右衛門は再び孤独になった。

俺の人生は何だったのか。俺は何のために生きてきたのか。

貧困が時おり人を狂わせたが、生まれ故郷は悪い村ではなかった。最初は誰かが助けてくれた。だが、幾度目かの飢饉《ききん》が容赦なく村を襲った時、病身の母と治右衛門兄弟はついに見捨てられた。幼い治右衛門には骨と皮だけになった母がいつ息絶えたのかもわからなかった。母の腹には父のわからぬ弟か妹がいたが、母より先に死んでいたのやも知れぬ。

かねて治右衛門は人生に幸せを感じた経験がなかった。苦しいだけの生など、戦死して突然終わってもよいと思っていた。だから死地でも捨て鉢の勇気が出せた。他人の命も己《おのれ》の命もどうでもよいと思っていたが、人の欲は限りないものだ。今は生き延びたいと願っていた。いつから生が喜びに変わるようになったのか。

マリアだ。あの女性《にょしょう》と出会い愛し合うようになって、治右衛門は幸せを知った。

治右衛門は首に架けていたロザリオを外した。川の水で洗われたが、象牙《ぞうげ》の数珠にはまだマリアの血が残り、茶褐色に変わっていた。そっと握りしめてみる。

マリアとは会っていなかった。密通相手との面会など許されるはずもない。マリアは腹の中の子とともに死を賜《たまわ》るのだろうか。マリアが頬《ほお》につけた十字の傷は、思惑とは逆に作用するおそれもあった。宗麟は側室を己の所有物と見ていた。みすみす己が美を壊したマリアへの腹いせに落飾を許さず、身分の低い下司《げす》な家臣に下賜《かし》するやも知れぬ。母子の運命も知らぬまま、治右衛門は生を終えるのだろうが。

マリアを想《おも》うと胸がかきむしられた。マリアの愛だけは真実だった。いや、もしやマリアは腹の子の命を案じて川に飛び込まなかったのか。……違う。マリアの愛さえ疑う己の心が腐り切っているだけだ。いつから治右衛門の心はかくも醜くなったのか。

兄の紹安《じょうあん》によると、治右衛門の父は買い取った奴婢《ぬひ》に子を孕《はら》ませたらしい。だが柴田は没落したしがない国人《こくじん》にすぎぬ。側室を持つほどの力もなく、正室に言われて屋敷から叩《たた》き出した。それからほどなく、父は治右衛門の出生さえ知らぬまま、異国で戦死した。

幼い治右衛門にとって、生きるとはすなわち己より弱き者から盗み、騙《だま》し、奪うことだった。やがて野伏《のぶせり》の一団に入り、各地の里を荒らした。己がやられたから、やり返すのだ、やらねば損だとさえ考えた。

父兄の戦死で若くして当主となった兄の紹安には、兄弟がいなかった。紹安はいまわの際の生母から治右衛門母子の存在を聞くや、手を尽くしてようやく探し出した。治右衛門が十歳の時だった。紹安は当初、弟を歓迎した。だがこの頃《ころ》すでに治右衛門は、殺《あや》めた人間の数さえ覚えていなかった。武勇だけは一人前だが、性根の腐りきった悪鬼だった。

弟の度重なる非行に紹安が愛想を尽かしたとしても無理はなかった。それでも奴婢の子にすぎぬ治右衛門を引き取り、養ってくれた紹安には感謝すべきであったろう。太郎兵衛《たろべえ》に預けられねば、柴田家で罪を得て成敗されていたはずだった。

唯一の身寄りである紹安も、治右衛門の面会には訪れなかった。死ぬまで顔を合わせる気はないやも知れぬ。何も告げずに出奔《しゆつぽん》し、破廉恥《はれんち》な不義を働き、柴田家を危地に追いやったたちの悪い異母弟だ。見捨てて当然だった。

鑑連も不届きな元家臣の身柄さえひっ捕らえれば、溜飲《りゆういん》も下がったろう。鑑連はもちろん戸次《べっき》家臣も来なかった。皆、治右衛門の処刑を心待ちにしているはずだ。

このまま誰にも知られず治右衛門は闇《やみ》に葬られるのか。死の恐怖より孤独に絶望した。誰ぞが来たところで、嘲笑《ちようしよう》され痛罵《つうば》されるだけだろうが、無聊《ぶりよう》は紛れよう。名も忘れたが、治右衛門を捕え嘲笑していた足軽が愚弄《ぐろう》しに来てはくれぬかとさえ思った。

「俺は、これから、死ぬのか……」

ゆっくりと言葉に出してみた。

治右衛門はロザリオを首に架け直すと、懐《ふところ》から青銅の十字架《クルス》を取り出してみた。トルレスが震える手で差し出したものだ。

トルレスは治右衛門に、悔い改め、天主《デウス》を信じて祈れと諭した。決して見捨てぬと言い切った。だが面会には来なかった。無理もない。十字架《クルス》をくれた時、トルレスは治右衛門が教会に火を付けたとは知らなかったろう。治右衛門がキリシタンなら、聖書に火をつけ、聖堂を焼こうとした罰あたりを赦したりはしない。

かくて治右衛門の独房を訪れる者はただ数匹の黒蟻だけだった。即座に処刑せぬ理由は知れぬが、突然刑吏に告げられて、人知れず処刑される未来しか、治右衛門には見えなかった。

だが、それでよいのだ。この世で最も惨《みじ》めな死に方でもしてみせねば、治右衛門によって不条理に命を奪われ、欺《あざむ》かれた無辜《むこ》の者たちが浮かばれぬではないか。

治右衛門は青銅の十字架《クルス》を握り、壁に向かって投げつけようとした。が、何やら後ろめたい気がして、懐に戻した。どうやらまだ生への未練があるらしかった。

二

大友館の地下牢《ちかろう》では幾人かの牢番が交替で捕囚《ほしゅう》たちを見張っていた。武名と巨軀《きょく》のせいか、治右衛門は相当警戒されているらしかった。差し入れの飲食がごく少量なのは、治右衛門を常に空腹にして力が出せぬようにするためかも知れなかった。

牢番たちは皆、主君の側室と不義をなして没落した近習《きんじゅ》を好奇の眼《め》で見ていたが、一風変わった牢番がひとりいた。

歳《とし》は二十五、六、背だけは治右衛門よりも高い。骨と皮だけのような痩身《そうしん》に細長い手足がくっついている。顔もカマキリのように逆三角なため、他の牢番からは「カマキリ殿」と呼ばれていた。カマキリは治右衛門などには目もくれず、何やら巻物を見ながらしきりに首をひねり、時おり機嫌の悪い犬のように唸《うな》り声をあげていた。

ある夜、治右衛門が土牢を訪れた蟻相手に話しかけていると、カマキリが現れて、「すまぬが、ちと静かにしてくださらんか。考え事をしておるゆえ」と細く高い声で注意してきた。それをきっかけに話をするようになった。得体の知れぬ無口な男に思えたが、話してみると細く尖《とが》った顎《あご》を突き出しながら意外によくしゃべった。

武宮武蔵《たけみやむさし》という名だった。「武」の字を二つも持つ勇猛そうな名に反して剣術は苦手だが、鉄砲の腕は格別だという。昔から痩《や》せて腕っぷしの弱かった武宮は幼い頃ずいぶんいじめられた。だが、石つぶてを使うようになってからは、抜群の命中精度で無敗を誇った。その頃から飛び道具に関心があり、今では牢番のかたわら種子島銃《たねがしまじゅう》から大筒《おおづつ》まで火術の研究をしていた。

「牢番はみなお主を警戒しておるし、腕にも覚えがあるようじゃが、いかなる猛者《もさ》であろうと、飛び道具にはかなわぬ」

武宮はマリアを巡る醜聞には露ほども関心がなさそうだった。かわりに兵器に関しては異常なほどの興味を示し、膨大な知識を蓄えてもいた。退屈した治右衛門が兵器談議に水を向けると、すぐさま乗ってきて、唾《つば》を飛ばしながら熱っぽく語り出した。

「カマキリ殿を加判衆《かばんしゅう》にして兵器の調達を委《ゆだ》ねれば、大友は無敵であろうな」

牢番などを務めている身分だから、武宮はむろん名門の出ではなかった。どこぞのちっぽけな国人の次男坊だったが、父と兄が戦死し、叔父にわずかな所領も乗っ取られ、母に連れられて府内に出た。長じてから母を養うためにようやく牢番の口を得たという。幸運に恵まれぬ限り戦場で殺されるか、牢番で一生を終える境涯《きょうがい》だった。

「身どもは好きで調べておるだけじゃ。大それた願いなど持ち合わせてはおらぬ」

大友は九州一の大大名であった。要職の大半は大友宗家の一族である同紋衆で占められていた。治右衛門も結局登りそこねた出世の階段だが、この不器用な男は登り口の場所にさえ関心がないようだった。

「時にお主は何をしでかしたんじゃ。いつごろ出牢できる？　捕囚の身にはそれぞれ事情があるゆえ、答えずともよいが」

武宮が幾度目かの牢番になったとき、治右衛門は包み隠さず語った。世情に疎《うと》い武宮は初めて耳にした様子で、驚きの表情を見せた。武宮は余計な口を挟まずに聞き終えると「身どもに何ぞできることはないか」とだけ問うた。「酒が呑《の》みたい」と答えると、こっそり一杯だけ都合してくれた日があった。存外、融通が利く男のようであった。

三

風に紛れて梅の香が入ってきた。今朝の牢番は武宮だった。近ごろの治右衛門にとっては、武宮との会話が唯一の楽しみだった。

「カマキリ殿の見るところ、今、最強の兵器は何でござろうな？」

もはや治右衛門には関《かか》わりない話だが、武宮と話している間だけは気がまぎれた。己を責めずに済んだ。

「大筒《おおづつ》じゃな」

武宮は少し離れた持ち場で、巻物から顔も上げずに即答した。

「命中すれば、お主のような猛者どもがまとめて吹き飛ぶ」

苦笑した。武宮が置く仮定の中で何度戦死させられたか知れぬ。

日ノ本の戦《いくさ》で大筒が初めて使われたのは五年ほど前であった。治右衛門も戸次《べっき》軍の一兵卒として戦った大友と毛利《もうり》の門司《もじ》城《じょう》の合戦では、大友が協力を要請した南蛮船《なんばんせん》が敵城に大筒を放った。だが、まだまだ戦闘兵器としては認知されていなかった。

「されど、照準が定まらぬようでござるな」

門司合戦でも砲弾の飛ぶ先がわからなかった。巨大な鉄砲と考えればその威力は理解できるが、命中精度が大きな課題だった。

「弓の達人は眼を閉じておっても、的の真ん中を射抜くではないか。大筒も同じよ。身どもなら数回撃てば当てられる。腕がなくとも撃ちまくれば威力が出る。何でも使うてみて改良を重ねればよいのじゃ。たとえば火縄銃の弱点は弾込めの遅さにある。上薬（発射薬）と鉛玉を銃口から入れて槊杖《さくじょう》で突いておるうちに、敵は目の前までやってくる。されば、最初から小さな竹筒に薬と玉を詰めておけばよい。が、どこにも知恵者はおる。聞けば『早合《はやごう》』なぞと呼んで実際使われ始めておるとか。されど大筒はまだまだじゃ」

「カマキリ殿は大筒を使った経験がござるのか？」

武宮はせっかく釣り上げた大魚を二度も続けて逃がしでもしたように、残念そうな顔で首を横に振り続けた。

「実は触《ふ》れたこともない。されど苦心の末、図面は何枚か手に入れた。貯めた給金をはたいて南蛮人から買った身どもの宝物じゃ。実は今日、持ち合わせておる。お主になら見せてやってもよいぞ」

死出の土産話になるやも知れぬ。「ぜひ拝見したい」というと、武宮は嬉《うれ》しそうに懐から巻物を取り出した。むしろ治右衛門に見せびらかすために持参した模様である。近く死を賜る捕囚相手にひたむきに兵器について語る武宮という男の無邪気さが微笑《ほほえ》ましくもあった。

さっそく格子戸ごしに開かれた図面には大筒の断面図が描かれ、異国の言葉と数字がびっしりと記されていた。

「身どもが何度も書き写し、書き直したものじゃ」

「カマキリ殿は異国の文字が読めるのか？」

「読めぬ。が、絵があるゆえ、当たりは付けられる。部品に名前がないとややこしいゆえ、己で名前を付けた」

図面だけで構造を解するとは、天性の才能があるのだろう。

武宮は興奮した表情で、逆三角の顔を格子に押し付けんばかりに身を乗り出してきた。武宮は懐からまた別の巻物を取り出して広げる。

「このフランキ砲を見よ。子砲をいくつか作り、その中に火薬と弾丸を入れておく。入れ子のように大筒の尻に取りつけるのよ。撃った後、子砲を取り換えるだけで次の砲撃ができる。『早合』と同じ理屈じゃな」

武宮は瞑目《めいもく》すると、ひとり満足げにうなずいた。頭の中ではフランキ砲が轟音《ごうおん》を立てて次々と火を噴いているに違いなかった。

「だが、フランキ砲にも弱点がある。子砲を出し入れするには筒の上を切っておかねばならん。筒内の気が漏れて、威力が低うなるのよ。身どもは今、その改良を日夜考えておる」

治右衛門も頭の中で大軍を指揮する己の姿を思い描いてみた。

「カマキリ殿。布陣した場合、フランキ砲は陣のどこに置く？　騎馬隊が迫ってくれば、撃てるのはせいぜい数発でござろう。乱戦となればいかにして使う？」

敵味方が入り乱れた戦場で撃てば、味方に死傷者が出るはずだ。

水を向けると、武宮が尖ったあごに手をやりながら、首を小刻みに横に振った。

「高価で砲門の数も少ないゆえ、今のところ野戦向きではない。城攻めでも使えるが、身どもは籠城《ろうじよう》戦でこそ真の威力を発揮すると見ておる。フランキ砲を櫓門《やぐらもん》に据えてみよ。お主のごとき勇将が束になって攻めて来ても撃ち払えるぞ」

武宮はまた頭の中で大筒をぶっ放して、治右衛門を吹き飛ばしているに違いない。満足げにうなずいているが、九州最大の勢力を誇る大友家が籠城を強いられる姿など想像もできなかった。大友は大国だ。内輪揉《うちわも》めで度重なる内戦を経験してきたが、国都府内まで外敵の侵入を許す屈辱は長い歴史でただの一度も味わっていなかった。

「大枚《たいまい》はたいて買うてみたとて、宝の持ち腐れというわけか」

フランキ砲にも、砲手たりうる武宮にも出番はないわけだ。

「南蛮ではさらに大きなフランキ砲が作られておると聞いた。その威力たるや、国を崩すほどじゃという。いつかこの手で触れてみたいものよ。ときに、身どもが調べておるうちに気づいたことじゃが、大筒より巨大な兵器がある。何かわかるか？」

「竹束牛《たけたばうし》も大きいが、あるいは井楼《せいろう》か……」

「もっとでかいぞ。最大最強の兵器は城じゃ」

治右衛門は肩透かしをくらった気分だった。

「攻められた時しか使えぬではないか」

「さよう。攻めさせて城で敵を破るのよ。身どもは各地の籠城戦についても調べておる。大筒が使えれば、大いに役に立とう」

治右衛門は十字槍《やり》を手に戦場を駆け回り、首級を挙げるのが戦だと思っていた。だが世は広い、全く別の戦い方を考えている男がいた。

「籠城戦は勘弁じゃが、俺はカマキリ殿といっしょに戦をしてみたかった。総大将の俺が万の大軍を率いて敵地に布陣する。敵の騎馬隊が迫っても、俺は動じぬ。じゅうぶんに引きつける。俺が軍扇を振り下ろすと、カマキリ殿の砲兵隊がいっせいに火を噴く」

死期が近いせいか、武宮の人柄のせいか、素直な気持ちがそのまま言葉になった。だが武宮はいつの間にか真顔に戻っていて、さびしげに首を横に振った。

「身どもが一軍の将になる日など来るはずがない。お主が命を拾うたとて叶《かな》わぬ願いじゃな。身どもも、大フランキ砲などに触れられもせず、牢番で一生を終わる身の上じゃろうて」

奇《く》しくも二人の吐息がそっくり合うと、治右衛門は武宮と顔を見合わせて笑った。ひさびさの笑いだった。

捕囚と牢番の間に友情が成立しうるのかは知れぬ。出世を競い合うでもなく、互いを欺き利用するでもない関係が、ごく普通の友情を育《はぐく》んでいる気がした。武宮は人を蹴落《けお》としてのし上がろうとはせぬ。はなから出世欲など持ち合わせていない。与えられた仕事をしながら、己の関心の赴くまま自由に生きていた。

もっと早く武宮のような男に巡り会っていれば、治右衛門も違った人生を歩めただろうか。乱世にあっても平穏な生き方ができただろうか。いや、本当はすでに武宮のような男とも出会っていたはずだ。治右衛門は利用価値だけで人間を値踏みしていた。だから友になれる人間を見てさえおらず、すれ違っていただけだ。

「カマキリ殿、実は折り入って頼みがあるのじゃが」

四

二日後の朝、武宮は巻物を広げず、治右衛門の格子の前に座った。

土牢に閉じ込められたままの身では、世の動きが何もわからなかった。なぜ治右衛門が速やかに処断されぬのかが解せなかった。裁きなど受けず、民部《みんぶ》あたりが毒を盛って闇に葬るだろうと考えていた。だが実際には武宮との兵器談議が日々深まるばかりだった。

そこで治右衛門は金棒引《かなぼうひ》きの古庄丹後《ふるしょうたんご》から事情を聴きだすよう、武宮に頼んだのである。

「古庄丹後と申す男の話では」といちいち前置きしたうえで、武宮は外界で起こっているいくつかの事象を教えてくれた。

不義の噂《うわさ》は作り話だとされているらしい。ありうる話だった。宗麟が近習に側室を寝取られたとあっては大友宗家の大恥となる。その側室が父の知れぬ子を宿しているとなれば、なおさらだった。最初からなかった話にできれば一番よい。表立って罪を問えぬなら、闇に葬るのが常套《じょうとう》だが、なぜ民部は手を下さぬのか。

もしや鑑連の配慮だろうか。闇に消されてしまわぬよう、大仰に治右衛門を捕えたのか。甘い考えだが、法にうるさく融通の利かぬ鑑連なら、まんざらありえぬ話でもなかった。とすると民部は大友宗家の恥部である治右衛門を逃がさぬよう戸次勢に警固を依頼したものの、裏目に出たわけか。

「デウス堂が焼けた件はどのように言われてござる？」

武宮によると、奉行は付け火を中心に調べているらしかった。民部はあくまで放火の罪で治右衛門を処刑し、不義の件を闇に葬る肚《はら》のようだ。治右衛門による付け火は事実だ。なぜ蛇を生殺しにするのか。

「実は付け火の話も真偽がわからんらしい。異教の坊主が認めておらぬのでな」

治右衛門は耳を疑った。幸か不幸か全焼ではなかったそうだが、トルレスは治右衛門による放火だと百も承知のはずだった。

「坊主はうっかり転んで倒したロウソクの火が燃え移っただけじゃと説明しておるそうな」

トルレスの意図は明らかだった。放火は死罪だ。治右衛門を救うために失火のせいだと言い張っているに違いなかった。青銅の十字架《クルス》を差し出すトルレスの震える手が、治右衛門の脳裏に浮かんだ。

不義が闇に葬られ、火事も不始末にすぎぬなら、治右衛門を罪に問えぬのではないか。治右衛門はまだ生きてもいいのか。生をつなぐ望みが残っているのか。

治右衛門は青銅の十字架《クルス》を取り出し、手に取って眺めた。治右衛門は幾度あの異教の聖者を裏切ったろう。最初から利用するつもりで近づき、キリシタンたちを売りもした。娘に等しいマリアに不義をなさしめ、息子に等しい久三《きゅうぞう》まで殺した。トルレスは治右衛門を守ると約束したが、治右衛門は信じなかった。かえって裏切り、デウス堂に火を付け、トルレスを強打した。それでもトルレスは治右衛門を守るつもりなのか。約束とはトルレスにとってかくも重いものなのか。

一五〇〇年ほど前、はるか彼方の異国で、すべての人々を救済するために己が身を犠牲にした救世主がいるという。降誕祭も復活祭《パスコア》もその救世主のための典礼だ。ゼズ・キリシトとはトルレスのような男だったのではないか。

――コスメ・デ・トルレス。

この男は信じてよいのやも知れぬ。この男の信じる神なら信じられるのではないか。治右衛門はこれまで天主《デウス》など微塵《みじん》も信じていなかった。だが、心から祈れば、本当に救いが得られるのではないか。トルレスと天主《デウス》を信じてみるか。

治右衛門の中に小さな希望が芽生えた。

五

この日の暮れどきも、治右衛門は胸の前で十字を切り、両膝《りょうひざ》を突いて天主《デウス》に祈りを捧げた。この日課のせいであろうか、心は平静だった。

治右衛門は希望を持ち始めていた。もし命を拾えたなら本心から入信して、トルレスを扶《たす》ける修道士《イルマン》になるのも悪くないなどと考えてもいた。希望が増殖していく。

祈りを捧げる治右衛門の背後で、水を打ったような土牢の静けさが喧噪《けんそう》で破られた。

「治右衛門はおるか！」

地の果てに棲《す》まう閻魔《えんま》まで怖気《おじけ》づきそうな野太い濁声《だみごえ》の主は、すぐに察しがついた。振り返ると、戸次鑑連の鬼瓦《おにがわら》が近づいてくる。その剣幕に縮み上がり追い詰められるように案内してきた年寄りの牢番は、鑑連に踏みつぶされそうになっていた。

「息災にしておったか、治右衛門？」

格子ごしにどっかと腰を下ろした鑑連は、以前と変わりなく親しげに話しかけてきた。わざわざ嗤《わら》いに来たのでないなら何用か。治右衛門は内心いぶかしみしながら、鑑連に向かって平伏した。

「家臣の不始末はわしの不徳。されば、このわしが最後まで責めを負わねばならぬ。承知しておろうな？」

鑑連ほどの高位の将が土牢にまで足を運ぶのは異例といえた。宗麟と違い、陣頭に立つ鑑連は戦場での治右衛門の槍働《やりばたら》きを知っている。治右衛門ほどの武勇の持ち主は戸次勢でも数えるほどだった。その価値を知る鑑連は、死罪を回避するために骨を折ってくれたのではないか。人を人とも思わぬ悪鬼といえど、この窮地にあって命を救われたなら、命の恩人に対し絶対の忠誠を誓うだろう。鑑連に至誠を尽くす戸次家臣の一列に改めて治右衛門を加えれば、常勝は約束されたようなものだ。大友家にあって軍事面で最高の実力を持つ戸次鑑連なら、罪人を救う芸当も不可能ではないはずだ。

天主《デウス》への祈りが届いたのではないか。治右衛門の心は天に向かって舞い上がるようにときめいた。

「治右衛門よ、うぬは打ち首と相成った。三日後の朝じゃ」

鑑連はひと言で、治右衛門の淡い期待を打ち砕いた。心の隅で覚悟していたはずだったが、治右衛門は言葉を失った。

「うぬとて己《おの》が罪をしかと弁《わきま》えておろう。償《つぐな》え」

鑑連は一片の憐憫《れんびん》も顔に見せず、淡々と続けた。

「戦場で軍法に従わなんだのでもない。しょせんは男と女の話よ。わしもかねて御館《おやかた》に苦言しておる色恋沙汰《ざた》じゃ。わしの側室に手を出したのなら笑って赦してやったろう。じゃが御館となれば、話が違う。若気の至りゆえ何とかならぬかと思案したが、法は曲げられぬ。従え」

治右衛門は叩き落された絶望の淵《ふち》から必死で言葉を絞り出した。

「打ち首に、ございまするか……」

切腹が許されぬ理由は破廉恥な罪ゆえか。いや、奴婢の母を持つ国人の庶子という出自ゆえに不名誉な死を賜るわけか。治右衛門は下賤《げせん》の身に己を産んだ亡き母を今さら憎悪した。だが同時に、切腹よりも楽な死を迎えられると心のどこかで安堵《あんど》する己が情けなかった。

「過去に切腹が許された例はなかった。法は法なれば、やむを得ぬ」

やはり鑑連は己を見限った家来の死を率先して望んでいたのだ。鑑連の器量などに一瞬でも期待した己が愚かだった。

「武勇こそ絶倫なれど、柴田治右衛門は武士《もののふ》にあらず。それは血筋なんぞのゆえではない。うぬのねじ曲がり、腐り切った心根ゆえじゃ。わが家臣はすべからく武人であらねばならぬ。さればせめて最期くらいは武人として、死ね。今宵《こよい》はそれを説きに参った」

治右衛門は内心呆《あき》れた。死んだ経験もないくせに、鑑連は死に方を伝授してくれるというのか。打ち首にされるだけの男に。

「武人は武勇だけでは足りぬ。心が大切なのじゃ。たしかにうぬは戦場で華々しい手柄をいくつも立てた。じゃがわしは感心せなんだぞ。わしがうぬを初めて殴った時のことを覚えておるか？」

治右衛門は口をつぐんで反応しなかったが、鑑連は勝手に続けた。

「うぬは人殺しを楽しんでおった。類《たぐい》まれな体軀《たいく》と鍛え上げた槍術《そうじゅつ》で弱き者を屠《ほふ》っておった。戦場なれば、それは許される。じゃが敗者にも誇りがあるのじゃ。死者への一片の哀れみも、人が人を殺める業に対する一瞬の迷いも、うぬからは感じられなんだ。さように狂った輩《やから》を喜んで取り立てる者もおるが、わしはそうではない」

鑑連が格子に顔を近づけると、唾がたくさん飛んできた。

「よいか、治右衛門。人が人を殺してよいのは、殺さねば殺される時、戦で負ける時だけじゃ。わしは理由もなく人を殺める真似は許さぬ。今は乱世、大友が他を征さねば、滅ぼされる。大友領内を見よ。十一年前に大乱はあったが、今では皆が平和を享受《きょうじゅ》しておるではないか。それは大友が勝ち続け、外敵から攻められぬよう力をつけておるがゆえじゃ。力を失えば、あっという間に外敵に蚕食《さんしょく》されようぞ。乱世なれば、人を殺めねばならぬは宿命よ。されど武人なれば、己が宿命に対する矜持《きょうじ》と敗者への憐憫を持たねばならぬ」

鑑連は治右衛門を嗤いに来ただけだ。せめて一矢報いたかった。

「ならばなにゆえ公は、それがしの仕官を許されたのでござる？　公の眼は節穴だったのではありませぬか？」

「うぬがわしに仕官を願い出る少し前、十字槍使いの冨来《とみき》太郎兵衛から文が届いた。かの者の推挙ゆえ聞き届けたのじゃ。わしは太郎兵衛に惚《ほ》れておってな。戸次に仕官せよと口説いたこともある。偏屈者じゃが、真の武人であった。太郎兵衛がうぬを武人として育てて欲しいとわしに願うたゆえ、引き受けたまで」

太郎兵衛の元を出奔した治右衛門は、当代随一の将と謳《うた》われた鑑連の居城へ出向いた。治右衛門は鑑連の目の前で、戸次家自慢の槍使いを倒して見せた。鑑連は治右衛門の武勇に惚れこんで家臣にしたとばかり考えていた。だが、鑑連ほどの将にすぐ目通りがかなったのも、今から思えば不自然だった。

「うぬには将器がある。心根さえ正せば、大友が誇る将になれると見ておった。わしの見立ては今も変わらぬ。じゃがうぬは、わしが曲がり腐った性根を叩きなおす前に御館の近習になってしもうた。案の定、うぬは不義をなした。治右衛門よ、うぬが近習になりたいと言うたとき、わしが反対したのを覚えておるか？」

治右衛門が天から与えられた資質は武勇だけではなかった。近くにあって国主を補佐する機智と、涼やかな容貌《ようぼう》を持ってもいた。立身出世を焦った治右衛門は、鑑連の使者として宗麟に戦勝を報告する役回りをいく度か願い出て許された。もくろみどおり治右衛門はすぐ宗麟の目に留まった。

近習として出向したい旨《むね》を上申した時、鑑連は即座に「否《いな》」と言い放った。だが治右衛門が直訴し、宗麟自身も鑑連に強く望んだため、鑑連も折れた。

「うぬの不幸な境涯は承知しておる。されど、この世には悪人もおれば善人もおる。悪人がおるから、悪事をされたからというて、うぬまでが悪人になる必要はあるまい」

「今は乱世。人を殺め、悪とならねば、生きてはいけますまいが」

「世迷言を申すでない。悪が憎いなら、悪に身を落とすな。悪を真に憎むなら、悪を踏み砕く善となれ。悪が怯えて震え出すような強き善であれ。うぬを悪に染めたまま手放したは、わが不徳よ」

「これから打ち首になる男に何を仰せかと思えば」

治右衛門は絶望しながら笑ったが、鑑連は真顔で応じた。

「うぬは冨来太郎兵衛と暮らし、あの武人が見込んでわしに託した男じゃ。本来、武人たる資質を持っておったはず。うぬを救う知恵も手立ても見当たらぬ上は是非もなし。武人としてわしの前で見事に死んで見せよ。今宵はそれを言いに参った。さらばじゃ」

立ち上がった鑑連に向かって、治右衛門は手を突いた。

「マリア様はいかが相成りましょうか」

「わが家臣のせいで不義をなし、死を賜ったとあっては申し訳が立たぬ。まして身重の御身じゃ。されば、わしが下賜を願い出ておる。この鑑連が面倒を見る」

治右衛門は歯を食いしばった。

鑑連には子がなかった。男やもめで側室もいない。鑑連はマリアを見染め、家臣の不祥事にかこつけて手に入れるつもりなのだ。宗麟はマリアの処理に困っていよう。鑑連の助け舟に乗るに違いなかった。鑑連は治右衛門の愛する女まで手に入れるのか。

六

朝から降り続く小ぬか雨がやむ気配はなさそうだった。

横長の窓から雨滴が根気よく漏れ落ちてきて、土牢の中に水溜《みずたま》りを作っていた。

日もとっぷり暮れて、武宮が巻物を眺める行燈《あんどん》が仄暗《ほのぐら》く辺りを照らしているだけだ。武宮をだまし、脅せば脱獄できぬかと思いを巡らしてみる。五感を研ぎ澄ませた。やるなら今夜しかなかった。

目の前を黒蟻が歩いていた。手を伸ばし、指で潰《つぶ》した。ぴくりとも動かなくなった。治右衛門も明日の今ごろには同じ目に遭って、試し斬《ぎ》りでもされた後のはずだ。

「せめてお前が地獄に同道せよ」

だが黒蟻とて悪事を働かぬうちに命を奪われれば地獄には堕《お》ちまい。俺の手で極楽に行かせてやったわけかと思い直して舌打ちした。

小さな遺骸《いがい》をつまんで掌に載せてみた。

こやつは、以前に戯れて話しかけた黒蟻だったやも知れぬ。

柴田治右衛門は一騎当千の武者だった。戸次鑑連でさえその将器を認めていた。乱世を渡る大友にとって得難い人材だ。悪鬼やも知れぬが、鑑連以外の将になら重宝されたはずだ。その治右衛門が明朝には死ぬというのに、黒蟻ごときが生きている理不尽が赦せなかった。だから道連れにしてやったのだ。蟻の亡骸《なきがら》をどこぞへ放《ほう》った。

鑑連に死刑を伝えられた日から、祈りなど捧げなくなった。

治右衛門は真摯《しんし》な祈りが天に届くはずだと期待したが、希望は無残に打ち砕かれた。天主《デウス》とやらは狭量だ。何の力もありはせぬ。わずか数日でも天主《デウス》とその力を信じようとした己の愚かさが惨めでたまらなかった。

武宮にはもう話しかけなかった。武宮のごとき無能の輩が明日も生きながらえて、治右衛門が死なねばならぬ不条理が腹立たしかった。治右衛門を捕えて死へと追いやり、マリアさえ手に入れようとする鑑連を憎んだ。実弟を救おうともせず柴田家を守って安堵している紹安を嘲《あざけ》った。下賤の近習なぞに側室を奪われた宗麟を嗤った。

何もかもがいまいましく、誰もかもが憎らしい。

だが心の底で、治右衛門の怨《うら》みつらみが筋違いではないかと反駁《はんばく》する声によけいに腹が立った。己が運命を呪《のろ》った。

すべてはマリアが悪いのだ。あの女にさえ出会わねば、かくも悲惨な境涯に落ちなかったではないか。

首のロザリオを引きちぎろうと手をかけて、やめた。治右衛門の死を悼《いた》む者がいるなら、マリアだけではないか。皆、治右衛門を嗤い、嘲り、ほどなく忘れ去るはずだ。この世でせめて誰かひとりくらいは心の中で己が死を嘆き、涙し、時おり思い出して欲しかった。

死にゆく治右衛門が世に残せる物は何ひとつなかった。無精ひげを伸ばしたまま打ち首とされ、名誉さえも奪われる。汚辱と若い血潮にまみれて死ぬる運命なのだ。

懐から青銅の十字架《クルス》を取り出すと、土壁に向かって投げつけた。十字架《クルス》は小さなはね音を立てて泥溜りに落ちた。

「荒れておるな、治右衛門。小耳に挟んだのじゃがな、鑑連公の――」

「放っておいてくれぬか！」

格子ごしに声を掛けてきた武宮に向かって怒鳴った。

「明日死ぬ者に何の話じゃ。何も知らぬ阿呆《あほう》は戸次鑑連を名将じゃなぞと讃《たた》えおるが、臍《へそ》が茶をわかすわ。俺は二年も前にあの男を見限ってやった。鬼鑑連め、その意趣返しに、わざわざ俺を嗤いに来おったがな」

治右衛門の腹の中には毒が充満していた。毒気を吐いておらねば、気が変になりそうだった。

「鑑連公の声は牢じゅうに響き渡っておったが、身どもはうらやましいと思うたぞ。大友軍の総大将を務めるほどのお方が土牢なんぞへ足を運び、あと数日で死ぬ男に説教を垂れてくださるとはな。身どもは父を早う亡くして、叱《しか》ってくれる大人がおらなんだ。公は――」

「笑止！　お主のごとき木《こ》っ端《ぱ》役人なんぞに俺の気持ちがわかってたまるか！　お主も腹の中では俺を嗤っておるのであろうが！　ためしに明日までの命と告げられてみるがよいわ！」

治右衛門が嚙《か》みつくと、武宮は「そうじゃな、すまん」と頭を下げ、「身どもにできることがあれば、何でも言うてくれ」とだけつけ足して、すごすごと持ち場に戻った。

「けちな牢番なんぞに何ができる？」

背に投げかけた毒舌を聞き流して、武宮が巻物を開く姿が見えた。

七

――俺はこのまま人生の最期を、呪詛《じゅそ》に満ちた堂々巡りの言ノ葉ばかりで終わらせるのか。

治右衛門は己が惨めでならなかった。生まれねばよかったと何度も思った。せめて俺は愛のために死ぬのだと言い聞かせた。マリアの愛だけを信じて死のうと決めた。

鑑連への下賜をマリアは承知するだろうか。愚問だ。キリシタンに自決は許されぬし、不承知など言える立場でもなかった。宗麟の側室として子を産めば、マリアは一生の富貴が保証されただろう。治右衛門との道ならぬ恋ゆえに、若い身空で没落するマリアが不憫《ふびん》だった。だがもし悪鬼が幸せを願うてもよいのなら、腹の子はわが子であって欲しいと願った。

マリアと出会わなければ、今ごろ治右衛門は当初のもくろみ通り出世街道を歩んでいたろうか。いや、側室にされる前にマリアと出会えていれば、ふたりは幸せな夫婦《めおと》になっていたろうか。宗麟子飼いの忠臣として一国一城の主となっていたろうか。

無意味な仮定だ。明日迎える死はゆるぎなく確定していた。

首を差し出すとき、震えぬであろうか。久三を手にかけた時から、心が弱くなっていた。亡き母と弟、マリアとまだ見ぬわが子のためにも、せめて武士らしく死にたいと願った。

切腹ならかえって威厳を保てぬ懸念《けねん》があったが、打ち首なら泰然として刑を受け容《い》れればいい。堂々と首の座の筵《むしろ》に座り、血溜り穴に首を差し出す。それだけの話だ。後はせいぜい首切り役人が仕損ぜぬよう祈るくらいしかなかった。

何人もの人間を死出の旅路へ送り出しながら、いざ己が死を迎えると惨めに恐怖を覚えるのは、神など信じぬはずなのに天罰を恐れているせいだ。明日、地獄に落とされると確信しているからだ。

治右衛門とて生まれ落ちた時から悪鬼だったわけではない。

最初の頃は手柄として挙げた兜首《かぶとくび》の数を指折り数えていたが、途中でやめた。思い返してみれば、殺戮《さつりく》に馴れたつもりでも、狂奔から醒めた時、胸を締めつけられる息苦しさが残った気がする。

トルレスは、治右衛門が悔い改め、命を奪った魂のために祈るなら、悪鬼でも赦されると説いた。

——俺はまだ赦されるのか。浄土へ行けるのか。

治右衛門はわずかな明かりを頼りに、水溜りに落ちた青銅の十字架《クルス》を探した。拾い上げると手で泥を拭《ぬぐ》い、首に架けた。胸の前で十字を切り、両膝を突いて手を合わせた。

見苦しく命乞《いのちご》いをする者もいた。従容と死を受け容れた者もいた。口もきけずに震えているだけの者もいた。

治右衛門に殺された老若男女はいかなる想いを抱いて死を迎えたのか。残していく妻を、わが子を、親を、兄弟姉妹を、友を想うたか。

神志那《こうじな》を、久三を、太郎兵衛を想った。己が手で命を奪った者たちのために祈りを捧げた。

今、治右衛門にできるのは、己の惨めな死を受け容れることだ。己が身の破滅を他人の責めにしたところで、救いは得られまい。汚辱に塗れて死ぬことこそが、本来赦されざる罪の償いなのではないか。

また、涙だ。誰のために流す涙なのかは知らぬ。涙がただ、とめどなく流れた。

非業に死んだ者たちの魂を弔う涙だ。己が運命の無惨を嘆く涙だ。乱世に生まれ、悲しき宿命に死にゆくあらゆる命への共感からあふれ出る涙だ。腹の毒気が涙ですっかり溶かされていく気がした。

治右衛門は這《は》いつくばると、暗がりの中で目を皿のようにして、黒蟻の遺骸を探した。眼では見えぬとあきらめ、手探りで探した。半刻《はんとき》（約一時間）もしてようやく探し出すと「すまぬ」と声をかけた。指先で小さな穴を掘って埋めた。手を合わせ冥福を祈った。

治右衛門は合掌を解くと、ただひとりの友に向かって格子ごしに声をかけた。

「カマキリ殿、先だってはすまなんだ。俺に何ぞ話でもあったのか？」

音もなく現れた武宮が膝を突いてかがんだ。

「鑑連公の屋敷にトルレスという異教の僧が出入りしておるとの話を小耳に挟んだものでな」

武宮が確認したところでは、治右衛門の捕縛以来トルレスは大友館に日参して、治右衛門との面会を求めていたらしい。追い返されてもあきらめようとせず、日に何度も来ているという。

——あの聖者はまだ、俺を見捨ててはおらぬのか。

トルレスの微笑みが思い浮かんだ。だが会って、どの面を下げて何を語ればいいのか。

「俺が死ぬ前に文句のひとつでも言いたいのであろうな。それとも打ち首になる偽キリシタンを嗤いに来るつもりか」

真意と口先とが食い違っている。いつもそうだった。

「そのために日参し、鑑連公にまで談判に及ぶとは思えぬな」

その通りだ。治右衛門は居住まいを正して武宮に向きなおった。

「カマキリ殿。使いだてばかりしてすまぬが、最後にひとつだけ、頼まれてくださらぬか。司祭《パードレ》トルレスに会いたいのでござる」

処刑は明日だ。会うなら今しかなかった。

「とうに子《ね》の刻（午前零時頃）を過ぎておるが」

「司祭《パードレ》は明け方まで寝《やす》まれぬ。治右衛門の頼みじゃといえば、必ずお出《い》でくださるはず」

人の良い牢番はどこか寂しさのただよう逆三角の顔で「何とかいたそう」と短くうなずいた。

八

暗い廊下の先に、武宮に導かれて痩せた長身が見えた。

トルレスは見馴れぬ竹の杖《つえ》を突いていた。左脚を引きずるように歩いてくる。心が激しくかき乱された。治右衛門が負わせた怪我《けが》のせいに違いなかった。トルレスはいくぶんふらつきながら土牢の前まで来たが、武宮の用意した筵《むしろ》に座って姿勢を正した。格子ごしにいつもの微笑みが見えた。

「治右衛門、息災のようで何よりです」

「……司祭《パードレ》よ、その杖は？」

「齢《とし》を取ると、足も満足に動かなくなるものです」

胸がかきむしられた。治右衛門はトルレスに向かって格子ごしに、がばと平伏した。

「数々の非礼、なにとぞお赦しくださりませ」

「そなたが赦しを乞う相手は、私ではありますまい」

治右衛門は顔を上げた。トルレスは蒼《あお》い瞳《ひとみ》ですべてを見通している。

「よい眼をしています。そなたは友と老師の死に遭い、マリアを失うて、深い苦悩と悲嘆を味わったはず。そなたの本当の強き心が蘇《よみがえ》ろうとしています」

「司祭《パードレ》はそれがしに会うため何度も足を運ばれたとか」

「そなたの心の平安を願って訪れました。わが聖堂にゆかりを持ったお人ゆえ」

「……それがしは聖堂を焼いた男でございまする」

「さいわい大事には至りませんでした。鑑連公のおかげです」

鑑連の指揮で戸次兵が急いで消火し、ごく一部が焼けただけで事なきを得たらしい。治右衛門は鑑連の掌上で踊っていたわけだ。

「それがしはゼザベルの手先としてキリシタンを売りました。久三も殺しました。司祭《パードレ》はなぜ悪事を重ねてきた異教徒《ゼンチヨ》を救おうとなさるのですか？」

もし神が悪行の限りを尽くしてきた悪鬼を赦すというのなら、無惨に殺された者たちは浮かばれまい。

「約束したはずです。私は力の限りそなたを救うと」

「それがしは二度も司祭《パードレ》を殺そうとした男。そのおみ足も……」

トルレスはゆっくりと首を横に振った。

「それでもまだ私は天によって生かされています。歩けさえすれば、この国のどこへでも赴き、天主《デウス》の御教えを説けます」

「それがしはこれまで虫けらのごとく人を殺めて参りました」

「久三ならそなたを赦したはず。天主《デウス》の僕《しもべ》でさえ赦したそなたを、慈悲深き天主《デウス》が赦されぬはずがありますまい。悪事を働く者の改心ほど天主《デウス》が喜ばれる慶事はありません」

「それがしの心には一片の真《まこと》もありませなんだ」

「マリアから話を聴きました。そなたの愛は真だったはず」

「それがしはそのマリア様さえ、見捨てて生きようとしました。さような者の愛に真なぞございましょうや」

「人は弱き者。たとえ愛していても人を欺き、天主《デウス》を裏切るものです。それでも人は悔い改め、祈ることができるのです」

「それがしは明日の朝、打ち首となりまする。今、何を祈ればよいのでございましょうか？」

「赦しを乞いなさい。すでに悔い改め、告白したそなたは必ず赦されます。そなたがこれまで殺めてきた者たちの冥福を祈り続けなさい。それがそなたの償いです」

「私のような悪逆無道の人間にも、赦しを乞う資格があると？」

「いつかデウス堂で皆に伝えたはずです。七度を七十倍するまで赦せ、と」

救い主ゼズ・キリシトに対し、弟子が問うた。『主よ、わが兄弟われに対して罪を犯さば幾たび赦すべきか、七度までか』と。それに対する答えだ。だから、真のキリシタンであった久三は治右衛門を赦したのだ。

「絶望する時こそ天主《デウス》を信じ、生を終えるその時まで祈り続けなさい。私もそなたのために心を込めて祈りましょう」

今はただ心の平安が欲しかった。いざ刑場に引き出された時、死の恐怖に打ち震えるのでなく、せめて堂々と死を迎えたかった。

「処刑される前に、受洗をお許し賜りたく存じまする。されば今宵ここで受洗するわけには参りませぬか？」

トルレスは「私もそのつもりで来ました」とにっこり微笑んだ。

「ちょうど今日は復活祭《パスコア》です。めでたき日に天主《デウス》の僕《しもべ》となるそなたは幸せ者です。まず聖歌を謳《うた》いましょう」

トルレスが選んだのはマリアが好きな聖歌で、治右衛門も聞き馴れた節回しだった。二人だけで歌う異国の調べが地下牢を厳《おごそ》かに満たしてゆく。トルレスのかすれを帯びた声は、秋晴れの空にそよぐ心地よい風を思わせた。治右衛門の声は時おり涙で途切れた。その度にトルレスは優しく微笑みながらうなずいた。

「さいわい天から授かった恵みがあります。これを用いましょう」

トルレスは格子の隙間《すきま》から牢内の水溜りに手をやると、指先で上澄みの雨水を掬《すく》った。

「父と子と聖霊の御名《みな》によりて、そなたに洗礼を授けます」

治右衛門が恭《うやうや》しく片膝を突き、顔を格子の隙間に近づけると、額に数滴の水が落ちた。

トルレスの祈りの後、聖句が授けられた。

――常に喜べ。絶えず祈れ。すべてのことに感謝せよ。

――これゼズ・キリシトによりて、神の汝《なんじ》に求め給う所なり。

「これで、そなたは天主《デウス》の子として新たに生まれ変わりました。受洗名はリイノといたしましょう」

治右衛門は今、柴田リイノとして生まれ変わり、明日、死を迎える。

「若くして死んだ父の名です。父も兵士として戦場に出ていました」

治右衛門は幸せを全身で感じていた。この老人は正真正銘の聖者だ。トルレスから洗礼を授けられた果報に心から感謝した。トルレスの痩せた身体にすがりつきたかった。が、独牢の鉄格子はそれを許さなかった。

トルレスは微笑みを変えず、いつもの言葉を繰り返した。

「いついかなる時も、最後まであきらめてはなりませぬ。時に信仰は、運命を破る奇跡をもたらします。天主《デウス》を信じて祈りなさい」

外界では降りしきる雨も止んでいなかった。治右衛門が明朝処刑される事態に何の変わりもない。だが、トルレスの言葉は初めて治右衛門の心の奥深くまで染み渡っていった。

九

横長窓から差し込んでくるわずかな光は春を感じさせた。土牢にできていた水溜りは混じりけのない水晶のように透き通っている。あらゆる物が今までとは違う輝きを放ち、柴田リイノを祝福しているかのようだった。

リイノは昨夜のささやかな洗礼式を思い出した。心に乱れはない。垂れこめた厚雲の隙間からわずかにのぞく青空を見た時のように、心が喜びで満ちていた。リイノは生まれ変わったのだ。

これまでは退屈も災いして、死のみが待ち受ける未来を考えたが、今朝は違った。リイノにはなすべき務めがあった。

朝餉《あさげ》は与えられなかった。死にゆく者に食事は不要だった。

リイノはただ祈りを捧げた。聴こえるのは雨上がりを喜ぶ雀のさえずりくらいだった。心は平静なままだ。首にはトルレスの青銅の十字架《クルス》とマリアのロザリオをかけている。今のリイノなら、罪を償うために刑場で堂々と首を差し出せるだろう。リイノはトルレスを遣わしてくれた天主《デウス》に感謝の祈りを捧げ続けた。

祈り続けるうち、いつしか日が暮れ始めた。いかなる事情で遅れているのか、まだ呼び出しはかからぬ。リイノは無心で祈り続けた。深更、悪作に堕《だ》す所業の数々を想い起こしては、罪の深さに震え慄《おのの》きながら償いの言葉を紡ぎ続けた。

ついに夜も明け、土牢に再びわずかな光が差し込んだ。

昼近くになって、刑吏の代わりに兄の柴田紹安が姿を見せた。沖《おき》ノ浜《はま》で大立ち回りを演じて以来だった。最後は兄に刑場へ連れられ、せめて柴田家の墓に葬ってくれるのやも知れぬ。家を守る責めを負う兄に対し、リイノは心底申し訳ないと思った。

「治右衛門。迎えに参った」

リイノは紹安に向かって深々と平伏した。

「不出来の弟をお赦しくだされ。兄上に最期を看取っていただけるなら、本望にござる。お世話になり申した」

「いや、何が何やらわからぬが、お前にお赦しが出た」

耳を疑った。紹安もしきりに首をかしげていた。

「わしにも信じられぬが、まことの話じゃ。昨日の朝、御簾中《ごれんちゅう》（奈多夫人）が無事に男児（後の大友親盛《ちかもり》）を出産なされてな。恩赦が出た。ただしお前は野津《のつ》で終身、蟄居謹慎《ちっきょきんしん》と相成った。わしが面倒を見てやらねばならぬ。世話の焼ける弟よな」

三人目の男児出生は寿《ことほ》ぐべき出来事ではあったが、不義を働いた近習を赦すほどの慶賀とも思えなかった。紹安は大友宗家の直轄領に住まう小国人にすぎず、宗麟に直接面会できる身分ではなかった。詳しい事情も知るまい。

「古庄丹後殿の話では鑑連公のおとりなしがあったそうじゃ。邪教の坊主が鑑連公に知恵を貸したらしい」

宗麟は毀誉褒貶《きよほうへん》の激しい主君だが、根は善良で時おり寛大になった。恩赦もありえぬ話ではなかった。だが民部と奈多夫人を納得させる手立てなどあったのか。

「ご側室のマリア様についてはご存じありませぬか？」

「鑑連公のたっての願いで下賜されたと聞いておる」

宗麟の愛を受けずに生きるより、鑑連に大切にされるほうが幸せであろう。受洗で本当に新しい心が生まれたように、リイノは事態を受け容れることができた。

「兄上。出奔以来、長きにわたりご迷惑をかけ申した」

「よい。お前は血を分けしただひとりの弟じゃ。柴田家にもお咎《とが》めなく、お前も生きておる。万々歳ではないか。野津でいちからやり直そうぞ」

紹安と和解できる日が来るとは思わなかった。

リイノは赦されたのだろうか。いや、残りの全生涯をかけて償うことを許されたのだ。リイノは胸で十字を切ると、天主《デウス》に感謝の祈りを捧げた。

「さて、野津へ帰るぞ」

立ち上がって促す紹安に向かい、リイノは手を突いた。

「お待ちくだされ。鑑連公と司祭《パードレ》に御礼を申し上げてから、参りとう存じまする」

リイノはもう近習ではなかった。宗麟に目通りが叶うはずもない。宗麟も不義を働いた近習の顔など見たくもないだろう。だが、鑑連とトルレスには挨拶《あいさつ》をしたかった。

「司祭《パードレ》とやらは知らぬが、鑑連公がお前なんぞにお会いくださるものかのう。お前に逃げられなぞすれば、困るのは柴田じゃが」

「お信じ下され。私はもう、逃げも隠れもいたしませぬ」

短時間で済ませ、外で見張るとの条件で紹安は折れた。武宮に挨拶したかったが、姿は見当たらなかった。

地下牢を出たリイノはまぶしいばかりの陽光を浴びた。

大友館の裏口から出ると、生まれ変わった柴田リイノを祝福するように輝く春の蒼空《そうくう》が待っていた。

十

戸次屋敷にはまだ啼《な》き慣れぬ鶯《うぐいす》がいて、春の到来を懸命に告げていた。リイノにとって初めて迎える春のようにさえ思えた。

床板を踏み割るような足音がし始めると、リイノは懐かしさを感じながら、深々と平伏した。

「おう、よう参った、治右衛門」

戸次鑑連の濁声にすがりつきたくなるほどの安堵を覚えた。

顔を上げると、鬼瓦があった。顔の作りはまるで違うのに、今日の鬼瓦はどこかトルレスに似ている気がした。口元に浮かぶ微笑みのせいやも知れぬ。

「鑑連公が命をお救いくださったと知り、御礼に参上いたしました」

「司祭《パードレ》に感謝せい。茶入れだけでは何ともならなんだわい」

鑑連は小壺茄子《こつぼなす》という艶《つや》のない陶土の茶入れを愛蔵していたが、出産祝いにこれを献じられた宗麟はすこぶる気をよくしていたという。おまけに三男出生の日はたまたま異国で救世主が復活を遂げためでたき復活祭《パスコア》の日であった。宗麟はこの偶然の一致にことのほか上機嫌となり、鑑連の提案に従い、恩赦を決めたらしい。

　リイノは改めて鑑連に平伏した。

「私は鑑連公の信を裏切りました。何ゆえ私なぞをお救い下されましたか？」

「知れたこと。わしには子がおらぬが、うぬら家臣は皆、わが息子同然。うぬに限らず、わが家臣による不始末の責めはすべて、当主たるこのわしが負う。それが君臣の契《ちぎ》りというものよ。ひとたび戸次に仕えし上は、わしはうぬの生死に責任がある」

　鑑連は大野川の河畔《かはん》で捕縛されたリイノに会うなり、頬を殴りつけた。牢でも武宮が羨《うらや》むほど、親が子にするごとく叱ってくれた。リイノはこれまでずっと、鑑連に反発しながら、持たぬ父の姿を重ねていたのだと気づいた。

「それに柴田紹安から冨来太郎兵衛の死に様を聞いてな。あの武人がうぬをわしに託した以上、約束を守らねばならなんだ」

太郎兵衛の死には、鑑連への謝罪だけでなく、リイノを頼むとの願いも込められていたに違いなかった。

鑑連の巨眼が愛子《まなご》でも見るように細められた。

「よき面構えに変わったな、治右衛門」

「今は受洗し、リイノと名乗ってございまする」

「変わった名じゃのう。礼儀の礼に、能臣の能と書いて、礼能か?」

「なるほど。その当て字、ぜひとも拝領いたしたく存じまする」

「好きにせい」

――柴田礼能。生まれ変わったリイノに相応《ふさわ》しき名ではないか。命の恩人である鑑連とトルレスから賜った名だ。

「公よ、ひとつお聞かせくださりませ」

リイノは主君に向きなおると、恭しく両手を突いた。

「公は軍律に反せし者、謀叛を企てし者を決して赦さず、死を以て贖《あがな》わせてこられたお方。たとえ公の親族、家臣であろうと例外なく処断されてきたはず。然《しか》るになにゆえ、それがしを救われたのでございまするか?」

鑑連は大口を開け、はじけるように笑った。

「呉王夫差《ごおうふさ》、唐帝玄宗《とうていげんそう》の故事然り、古来、女に溺《おぼ》れる主君は国を亡ぼす。御館の女遊びはかねて目に余った。うぬは御館の女を寝取っただけではないか。むしろ小気味よいくらいじゃ。これに懲《こ》りて御館が少しは艶事を慎むなら、願ってもなき話よ。治右衛門、うぬの将器は本物じゃ。いずれ大友軍の一翼を担う勇将たりうる男。御館の好色なぞで失わせるにはあまりに惜しいと思うた」

鑑連が太すぎる腕を組むと、岩塊《がんかい》のごとく筋肉が盛り上がった。

「じゃが、法は法ゆえ曲げられぬ。わしは大友、さらには他家における過去の類例を調べ尽くさせた。見落としがあってはならぬゆえ、わし自ら調べ直した。出自で処刑の方法が変わるは事実じゃが、すべて死罪であった。わが家臣なればこそ、わしが寛容になるわけにはいかぬ。されど二百年ほど前に、恩赦で蟄居となった例が見つかったのじゃ。されば、うまく恩赦を得られぬかと、司祭《パードレ》と二人で思案した。葡萄から作った異国のうまい酒を呑みながらな」

鬼と聖者がリイノのために会い、酒を酌み交わしたと知り、リイノは深い感謝の念を改めて抱いた。至福を感じた。

鑑連は巨眼を見開いた。

「今や北九州は大友が半ばを制したが、かつては大小の群雄が割拠しておった。わしはいくつもの国が滅びゆく様を、目の当たりにしてきた。中にはわしが滅ぼした国もある。治右衛門よ、敵国が傾いた時、うぬなら、いかにして戦に勝つか？」

「利をもって敵の家臣を調略いたしまする」

鑑連が大きくうなずいた。

「然り。逆境にあってこそ、武士《もののふ》の真《まこと》の値打ちがわかる。人間とは弱き生き物じゃ。今まで主家に媚《こ》びておった者たちが、掌を返したように調略に応じおる。威勢の良い時には口先で忠節を唱えておった者どもが次々と裏切る。先祖来、主家の禄《ろく》を食《は》んでおりながら、平気で主家に弓を引くのじゃ。生き延びるためと言うて、敵に寝返りおる。じゃがもし大友が滅ぶなら、わしは共に滅ぶ。もっともわしの目の黒いうちは、府内に指一本触れさせぬがな」

大友は中国の毛利とも和睦し、今や九州の過半近くを制していた。絶頂期にある大友の滅亡などリイノには毫も考えられなかった。

「治右衛門、うぬはこれまで小欲に汲々《きゆうきゆう》としておった。これよりは大欲を生きてみよ。野津でじっくりと胆を練っておれ。大乱世なれば、一寸先は闇。いつの日か大友に危急の秋《とき》あらば、うぬの力が必要とされよう」

鑑連が手を叩くと、太郎兵衛の十字槍を持った小姓が現れた。

「デウス堂に置き忘れしうぬの槍じゃ。精進を怠るな。わしはうぬを信じておるぞ」

「はっ」と、リイノは恭しく平伏した。

大大友《だいおおとも》が傾く日など来ぬであろう。リイノはこのまま再び世に出ることなく生を終えるに違いなかった。だが鑑連の命令なら、愚直に従うまでの話だった。

「それがしはこれよりお召しにあずかる日まで、野津の片田舎に隠棲《いんせい》いたしまするが、生涯、戸次の臣でありたいと願うておりまする。公の家臣たるをお許しくださいまするか?」

鑑連は大きくうなずいた。

「ひとたびわが家臣となった者は死ぬまで、いや死んでからもわが家臣じゃ。たとえ家臣がわしを見限ろうとも、わしはいつでも戻りを待っておる。精進を怠るなよ、治右衛門」

リイノは、「礼能」の字を授けながらも相変わらず「治右衛門」と呼び続ける鑑連に苦笑しながら平伏すると、いまひとつ問うてみた。

「それがしはこたび受洗し、異教の徒となりました。それでも戸次家臣とお認め下さいまするか」

大友の重臣にはキリスト教を毛嫌いする者のほうが多かった。

「むろんじゃ。わしは異教が何を説いておるかはよう知らぬ。されど、司祭《バードレ》トルレスは正真正銘の本物であった。仏法僧に紛い物はいくらでもおるがな。肝の据わっておらぬ者は皆、わしの前で縮み上がる。されど初めて司祭館で会うたとき、あの者、わしに向かって始終笑みを絶やさず、酒でも呑みながら朝まで語り尽くしましょうと抜かしおったわ」

異宗教であっても、二人には通じ合うものがあるらしかった。

鑑連は親しげにリイノににじり寄ると、両肩に手を置いた。

「治右衛門よ、心しておけ。われらは五濁悪世《ごじょくあくせい》に生きる武人じゃ。戦を生業とする者は一人の例外もなく皆、罪深き人間よ。されどわしはいかな罪を得ようと、たとえ死して後《のち》、地獄の業火に焼かれようと、戦を続ける。さればわしは国を守るために離縁した妻を焼き殺し、親しき友を討ちもした。されどわが軍勢が勝ち続け、九州すべてを征すれば、戦がなくなり、大友のもとで皆が幸せになれるのじゃ」

鑑連が口を開くたびに、唾が容赦なくリイノにかかった。

「よいか、治右衛門。大友を守るためなら、わしは神仏を敵に回そうとも、神仏に恨まれようとも、戦う。そのために地獄へ落とされるなら、閻魔を討ち滅ぼしてやろうぞ。キリシタンとなっても、うぬはその覚悟でおれ」

「はっ。この命に代えましても、大友家をお守りいたしまする」

「たわけめが。死ぬるは易《やす》い。されば生き延びて、平和な世をつかみ取ってから、殺しの罪を贖え」

鑑連は一転して、鬼瓦に似合わぬ観音菩薩のような優しい笑みを浮かべた。リイノが生涯忘れえぬ笑顔だった。

「うぬはもはや御館の近習ではなく、わが家臣じゃ。さればうぬに、さる御仁の警固を申し付ける。生涯、お守りせよ」

鑑連は襖《ふすま》の向こうに「入られい」と声を掛けた。

ゆっくりと襖が開くと、衣擦《きぬず》れの音がし、産着にくるまれた小さな赤子を抱いた若い女性が姿を現した。頬にはまだ痛々しい十字の傷跡が生々しく残っている。

「昨日、御館は溶々たるご慈悲をもって、わしの願いを聞き届けられ、マリア様を下賜された。されば改めて今日、わが室マリアをうぬに下賜しよう。野津にお連れするがよい」

リイノは身を激しく震わせながら、鑑連に向かって平伏した。すべてが腑《ふ》に落ちた。鑑連を一瞬でも疑った己を愧《は》じた。声にならぬ声で泣き、みっともなく吠《ほ》えながら、鑑連に永遠の忠誠を誓った。

「不忠者めが。わしではのうて、終生、大友宗家に忠誠を誓え」

マリアは捕縛された翌日、無理が祟《たた》ったのか男児を早産したという。母子ともに容体がすぐれなかったが、さいわい無事に恢復《かいふく》した。男児であったため、奈多夫人の手前、死産とされた。

宗麟による特赦と下賜には子の養育を委ねる意味があった。

「そのお子は素性を秘匿《ひとく》し、うぬが立派に育てよ。御館とはさように話をつけてある。若い者どうし、達者に暮らせ」

リイノは胸の前で十字を切り、天主《デウス》に心から感謝の祈りを捧げると、改めて鑑連に平伏した。

鑑連は何の未練もなさそうに、大笑しながら去った。その後には静寂が戻り、春を思わせる暖風が中庭から入りこんできた。

「マリア様。それがしはまことに良き主君を持ちました。天主《デウス》には感謝の念しかありませぬ」

「私もこの子の命も救われました。きっと鑑連公もまた、天主《デウス》がお遣《つか》わしくだされたお方でしょう。公に天主《デウス》のご加護、あらんことを」

リイノはマリアに向かって深々と頭を下げた。一生をかけて償う覚悟だが、隠しているわけにはいかなかった。

「それがしはマリア様に幾重にもお詫《わ》びをせねばなりませぬ。久三の命を奪ったのはそれがしにござる。ずっと皆をだましておりました」

リイノはマリアを幸せにできるのか。その資格があるのか。

「司祭《パードレ》から話をうかがいました。お顔をお上げくださいまし」

マリアは悲しげだが優しい笑みを浮かべていた。

「久三が死に、罪深きそれがしがなぜ生きながらえておるのか、それがしにはわかりませぬ」

「すべては天意。久三は剣の達人でありながら、この乱世でひとりも人を殺めずに生を終えられました。立派な人生でした」

「されど、死んだ者は二度と生き返りませぬ」

「久三は生きておりますよ。ほら、ここに」

マリアは腕に抱いた小さな命をリイノに抱かせた。慣れぬ手で受け取った。救われるように温かい。久三は死の間際に必ず蘇ってやると言い残した。リイノには、本当に久三が新たな生を享《う》けたように思えてならなかった。

「司祭《パードレ》が名づけて下さいました。柴田久三どのです」

リイノは壊れそうに小さく柔らかい身体を夢中で抱きしめた。言葉の代わりに涙がこぼれた。マリアの前で見せる初めての涙だったろうか。

「リイノさまに言伝があります。司祭《パードレ》は仰せでした。久三に代わって生きる理由を探しながら、生きよ。己が奪った命の重みを感じながら一生、罪を背負って生きよ。弔い続けよ。されば必ずそなたの魂は救われん、と」

「承りました。きっとさように致しましょう。されど言伝とは?」

マリアは寂しげに長い睫毛《まつげ》を伏せた。

「司祭《パードレ》は今朝、肥前《ひぜん》へ旅立たれました。あの聖者を待っている人たちが他の国にもいるのです」

恩赦につき民部と奈多夫人が出した条件は、トルレスの府内からの退去だった。二度と大友領に入らぬよう誓えと迫った。トルレスはこれを受け容れたのだった。

トルレスはマリアに次のような別れの言葉を告げたという。

――私は天主《デウス》に仕える者として、パライソへの扉を叩く者を信仰に導く日まで、しっかりと見届けねばなりませぬ。されど、真の信仰にたどり着いた者に私の手助けは要りません。マリアとリイノにはもう、私は必要ないのです。自らの足で歩き、ふたりして信仰の道をしっかりと歩んでいけるでしょう。

今のリイノにはトルレスの言葉の一つひとつが腑に落ちた。

「私は土牢を歩いておった蟻とよく話をしておりました。蟻は極楽へ行くのに、私は地獄へ堕ちると思うたものです。蟻にも劣るわが身なれど、司祭《パードレ》との約束、必ず守ってみせまする」

リイノの腕の中でおとなしくしていた赤子がむずかり始めた。あわててあやしてみたが、かえって火のついたように泣き始めた。マリアの腕に戻すと、赤子は母の胸にすがりついて眠り始めた。

「ときに、復活祭《パスコア》はもう終わっていたのではありませぬか？」

マリアが上品に微笑みながらうなずいた。

「めでたき祝い事なれば、何度祝っても罰は当たらぬと司祭《パードレ》が仰せでした。さあ、参りましょう、リイノさま」

十一

鑑連がマリアと久三のために駕籠を付けてくれた。紹安は馬で、リイノは徒歩《かち》で野津へ向かった。柴田家の者たち数名が従う。

一行は途中、大友館の裏口を行き過ぎた。

「兄上。入牢中、世話になった御仁がおりますれば、挨拶だけして参りとう存じまする」

許されて館の門番に尋ねると、武宮はいないとの答えだった。

次にリイノが府内の地を踏むのはいつの日か。一生ないやも知れぬと思うと、何としても礼を言いたかった。リイノが事情を尋ねると、腹を立てた門番の荒々しい対応でちょっとした騒ぎになった。どこからともなく騒ぎを嗅《か》ぎつけた男がいた。

「おう、治右衛門。お前も悪運の強い男よな」とは古庄丹後であった。

武宮について尋ねると、お役御免になったという。古庄の話を聞き、リイノは身の縮む思いがした。なぜ気づかなかったのか。

キリスト教は国主宗麟が関心を抱いているとはいえ、まだ貧民たちの信ずる新宗教に過ぎなかった。大友館の、しかもその土牢の独房の捕囚と司祭《パードレ》の面会など、正式に許されるはずもなかった。

武宮武蔵はそれを百も承知で、トルレスをリイノに面会させると約し、実行したのだった。法を破った翌日、武宮は牢番の職を解かれた。牢番は、世渡りが下手で不器用な男がやっと得た職だったはずだ。だが武宮は申し開きひとつせず、どこぞへ去ったという。

逆三角のカマキリ顔が図面を指さしながら唾を飛ばして語る姿が思い浮かんだ。武宮は貧しい身上で母と暮らしていると言っていた。巨大兵器を愛する男に適当な職が簡単に見つかるとは思えなかった。

リイノがたどり着いた信仰の境地は、少なからぬ人々の犠牲の上に成り立っていた。

リイノは往来の真ん中で砂塵《さじん》に塗《まみ》れながら、大友館に向かって深々と平伏した。胸で十字を切り、宗麟と武宮のために祈った。

故郷の野津で、柴田リイノはかけがえのない幸せを手に入れた。

リイノがマリアとともに野津でキリシタンとしての信仰生活を送り始めて約二十年――。

†

時代は激変し、大友家の滅亡が近づいていた。

薩州《さつしゅう》勢の日向《ひゅうが》方面軍総大将、島津《しまづ》家久《いえひさ》が、捕縛したキリシタンの弥助《やすけ》から大友軍の内情を聴き出した夜、大友方が籠城準備を進める丹生島城《にゅうしまじょう》では、鶴賀城《つるがじょう》救援のため決死の作戦が実行されようとしていた。

大友軍最後の采配《さいはい》を預けられた男は、かつての柴田治右衛門、すなわち天徳寺《てんとくじ》リイノであった。

第二部　暁の贖罪

■主な登場人物

天徳寺《てんとくじ》リイノ（礼能《れいのう》）：大友《おおとも》家の宿将。府内奉行。

天徳寺久三《きゅうぞう》（統勝《むねかつ》）：大友家臣。リイノの長子。

吉岡甚吉《じんきち》（統増《むねます》）：大友家臣。

大友宗麟《そうりん》：大友家の第二十一代当主。

ジュリア：宗麟の正室。

ルイザ：ジュリアの侍女。甚吉と久三の想い人。

武宮武蔵《たけみやむさし》：リイノの友。

古庄丹後《ふるしょうたんご》：大友家臣。

弥助《やすけ》：リイノの片腕。

吉田一祐《よしだいちゆう》：吉岡家老。

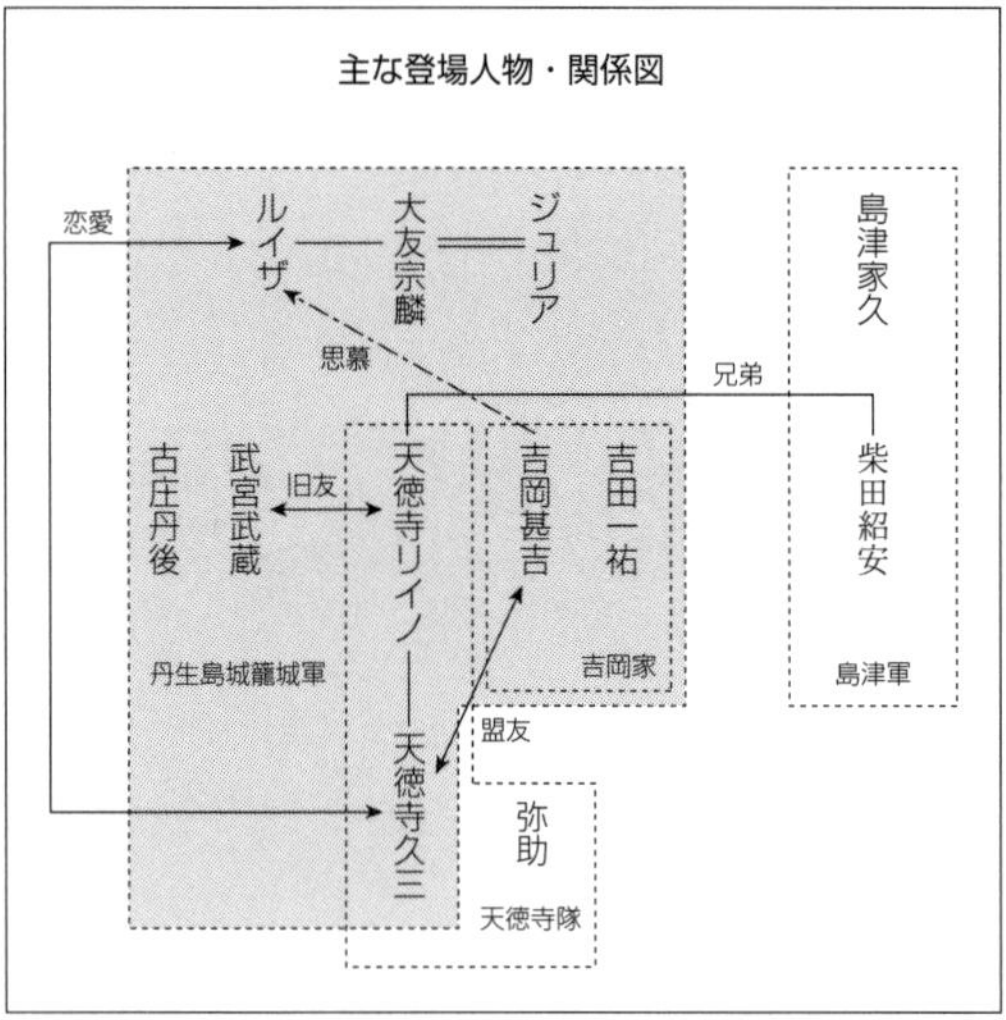

第五章　戦場の聖者

一

今夜も沖鳴りが響いていた。

天正十四年（一五八六年）十二月、臼杵湾《うすきわん》に浮かぶ丹生島城《にゅうしまじょう》の隅櫓《すみやぐら》からは雷光が雲間を切り裂く様子が見えた。しばし遅れて雷鳴が届いてくる。風は騒々しいが雨はなかった。欠け始めた月が荒れた波間にたゆたって映る。

今宵《こよい》、大友《おおとも》の命運を決するのるかそるかの大ばくちを打つ。

主君大友宗麟《そうりん》が籠《こも》る最後の城には二千に満たぬ兵が集まっただけだった。負ければ大友は滅び己も死ぬ。生きていられるのはあと数刻やも知れぬ。若い吉岡甚吉統増《よしおかじんきちむねます》には、鎧《よろい》の隙間《すきま》から忍び込んでくる冷たい潮風さえ、抱きしめたいほど愛《いと》おしく思えた。

甚吉が視線を眼下の城門に転ずると、先鋒《せんぽう》となる天徳寺《てんとくじ》兵が凜《りん》と整列し、しわぶきひとつせず指揮官の指示を待っていた。異様ともいえる白装束が夜明かりに浮かび上がっている。

斜陽の大友家を支え続けた天徳寺リイノの兵はすべてキリシタンから成った。天徳寺兵は常に最前線に立ち、どの部隊よりも先に戦死者を出した。その異常なまでの戦死率は惰弱ゆえではない。逆に、死を恐れず展開する狂信的ともいうべき激烈な戦い方のゆえだった。だが、往時は三千を数えた精強なキリシタン兵も、度重なる転戦の末に消耗を重ね、今では二百余となっていた。

「甚吉殿。殿軍《しんがり》のお役目、くれぐれも頼み入りまする」

戦場に似合わぬ穏やかな声だった。甚吉が振り返ると、頭ひとつぶん高いリイノの巨軀《きょく》があった。右頰《みぎほお》の古い十字傷が目立つ。白装束の胸元には青銅の十字架《クルス》と象牙《ぞうげ》のロザリオがいつもかかっていた。不惑を間近にして筋骨隆々、鍛え抜かれた頑強な肉体は、さながら実戦向きとして名高い豊後《ぶんご》刀のようである。だが大友家は天徳寺リイノという名刀を用いすぎた。いかな豪刀でも刀はすでに刃毀《はこぼ》れを起こし、いつ折れても不思議がないほど酷使されていた。

「承知し申した。されど吉岡は古来、戦より政《まつりごと》を得意とする家柄。大軍相手の奇襲なぞ経験もなく、自信がござらぬ」

作戦の総指揮はリイノが執るが、本来の家格は甚吉の吉岡家のほうがはるかに上だった。だが滅びゆく国では三百年以上続いた身分の上下など意味をなさなかった。

「枢要のお役目なれば、吉岡隊をおいて殿軍《しんがり》は任せられませぬ」

いかに甚吉が戦《いくさ》を嫌いでも、時代が戦を強いていた。

「甚吉殿。この丹生島城の攻防戦が最後の戦となりまする。大友は必ず守られましょう」

リイノの丁寧で落ち着いた口調を聞くと、張りつめた緊張も和らぎ、救われる気がした。勝っても負けてもこれが最後だ。いや、勝つ必要もない。年明けまでのあとひと月さえ守り抜けば、豊臣秀吉《とよとみひでよし》の大軍が上陸し、島津《しまづ》を打ち払ってくれるはずだ。

甚吉もいくつかの戦場をともにしたが、天徳寺リイノは実に不思議な男だった。戦場では剛勇無双の鬼神と化すが、ふだんの物腰はたとえば禅の高僧と区別がつかぬ。陣中にあって何事にも動ぜず、口元に穏やかな微笑を浮かべている武将など、他に見た覚えがなかった。天主《デウス》への厚い信仰のせいか、この男は私欲を欠片《かけら》も持ち合わせぬらしかった。

「昔の大友はあり余るほどの平和を日々謳歌《おうか》しておったとか」

愚痴を並べても詮《せん》なき話だが、甚吉たちの世代に今日の敗亡に対する責任はなかった。甚吉とてリイノに当てこする意図はない。リイノは大友家という巨大船が沈み始めた頃、世に出た。

二十年ほど昔、若きリイノは宗麟子飼いの家臣として将来を嘱望《しょくぼう》されていたらしい。が、何やら不興を買って追放された。十年余の後に再び召し出される日まで、キリシタンが多く住まう野津《のつ》の茅屋《ぼうおく》に蟄居《ちっきょ》していた。目鼻立ちの整ったリイノの容貌《ようぼう》には往時の面影が残っているが、頬にしっかりと刻まれたほうれい線は、加齢よりも戦乱を生き抜いた精悍《せいかん》さを証《あか》しているように見えた。

リイノは胸の前で十字を切ると合掌し、荒天に向かって何やら祈り始めた。大友の没落はたしかに宗麟のキリスト教への過度な耽溺《たんでき》に端《たん》を発していたが、滅びを食い止めようとする者たちの中心にはキリシタンたちの姿があった。

「吉岡隊のご無事を祈りました。大殿（宗麟）を頼みまする」

「お任せあれ。大友の誇りを賭《か》けた一戦なれば、耳川《みみかわ》の弔《とむら》い合戦じゃと、甲冑《かっちゅう》を身に着けながら仰せでござった」

「安堵《あんど》しました。これより出陣いたしまする。後は手筈《てはず》通りに」

大友の存亡を賭けた戦を指揮する男はしっかりとした足取りで櫓《やぐら》を降り、戦場へと向かう。

宗麟はキリスト教に深く帰依《きえ》して、洗礼名「ドン・フランシスコ」を名乗ったが、さらにこの年の三月、由緒正しき名門「大友」の姓までも、キリスト教を意味する「天徳寺」に改姓した。宗麟の最側近である柴田《しばた》リイノは、同じ天徳寺への改姓を許された、ただひとりの家臣であった。

リイノと入れ違いに櫓に現れた小兵《こひょう》は吉田《よしだ》一祐《いちゆう》、亡き父の代から吉岡家に仕える頼もしい忠臣である。

「殿。リイノ様が何用でござったか？」

天徳寺隊は名将島津家久《いえひさ》の侵攻に先立って南下し、各地で薩州《さっしゅう》勢の猛攻を食い止めながら後退してきた。だが半月ほど前、野津の戦いで家久の大軍に粉砕され、四散したはずだった。

三度目の戦死説が流れていたリイノが生還したのは、この日の昼下がりだった。敗残兵を寄せ集めただけではない。失踪《しっそう》中は籠城《ろうじょう》支度に精を出していたらしく、米俵はもちろん味噌《みそ》や塩、干魚、干菜《ほしな》から水桶《みずおけ》、鍋釜《なべがま》食器、薪《まき》に至るまで次々と城へ運び込んだ。

宗麟は涙を流さんばかりにリイノの生還を祝した。やはり大友には天主《デウス》のご加護があると繰り返し、リイノが提案した今回の奇襲策も即座に了承した。

「大殿のお心変わりを懸念《けねん》して最後の念押しに来られたのやも知れぬ。こたびは大殿もさすがに腹をくくられたようじゃがな」

「念押しとは、無礼千万な話でござるな」

一祐の吐き捨てた言葉には明らかなとげがあった。一祐だけではない。リイノに忠誠を誓うキリシタン兵を除いて、丹生島城内でリイノを快く思う者はいなかった。

主君宗麟も「天徳寺」を名乗っているため、家臣らはリイノを洗礼名で呼ぶのが通例である。リイノが忌み嫌われる理由は五指に余ったが、キリスト教への嫌悪のほかリイノの取り立てに対する妬《ねた》み僻《ひが》みが大きかったろう。

「だが今の大友にはリイノ殿に頼るほか、生き延びる道はあるまい」

もともとリイノは野津の国人《こくじん》、柴田家の庶子で、キリシタンの山里に棲《す》む野人にすぎなかったが、同族意識の強い大友家で異例の出世を遂げた。四百年近い歴史を紐解《ひもと》いても、類例は大軍師の角隈石宗《つのくませきそう》くらいだが、その石宗でさえ大友一族である同紋衆の紋章「杏葉紋《ぎょうようもん》」の使用を許されなかった。

八年前、宗麟はキリシタンによる理想国家建設のために日向《ひゅうが》へ侵攻し、島津と激突した。もし大友が日向南部の耳川で大敗して多くの将兵を失わなければ、リイノは今も野津の田畑で野《の》良《ら》仕事にいそしみ、山中から木を伐《き》り出し、日夜、異教の神に祈りを捧げていたはずだった。

耳川の敗戦以来、大友衰退の原因はキリスト教にあるとされた。宗麟に向けえぬ怒りは、邪教を信ずるキリシタンに集中した。最も憎まれた男がキリシタンたちの信を一身に集めているリイノだった。

特権意識を持つ同紋衆は「抱き杏葉」の家紋に強い誇りを抱いてきた。その杏葉紋を成り上がり者の邪教徒が用いているわけだ。同紋衆はもちろん、杏葉紋を使えぬ他紋衆もリイノを苦々しく思っていた。

だが、甚吉は確信していた。じきに城内の将兵はすべてリイノに惹《ひ》かれ、父のごとく慕うようになるだろう。甚吉がリイノと戦場をともにするのはこれが初めてではなかった。リイノには全人格からほとばしり出る聖者のごとき不可解な魅力があった。甚吉自身はリイノに接して起居、さらには生死をともにした者が必ず抱く感情を甚吉は知っていた。甚吉はリイノへの好意と尊敬を禁じえぬのだが、口に出して波風を立てはしない。

「島津家久は戦の天才と聞きまする。リイノ様の策なぞとうに読まれておるのではありませぬか？」

敵は二万余と伝わっていた。嵐《あらし》の夜に二千の大友軍が全軍で長途、臼杵から山道を越えて決死の奇襲をかける策など凡将は考えつくまい。が、家久もまた凡将ではなかった。

「己が戦死の噂《うわさ》を流したのもリイノ殿とか。手練《てだ》れ同士の化かし合いじゃ。ヘラクレスが死んだと思うておるのなら、島津の負けよ」

リイノが先遣隊として自ら赴《おもむ》いた理由は、家久相手に策が敗れた場合、踏みとどまって、宗麟の本隊を確実に撤退させるためである。動きを読まれぬよう、本隊とは別経路を進む段取りでもあった。

——父と子と聖霊の御名《みな》によりて！

リイノが高らかに唱えて胸に十字を切ると、天徳寺兵がいっせいにならった。指揮官が高く掲げた十字槍《やり》を合図に、キリストの影像と十字架を胸にかけた白装束の兵が動き始めた。絶えざる白い清流を思わせる統率の取れた動きは、さすがに名将の軍勢である。

リイノは大友宗家の杏葉旗を夜風にはためかせて先頭を進む。威風辺りを払う馬上のリイノの雄姿は歴戦の勇将のそれであった。この十年近く、斜陽の王国の滅亡を遅らせようとしたリイノの苦難の戦歴は、燃え尽きる大国の残光が放った最後の煌《きら》めきと言えたろう。

「万の大軍でも率いておるような鼻息でございまするな」

甚吉は一祐の雑言を聞き流した。名門に仕える家老としての気持ちは察しがついた。本来の家格からすれば、弱冠十九歳とはいえ名門の吉岡甚吉統増《むねます》こそが最終決戦の先陣を仰せつかるべきであったろう。甚吉に僻みやっかみがないと言えば、嘘《うそ》になる。

「ヘラクレスとやらは全身を毒に蝕《むしば》まれたあげく、あまりの苦痛に耐えきれず自ら炎に身を焼いて死んだとか」

甚吉も聞き逃しかねて、応じた。

「されどかの異国の英雄は、たった一人で国を二つ三つ滅ぼしたそうな。この戦の帰趨《きすう》もリイノ殿の双肩にかかっておる」

リイノの十字槍は鎮西無双《ちんぜいむそう》と謳《うた》われた。別格の武勇を目の当たりにした宣教師ガスパール・コエリョは、異国の古い神話に登場する英雄になぞらえ、手放しでリイノを讃《たた》えた。ヘラクレスなる半神の武人は獅子《しし》を素手で絞殺し、三つの頭を持つ犬の妖怪《ようかい》を生け捕ったばかりか、棍《こん》棒《ぼう》で山脈を真っ二つにするほどの勇者だったらしい。だが、英雄は無残な最期を遂げた。

「リイノ様の指揮で大友方が勝ったという話はとんと聞きませぬぞ。道雪《どうせつ》公譲りの軍略とやらが泣きまするな。公は必ず勝たれた」

だが今の大友の戦力で、勝てる戦などありはしなかった。大負けせぬ戦を続けた天徳寺リイノはやはり名将といえたろう。

戸次《べっき》道雪は大友の長い歴史でも最高と謳われた不世出の名将であった。昨年の秋、病を押して出撃した道雪がついに陣没すると、辛《から》うじて保たれていた最後の均衡《きんこう》が破られ、九州全土はたちまち島津軍の烈風に席巻《せっけん》された。大友方でまだ落とされていない要衝は国都府内《ふない》と丹生島城のほか、道雪の猶子《ゆうし》立花宗茂《たちばなむねしげ》の立花城、志賀親次《しがちかつぐ》の岡城《おかじょう》、甚吉の母吉岡妙麟尼《みょうりんに》が守る鶴崎城《つるさきじょう》、鬼御前《おにごぜん》の立て籠る日出生城《ひじゅうじょう》など数えるほどだった。

現在の大友家当主は義統《よしむね》だが、惰弱であるため実質的な国主はなお宗麟であった。気の弱い義統はひどい吃音《きつおん》で、家臣にはさんざん陰口を叩《たた》かれ、吃音まで真似《まね》される始末だった。丹生島城が陥落して宗麟が討たれた時、大友家は名実ともに滅ぶ。

敗退と離反続きの大友家にあって、最後の籠城戦で宗麟を守るために寄せ集められた兵はたったの二千だった。かつては六万の兵で外征もした大友家の末路はあまりに哀れだった。

この年の十月、日向口から侵入した総大将島津家久による怒濤《どとう》の侵攻はようやく鶴賀城《つるがじょう》で止まった。道雪の義弟にあたるキリシタン武将利光宗魚《としみつそうぎょ》が熾烈《しれつ》な抵抗をしたためである。宗魚は七百のキリシタン兵と領民らとともに籠城していたが、宗魚の戦死説も流れており、落城寸前の危機にあると伝わっていた。

西に五里（約一九・五キロ）ほどの地にある鶴賀城が落ちれば、次は丹生島城が標的とされよう。島津は豊臣秀吉による九州征伐が本格化する年明けまでに、何としても九州を制覇する肚《はら》づもりに違いなかった。

生還したリイノはただちに、鶴賀城を包囲する家久本陣の奇襲作戦を宗麟に献策した。背後を急襲する大友軍に呼応して城内の兵が討って出る。吉岡隊は最後尾にあって宗麟の本隊を守りながら出撃する役回りだった。

「あの若造もつけあがっておりますな」

一祐の毒舌は天徳寺隊の最後尾にいる馬上の凜々《りり》しい若者に向けられていた。リイノの長子、天徳寺久三統勝《きゅうぞうむねかつ》である。胸元にかかる孔雀石《くじゃくいし》のロザリオは近ごろ身につけ始めた一物だが、戦時にどこで入手したのか。

甚吉と同齢の久三は狂信的なキリシタンで、国主の大友義統から偏諱《へんき》を受けて「統勝《むねかつ》」の諱《いみな》を、さらに宗麟と同じ「フランシスコ」という洗礼名まで賜《たまわ》っていた。宗麟と同じ名であるため、使用がはばかられ「久三」のほうが通用している。近年の近習《きんじゅ》で久三ほど宗麟の寵愛《ちょうあい》を受けた者も珍しかった。

宗麟は人でも物でも美しきものをこよなく愛し、容貌に優れた若者を好んでそばに置いた。久三と比べれば、甚吉は容姿でも武勇でも見劣りがした。忠臣の一祐が、甚吉を上回る好敵手の久三を口先で貶《おとし》めるたび、甚吉はかえって惨《みじ》めな気持ちになった。

天徳寺隊が城を出ると、第二陣の古庄丹後《ふるしょうたんご》の兵らが整列を始めた。寄せ集めとはいえ、見るからに統率のない部隊である。

「あのような御仁でも、物の役には立つのでございまするな」

一祐の尽きぬ毒舌を、甚吉も今度はたしなめずに苦笑いした。

古庄は長く近習を勤め上げたが、特筆すべき実績もない。どこにでもいる凡将のたぐいだった。だが多くの将が死に、離反した大友は、最後の戦で古庄のごとき人物に命運を託すしかなくなっていた。

「さてと殿、そろそろわれらも参りますかな」

一祐に促されて、甚吉はひとつ深呼吸した。気は進まぬが、戦は始まったのだ。もう少し生きてみたいなら、勝つしかなかった。

「よもやリイノ様が寝返りなぞいたしますまいな」

声を潜《ひそ》めて耳元でささやく一祐の言葉に、甚吉は首をかしげた。

滅亡寸前の主家に忠誠を尽くす人間のほうが稀《まれ》だ。これまでの味方が今夜、寝返らぬ保証はどこにもなかった。

二

月が雲の晴れ間に再び姿を見せた。甚吉の吐く息が白い。

宗麟の本隊及び吉岡隊の出撃準備はすっかり整っていた。

だが出陣の刻限を過ぎても宗麟は姿を現さなかった。宗麟は服装にこだわる。ひさかたぶりの出陣に際し、土壇場に縁起でも担ぎ、別のいでたちがよいと思い直して、甲冑選びに時を要しているのか。

丹生島城には大友家に忠誠を誓う落武者たちが再起をかけて集っていた。宗麟自ら出陣すれば、士気はいよいよ奮い立つ。若年から名将の名をほしいままにしてきた島津家久さえ討てば、大逆転の勝利も夢ではなかった。少なくも豊臣勢の上陸まで丹生島城は安泰であり、大友家は存続できる。

かたわらの一祐《いちゆう》は苛立《いらだ》ちを隠さず天守を見上げた。

「大殿はいったい何をしておられますのじゃ」

宗麟は夕刻、リイノの奇襲策を用いると宣言し、諸将に出陣の支度を言いつけた。日暮れには城の大広間に諸将が集い、出陣の杯《さかずき》を交わしたばかりである。

「まさかまた大殿の悪い癖が出たのではあるまいな」

宗麟の移り気は昔からと聞くが、五十六歳の今も変わらなかった。近習として近くに仕えてきた甚吉もよく振り回されたものだ。

「時がありませぬ。うかうかしておれば作戦に間に合いませぬぞ」

しびれを切らした一祐の裏返った声に、甚吉は「ついて参れ」と本丸に向かって踏み出した。

甚吉は巨城の尽きぬ廊下を足早に歩きながら心中で慨嘆《がいたん》した。

大友が九州六ヶ国の覇者であった十余年前、この城は大国の象徴だった。甚吉が童《わらべ》であった頃《ころ》は九州一円から人が訪れて臼杵の町はごった返していたが、今では城内で見る人影もまばらである。

大友家の全盛期を築いた宿将のひとり、吉岡宗歓長増《そうかんながます》を曽祖父《そうそふ》に持つ甚吉は、もし大友がそのまま九州を統一していたなら、今ごろ筑後《ちくご》か肥前《ひぜん》あたりの守護代としてのんびり一国を治めていたろうか。

だが大友は耳川の敗戦を契機に宿敵の島津相手に敗《ま》け続けた。甚吉は母の妙麟尼《みょうりんに》から、主家が滅亡するとき吉岡は命運をともにすべしと厳命されていた。父祖の名を汚すわけにはいかぬ。甚吉は二十年に満たぬ生を終えるわけだが、それも仕方ないと思っていた。

「これにて待て」と言い残し、甚吉が天守の一室にある宗麟の部屋を訪《おとな》うと、何やら祈りの言葉が聞こえてきた。嫌な予感を覚えた。キリシタンの小姓たちも多くが宗麟を見捨て、一人しか残っていないが、その姿も見当たらぬ。

礼拝中に用向きを伝えると宗麟は決まって不機嫌になるが、今は非常事態だった。甚吉は気にせず「ご免」と襖《ふすま》を開き、中に入って平伏した。努めて自然に言葉を発する。

「大殿、ご出陣の刻限を過ぎてございまする」

甚吉の催促に返答はなく、祈りの言葉が続いた。やがて咳払《せきばら》いに似た空咳が数度聞こえた。顔を上げると、やおら振り向く宗麟の青白い顔があった。切れ長の眉《まゆ》に高い鼻梁《びりよう》は若き日の面影を残してはいるが、うつろな表情に覇気は見当たらない。

昔はまれに見る美男だったらしいが、宗麟は六十路《むそじ》を前に生き枯れた感があった。一見、禅の高僧もかくやと思わせる風格を漂わせてはいても、中身は違った。宗麟が手に入れた、くつろぎにさえ通じる落ち着きと平静は、悟りとは似て非なる無常と諦《あきら》めに発していることを、甚吉は知っていた。

甚吉に向きなおって着座した宗麟は、軍議で身に着けていたはずの甲冑を外していた。ゆったりとした小袖《こそで》の上に白の袖なし陣羽織を着て、白い「ラッフル」と呼ぶ襞襟《ひだえり》を首に巻いている。

「誰かある！　大殿の鎧、兜《かぶと》をお持ちせよ！」

「待て、甚吉。その儀には及ばぬ」

宗麟は甚吉を手で制してから、ややあって問うた。

「リイノはもう、城を出たのか？」

「御意。すべて作戦通りに進んでおりまする」

宗麟は脇息《きょうそく》を体の前に持ってくると、身体《からだ》を前のめりにもたせかけた。気の進まぬ長話をする際の癖だった。

「そちはこれまで幾たび戦に出た？」

「五度ほどでございましょうか」

「勝ったか？」

「いいえ、おそれながら。されど大負けはしておりませぬ」

「さようか。……余はこれまで数え切れぬほど戦に出てきたがな。ひっきょう戦の勝敗は兵の数で決まる。今夜は天も荒れておるゆえ、士気も上がるまい。やはり籠城が良策であろう」

宗麟のつるりとした表情に、甚吉は愕然《がくぜん》とした。

作戦に反対なら、採用せねばよい。作戦の修正があるなら軍評定《いくさひょうじょう》の場で意見すべきであろう。敵が大軍なのは最初から明らかだった。兵数を言うなら十五年ほど前、六万の大軍を擁した大友が肥前は今山《いまやま》の合戦で数千の龍造寺《りゅうぞうじ》勢に大敗を喫した失態は有名な話だった。

「鶴賀城が落ちれば、次はこの丹生島城に島津軍の馬蹄《ばてい》が迫りましょう。リイノ殿の仰せの通り、攻めねば負けまする」

「鶴賀を失うてもこの城は難攻不落。やすやすと落ちはせぬ」

たしかに丹生島城は「巨亀城《きょきじょう》」ともあだ名される海上の名城だ。が、国都府内を防衛するためにも鶴賀城の重要性は作戦の前提だった。その前提を捨てるなら作戦は意義を失う。いくらでも反駁《はんばく》はできた。だが甚吉は堪《こら》え、重ねて出陣を促した。

「第二陣の古庄殿も城を出ました。ただちにご用意召されませ」

「古庄とな。あのうだつの上がらぬあばた面に何ができる？　島津家久はあの鬼道雪のごとき戦巧者《いくさこうしゃ》と聞く。さような輩《やから》に隙なぞないわ。この城には島津を打ち払う神の兵器がある。国崩《くにくず》しあらば、島津なぞ恐るるに足らず」

宗麟の切り札は十年前にポルトガル商人から購入した大フランキ砲だった。宗麟はこの巨大兵器を「国崩し」と名づけた。甚吉も近習になった際に見せられて驚嘆《きょうたん》したものだが、重すぎて野戦には持っていけず、ついに使う機会もないまま時が推移していた。

「改めて調べさせましたるところ、砲弾の火薬も湿っており、あの巨砲を扱える者も城内にはおりませぬ」

南蛮《なんばん》人は戦乱を避けて豊後から退避していた。砲手を欠いては国崩しも無用の長物にすぎない。それでも宗麟はひるまず、脇息に身を預けたまま、勢いに乗ってまくし立てた。

「考えてもみよ、甚吉。この城は巨岩の上に立ち、三方を海に囲まれた海城ぞ。あの織田《おだ》信長《のぶなが》を討った明智《あけち》光秀《みつひで》が縄張りしてくれた城じゃ。わざわざ討って出ずとも、しかと守りを固めておれば、そのうち関白《かんぱく》の援軍が参るではないか」

やり尽くされた議論だった。援軍はすでに北九州に上陸していたが、まだ島津に対抗しうる数ではなく、秀吉も動かぬよう厳命していた。二十万とも呼号される援軍は頼もしい限りだが、いかに早くとも年明けまでは来ない。鶴賀城を失えば府内も落とされ、来援まで丹生島城が持ちこたえられぬからこそ、リイノが起死回生の出撃作戦を提案し、宗麟が了承したのではないか。

宗麟は嗣子《しし》の国主義統《よしむね》と違って、愚かではなかった。むしろ抜群に頭の切れる男だった。宗麟なら、出陣を取りやめて籠城すべき理由をあと十は並べ立てられるだろう。鶴賀城救援の必要を頭でわかっていても、宗麟は要するに気乗りせぬのだ。

「リイノは勝ち戦の経験も若い頃の数度のみ。今一度よう思案してみたが、こたびの作戦も奇を衒《てら》った策で、心もとない。過《あやま》ちて改めざるを過ちと言うではないか。始めたからといって負け戦をやる意味はあるまいが。リイノを呼び戻せ」

今さら間に合うはずもなかった。道雪譲りのリイノの用兵は神速をもって鳴る。今ここで押し問答をしている暇はなかった。先鋒の天徳寺隊は、本軍が到着せぬためにいつまでも攻撃を仕掛けられず、かえって敵に気づかれるおそれがあった。一刻も早く出陣せねば、奇襲は不成功に終わる。それどころか返り討ちに遭い、天徳寺隊が全滅する恐れもあった。

「鶴賀城のキリシタンたちを見捨てると仰せにございまするか」

「キリシタンは死の心構えができておる。天主《デウス》の与えたもうた試練と知らば、進んで殉教《じゅんきょう》するであろう」

だめだ。宗麟は戦が面倒になったのだ。宗麟の強い厭世観《えんせいかん》と無常観は時おり、破滅的に投げやりな態度を作らせる。そんな時、宗麟は生きていることさえ億劫《おっくう》になるらしかった。宗麟は死を恐れぬわけでもない。だが、見苦しく生き延びようともしていなかった。

口にこそ出さぬが、宗麟は大友家が滅びるのならそれもよしと考えているのではないか。途中で後悔するやも知れぬが、宗麟なら、それも運命と胸の奥にしまい込んで、滅亡をたとえば「殉教」と美化してはばかるまい。

甚吉が近習として上がった十年近く前、宗麟は仰ぎ見るべき主君だったが、今は移り気で頑固な老人にすぎなかった。

「リイノが連れてきおったカマキリのような男の名は何と申した？」

「たしか、武宮武蔵《たけみやむさし》と申しましたが」

生還したリイノは、武宮という一人の痩《や》せた長身の中年男を伴っていた。大昔に大友館で牢《ろう》番《ばん》の仕事をしていたらしいその男を誰も知らなかった。武宮はどこぞの漁村で舟や漁具の修理をしながら生計を立て、貧しい暮らしを送っていたという。リイノが籠城戦に大いに役立つ将だと推挙したため、宗麟も大きくうなずいて再仕官を許した男であった。全軍が出撃した後、武宮は空っぽの城で留守居を任せられる役回りのはずだった。

「余はあの馬の骨をにわかに信じられぬぞ。余の軍勢が城を出た後、馬の骨が薩州に寝返れば、この名城とて落ちる」

次々と家臣らが離反する中で、宗麟は完全な人間不信に陥っていた。甚吉も武宮とは初対面だったが、むすっとした無口な男で、何を考えているか知れなかった。

宗麟は左右にちらりと目をやってから、声をひそめた。

「実はな、甚吉。最大の懸念はリイノじゃ。リイノが寝返ったら何とする？　あの男を討てる者なぞ、わが軍にはおるまいが」

甚吉は覚えず声をあげそうになったが、咳払いでごまかした。

敗亡への道をひた歩んできた大友家も、宿将戸次道雪、高橋紹運《たかはしじょううん》両将の活躍で今日なお生きながらえてはいた。だが両将はすでに亡い。大友宗家が滅亡の間際に頼った将は天徳寺リイノだった。

リイノは戦死と離反で人材の払底した今の大友家中でも数少ない歴戦の勇将であって、丹生島の籠城軍で随一の軍略を腹蔵していた。作戦の立案者であるリイノを疑えば、作戦自体が成り立たぬ。

「リイノ殿は大殿と同じキリシタンであられまする。今宵、神の御名にかけて出陣されたもの。よもや裏切るとは思えませぬ」

甚吉は、若くして日向後家となり落飾した母の影響で、キリシタンではなかった。教義も弁《わきま》えぬが、朝夕の礼拝を欠かさぬ宗麟やリイノにとって、神への誓いは絶対ではないのか。

宗麟はゆっくりと首を横に振ると、胸元のロザリオに手をやった。

「大友宗家に真の忠義を尽くす者は今やごくわずかとなった。そちも知っておろう。余は八年前、日向に神の王国を作らんと兵を起こしたが、天主《デウス》はあのとき余を見捨てられた。神でさえ余を裏切るのじゃ。人にすぎぬリイノに二心なしとなぜ言い切れる?」

戸次道雪がついに没し島津の北上が始まると、人はかくも変わりうるものかと思うほど、昨日の同輩が敵に変わった。宗麟の次男親家《ちかいえ》までが島津に寝返った。

「リイノ殿が大友を見限る気なら、これまでいくらでも機会はあったはず。この期に及んで寝返るとは思えませぬ」

「今じゃからこそ裏切るのではないか。島津もリイノの知勇なら一国の太守の座と引き換えてやると、調略をかけてこよう。あやつはもともと奴婢《ぬひ》の小倅《こせがれ》ゆえ贅沢《ぜいたく》をした経験もない。余とともに滅びるより栄達を望むのが普通ではないか。人とはさような生き物じゃ」

甚吉は説得をあきらめた。宗麟は是が非でも出陣しないつもりだ。移り気な宗麟は政治でも、恋でも、信仰でも、気が向いた時には勢いよく突き進む。だが、ひとたび気が乗らなくなると、突然何もかも投げ出す。大友が大国であった頃は、宗麟の躁鬱《そううつ》に振り回されながらも、国を有能な家臣団が支えた。だが今や宗麟の尻ぬぐいをするだけの国力も人材も、この国には残っていなかった。

「余はちと風邪《かぜ》を引いたようでな。無理をする齢《とし》でもなかろうが」

鼻を通らせてくぐもった宗麟の声に甚吉は苦笑するほかなかった。血色は冴えぬが、苦虫を嚙《か》み潰《つぶ》したような顔はいつもと同じだ。大友のため将兵が死を賭《と》した決戦に挑むというときに、宗麟は仮病を使おうとしていた。戦に負ければ、城が落ちる。そうすれば鼻風邪の快癒《かいゆ》どころか、命も家も失うのだが。

「大殿が出陣なさらぬご事情はわかりました。されど先遣隊を全滅させるわけには参りませぬ。されば影を用い、それがしが一手を率いて出陣いたしまする」

宗麟はほっとしたように、いからせ気味だった肩を下ろした。

「甚吉。影は使うてよいが、本隊は出陣させるな。これからの籠城戦に必要じゃ。戦力の消耗を避けたい」

「おそれながら」と、甚吉はあわてて両手を突いた。本隊一千の出撃がなければ、死地に飛び込むに等しいではないか。

「残っておる吉岡隊はわずか三百。主力の出撃なくば、成る作戦も成りませぬ」

「兵を二百ばかりやる。カマキリの動きも気になるゆえ。よいな」

宗麟は話を打ち切って立ち上がると、逃げ出すように立ち去った。

呆然《ぼうぜん》として重い足取りで戻ってきた甚吉に、一祐がつき従う。

「長引きましたな、殿。ご首尾は如何《いかが》？」

「大殿のご出陣はなくなった。影をわれらがお守りする」

甚吉が耳元でささやくと、一祐は悲鳴に近い驚き声をあげた。

「暗がりゆえすぐには見分けられまい。が、本隊は出陣せぬ」

「何と！　しかし、それでは……」

甚吉が首を小さく横に振ると、一祐は悲しげに苦笑した。

「万が一の希望に賭けておりましたが……鶴賀城は落ちまするな」

毒舌は吐いたものの、一祐とてリイノの作戦に密《ひそ》かに期待を寄せていたに違いない。

甚吉は城の渡り廊下から空を見上げた。荒れた空でもさいわい月は輝きを失っていなかった。

母の妙麟尼も眺めているだろうか。甚吉は見納めやも知れぬと覚悟した。

三

戦場を吹く夜風には血の嫌な匂《にお》いが混じっていた。

「一祐はおらぬか！」

甚吉は沈んでいく月明かりを頼りに、足を引きずりながら歩いていたが、やがて大松の幹に背をもたせかけて座り込んだ。

負け戦しか知らぬ甚吉にとって戦場はいつも地獄だった。それは今回も変わりなかった。出陣を渋る宗麟に食い下がったのも、一度くらいは勝ち戦を味わってから死にたいとの思いゆえもあった。

吉岡隊は約束の刻限を大幅に遅れて先遣隊との合流場所に着いた。その時はすでに戦闘状態となっていて、吉岡隊もたちまち巻き込まれた。味方も散り散りになり、やがて馬をも失った。さいわい深手ではないが、槍と矢で腹と太ももに傷を受けた。怪我《けが》に加えて、疲れと睡魔で身体が重い。

敵は大軍だ。援軍のあてもない。いずれ敵に見つけられ、首を挙げられるだろう。負け戦を重ねるうちに死の覚悟もできてはいた。

「殿、ご無事でしたか！」

吉田一祐が駆け寄ってきた。一祐も腕に矢傷を負っていた。

「やはりこたびも負けたな、一祐」

力なくうなずく一祐の様子を見ると、絶望のせいで甚吉の腹の底から乾いた笑いがこみ上げてきた。

大友は勝ちに見放されていた。甚吉たちはひとつ前の世代が大友を弱体化させたつけを払わされてきた。不条理きわまる話だが、そんな国に生まれ育った宿命と受け容《い》れるほかなかった。昔、大友が滅ぼした国の若者も同じ気持ちを抱いたに違いなかろう。

「さてと、母上からは最後まであきらめるなと言われておるが」

「妙麟尼様は吉岡家の誇りを守れとも仰せであったはず。もはやこれまでにござる。刺し違えましょうぞ」

昔から一祐は気の早い男だった。遠くで鬨《とき》の声が聞こえるが、あたりに敵兵の影はまだなかった。

「やはり俺は死なねばならぬのか、一祐？」

「吉岡の御曹司《おんぞうし》ともあろうお方が、死を恐れておいでか？」

「もう慣れたわい。されど生には多少の未練がある。実は惚《ほ》れた女子《おなご》がおった」

宗麟の正室ジュリアの侍女で、ルイザというキリシタンである。

ははんといった顔で一祐はうなずいた。

「されど吉岡家にキリシタンの室なぞ、許されますまい」

主家がかくも急激に傾きさえしなければ、甚吉もとっくにどこぞの重臣の姫を室に迎えていたはずだった。

「母上の想い人はキリシタンであったと聞く。お許しくださるやも知れん」

一祐は忠義者だが少々頭の固い男だった。首を小さく何度も横に振りながら「元はと申さば今日《こんにち》、大友が迎えし窮状は邪教徒どもが大殿をたぶらかし――」と長くなりそうな愚痴を始めたとき、近くで叫び声がした。

「杏葉紋じゃ！　名のある将のようじゃぞ！」

足軽どもが現れた。大友一族が持つ特権の象徴である杏葉紋の旗は戦場のあちこちに倒れて散らばっていた。

立ち上がった甚吉と一祐は、松の幹を挟んで背を合わせ、得物《えもの》を構えた。手負いの主従を長槍の足軽隊が取り囲んだ。

「言わぬことではありませぬ。機を逃がしたではありませぬか」

「俺は今少しだけ生きてみたい。一祐、手を貸せ」

一祐が奇声を放つと、足軽は一瞬たじろいだ。

甚吉は薙刀《なぎなた》使いの母、妙麟尼から武芸を仕込まれた。リイノほどではないが、多少の心得はあった。攻められる前に、攻める。

甚吉が踏み出すと見るや、いくつもの槍が甚吉を襲ってきた。すばやくしゃがみ込み、まとめて押し上げた。敵の槍は大松の幹に勢いよく刺さった。抜き取る暇を与えず、前へ駆け出た。薙刀をしごく。

包囲を突破してから身を返し、敵の身体を刺した。横から腹に槍を受けた。が、浅い。槍を握って自由を奪い、刺し返した。敵《かな》わぬと見た足軽どもは蜘蛛《くも》の子を散らすように逃げ出した。

手傷を増やした一祐が足軽どもの背に向かって悪態をついている。二人で支え合いながら、急ぎその場を離れた。

敵の勢力圏に深く切り込んだ奇襲作戦だ。簡単に城へは戻れぬ。

どれだけ歩いたろうか。

夜が明けようとする頃、二人はようやく街道に出た。臼杵の方角に向かい、足を引きずりながら歩くうち、見通しのよい野原へ出た。さいわい敵兵の姿は見当たらぬが、一祐は両手を突き地面に耳を当てた。やがて小さく首を横に振った。

甚吉の足裏に伝わる振動が次第にはっきりとしてきた。旗を見ずともわかる。敵だ。大友軍に地響きを立てられる軍勢はなかった。

見渡す限りの冬ざれの野に、隠れ場はない。

街道から離れ、遠くの林に向かった。極度の疲労と負傷のために途中で足がもつれて、転んだ。身体を仰向けに返すと、大の字になって空を見上げた。強風のおかげか、空は天の涯《はて》まで澄み渡っていた。身体がもう動かなかった。一祐も隣に寝転がった。立っているより敵には見つかりにくかろう。気休めにすぎぬが。

「残念でしたな、殿。ルイザ殿に送る恋文の文言なぞ考えておりましたものを」

一祐にはひとかどの文才があった。耳川の敗戦さえなければ、家老職などに就かず、存外、連歌師などやっていたやも知れぬ。

「明日をも知れぬ身ゆえ、実は出陣前に手渡した」

一祐は飛び上がらんばかりに驚いてみせた。死を前におどけたのだろう。元気な男だ。

「何と！　よう決断されましたな。して、お返事は？」

「まだじゃ。返事を聞かんで幸せであったのやも知れぬ」

ルイザは同じキリシタンの天徳寺久三と恋仲にあると古庄が噂していた。文を受け取ったルイザが甚吉戦死の報に接したとき、せめて一瞬でも甚吉に思いを致してくれぬものかと願った。

街道のほうから喧噪《けんそう》が聞こえた。見つかったらしい。甚吉は首を伸ばして、頭だけ上げた。

街道にはためく丸十字の旗が見えた。島津軍である。

足軽たちが鬨の声をあげながら駆け寄ってきた。落ちぶれたとはいえ名門の若き当主の首だ。それなりの手柄にはなろう。

「頃合いでございまするな、殿」

甚吉は軽くうなずいた。戦う力などどこにも残っていなかった。

脇差《わきざし》をゆっくりと抜いた。登り始めた陽光に刀身がきらめいた。

「こいつはよう切れる。痛そうじゃぞ、一祐」

「わしのと取り替えてくださりまするか？」と笑う。

一祐とて吉岡家を見限り、妻子を連れて島津方へ寝返っていれば、ひとまずは生き延びられたはずだ。だが、一寸の迷いも見せずに主《あるじ》と刺し違えてともに生を終えようとしていた。すまぬと思った。

「一祐。これで鶴賀城、丹生島城の落城は定まった。値打ちは下がる一方じゃが、吉岡の首を持って島津に降《くだ》るがよい。お前が死んでも誰も喜ばぬ。俺がお前にできるせめてもの恩返しじゃ。最後の力でひと芝居打ってもよいぞ」

「ご冗談を。妙麟尼様に叱《しか》られまする」と一祐は笑ったが、やがて涙ぐんだ。妙麟尼は美貌《びぼう》の未亡人で有名だったが、一祐が母に寄せている秘《ひめ》やかな想いに甚吉は気づいていた。成らぬ恋ゆえに一祐は遅く妻を娶《めと》って幼子が生まれたが、妻子を遺《のこ》していくのは心残りに違いなかった。

敵兵が気勢をあげて迫ってきた。感傷にふけっている暇はない。うなずき合って互いの肩に左手をやり、右手で脇差を握った。相手の心ノ臓に狙《ねら》いをつけた。

一度だけ深呼吸を合わせ終え、それぞれが右手を引いたとき――。

林のほうから馬の嘶《いなな》きが聞こえた。目をやった。

曙光《しょこう》に輝く林の間から現れたのは、白装束を返り血で染めあげた馬上の将であった。後ろに天徳寺兵が続く。白緞子《しろどんす》に「金繍《きんしゅう》赤十字」の旗と大友の杏葉旗が朝風にはためいている。

天徳寺リイノの雄姿を見た島津兵は、凍りついたように動きを止めた。先頭の者たちが踵《きびす》を返して逃げ始めた。十字槍を手に激流の如《ごと》く斬《き》り込むリイノに、久三と天徳寺兵が続く。島津兵らはあっという間に蹴《け》散《ち》らされた。さらに進んで天徳寺隊は、街道を進軍中の島津兵の側面を痛撃した。

「ルイザ殿のお返事が聞けそうでござるな」

一祐は脇差を鞘《さや》に納めながら、悪戯《いたずら》っぽく笑った。甚吉は張り詰めていた糸が切れたように、一祐の腕に倒れ込んだ。

四

甚吉は、吉岡家に割り当てられた二ノ丸の一室にいるようだった。巨大な城に二千に満たぬ兵で籠っているため、城の各施設にはずいぶん余裕があった。

「大事なさそうじゃな、甚吉」

待ち望んだ春を思わせるようにさわやかな声だった。声のほうを見やると、天徳寺久三の切れ長の眼があった。もともとの家格は低いうえに、野津の山里で育った野生児のはずだが、貴族のような高貴さを漂わせている不思議な男だった。リイノの薫陶《くんとう》を受けて育った久三は武芸に秀でる上に、学まであった。

「島津家久も命拾いしおったわ」

久三が舌うち混じりにぼやきながら説明してくれた。

昨夜、宗麟本軍の到着が遅れたために、天徳寺隊は待ちぼうけを食らっていた。敵の哨戒《しょうかい》に気づかれれば、全滅する。リイノは作戦を変更した。あえて敵の一翼を襲い、混乱する間に撤兵を開始した。が、島津家久も、さるものただちに陣を立て直して追撃を開始した。戦闘が始まった頃に、甚吉の吉岡隊が到着したわけである。街道をそのまま戻ったのでは猛追してくる大軍に屠《ほふ》られる。リイノは兵を引くに際し、落ち合う場所を決めたうえで、少数の部隊に分かれて撤兵した。

「さすが父上は名将よ。追撃をかわすためだけに、兵を分けられたのではない。後続部隊が追撃してくる敵の餌食《えじき》とならぬよう、思案されたのじゃ」

吉田一祐が生き残りの吉岡隊をまとめて城へ戻れたのも、馬の背に乗せて運ばれた甚吉が命拾いしたのも、リイノのおかげだと言いたげな様子だった。

甚吉は腕や足を動かしてみた。疲れてはいるが、無事に動いた。あちこち傷だらけだが、いずれも大した怪我ではなかった。

「礼は言わぬぞ」

「構わぬ。味方が味方を助けるのは当たり前じゃ」

二人は滅びゆく主家に仕えてきた好敵手だが、強大な外敵と国難ゆえに、相手を蹴落とすより協力しあわねばならなかった。甚吉と久三の間には「敵の敵は味方」と言うほどの意味で、盟友とも呼べる状態が長らく続いていた。

「お主が俺の見舞いに来るとは、いかなる風の吹き回しか」

「早とちりいたすな。今しがた軍議が終わったゆえ、吉岡隊に次の作戦を伝えに来ただけよ。吉岡の家老がお主の代わりに出ておったが、あの男は口が悪いゆえ、お主にうまく伝わるか心もとないのでな」

一祐はたしかに口が悪いが、リイノの軍才を認めていた。

「作戦と申しても、籠城以外に思いつかぬぞ」

「凡将にはな。が、父上は先を見越して次の手を打たれていた。事情は変わった。上方勢が動くぞ」

この頃、仙石秀久《せんごくひでひさ》、長宗我部元親《ちょうそかべもとちか》ら豊臣秀吉の先遣隊が国都府内に到着し、国主大友義統のもとに集まった大友軍の主力と合わせ約一万余の軍勢で府内の防衛に入っていた。本軍到着まで戦はせぬよう秀吉から厳命されていたが、リイノが鶴賀城の危急を訴え、落城後の戦況の不利を説くと、仙石は出陣を決意したという。

連合軍が南下すれば、島津家久は鶴賀城を捨て置いて対決するほかない。上方勢が勝てば大友は救われる。だが、家久相手に勝ち目がないから動かなかったはずだ。

「父上の見立てでは、両軍は戸次川《へつぎ》を挟んで対峙《たいじ》するであろう。されば戦が始まった後、われらは背後から島津を襲う」

なるほど成功すれば、籠城戦より勝率が高いのではないか。だが、寡兵では返り討ちに遭うだけだ。全軍の出撃が必要だろう。

「島津方には大友の降将もおる。大殿御自らご出馬あって帰参を呼びかけ、ご寛容をお示しあらば、年明けにも上方勢二十万が上陸すると伝わるなか、再び大友方に同心する者が出よう。島津は内から崩れていく。われらの大勝利ぞ」

だが兵数において劣勢の決戦に肝心の宗麟が動くだろうか。久三は甚吉の懸念を察したようにうなずいた。

「こたびこそは大丈夫じゃ。大殿は天徳寺隊の生還を喜ばれ、父上を大いに労《ねぎら》われた。寡兵で鶴賀城を救わんとする上方勢の矜持《きょうじ》を意気に感じておられる。座してはいられぬと力強く仰せであった」

久三は周到で機転が利き、万事にそつがなかった。膨張する島津に対抗するために宗麟が大坂へ赴《おもむ》き、豊臣秀吉に臣下の礼を取ったときも、宗麟は久三を伴い、甚吉を留守居《るすい》に残した。

「むろん他の諸将にも異存はない。出陣は夜となろう。お主はそれまで身体を休めておれ」

父リイノの七光が助けたにせよ、久三は己の才覚で出世した。秀吉からの援軍派遣の約さえ取りつけた。宗麟と同じ神を信じている点でも有利だった。久三の前で、甚吉はいつもかすんだ。大友家がこの窮境を生き延び、秀吉のもとで九州に平和が訪れた後も、甚吉は久三の後塵《こうじん》を拝し続けるのだろう。

「甚吉よ。お主と俺は長らく立身を競い合う仲であった。が、最後の決戦で対立しておっては士気に関わる。現に天徳寺隊に対する城内の将兵の風当たりは強い。そこでひとつ提案がある。出陣前に、俺たちが仲睦まじゅうしておる姿を兵らにみせたいのじゃ。されば甚吉、われらは今から友となろうぞ」

吉岡の兵はこれまで天徳寺隊を異様な集団だと敬遠していた。が、死地を救われて恩義を感じているはずだ。味方がいがみあう意味もなかった。

「承知した。任せる」

話は済んだ。友なぞと言われて面映《おもは》ゆく、甚吉は話を打ち切るように眼《め》を閉じたが、久三が立ち去る気配はなかった。

「友として、お主にひとつ尋ねたい。こたび大殿が出陣されず、本隊が動かぬ以上、作戦は失敗すると承知しておったはず。なのになぜお主は影まで使うて出撃した？」

「吉岡の誇りじゃ」と、甚吉は目を見開いて即答した。

一族の重臣までが次々と離反する中、大友の浮沈を賭けた対島津戦に同紋衆の名門が参加せぬでは、曽祖父宗歓や島津に殺された父が浮かばれぬ。

「大殿のご出陣なしと知られれば、大友は将兵に見捨てられよう。吉岡が守らんで、誰が大友宗家の誇りを守る？」

「命が惜しゅうはないのか？」

「丹生島に入った時に命は棄《す》てておる。後はどう死ぬかだけの話よ」

ルイザへの想いもあったが、しょせん片思いにすぎまい。

「さすがは名家の当主じゃな。若いが肝《きも》は据《す》わっておる」

甚吉が嬉《うれ》しく思ったのは、認めている相手が褒めたからだろう。

「お主は？　やはり大友を守るは神の意思なのか」

島津はキリシタンを禁圧し、何やら災難が起こるとすべて「耶蘇《やそ》教」に帰責して宣教師を追放した。他方、宗麟は遥《はる》か異国まで名の知られたキリスト教の擁護者であった。

「たとえ大友の全家臣が背こうとも、キリシタンは大友を守らねばならぬ。殉教も厭《いと》わぬ。俺はずっとそう、思っておった……」

自信家の久三らしからぬ物言いに、甚吉は続きの言葉を待った。

「だが今は死が怖い。俺は何としても生きたいのじゃ」

完璧《かんぺき》な人間に思えた久三の告白に、甚吉は驚いた。今夜の作戦で、久三も甚吉も大友家の命運を背負って最前線に立たねばならぬ。死を前にすると、人は素直になれるものだ。

「実は妻としたい娘がおる。俺が殉教すれば、その娘を不幸にする」

つき合いだけは長いが、言わぬのに立ち入って尋ねるほどの間柄でもない。いや、ルイザだと確認するのが癪《しゃく》なだけやも知れぬが。黙っていると、久三が問うてきた。

「お主は妻を娶らぬのか?」

幾度か縁談の話はあったが、戦などでまとまらなかった。いや、甚吉がルイザを密かに想っていたせいだった。甚吉だけではない、およそ丹生島城にいる若侍のすべてがルイザに恋しているのではないか。それほどにルイザは清楚《せいそ》で麗《うるわ》しい娘だった。

「戦が終わってからの話じゃな。守ってやる自信がない」

妻子を得れば守らねばならぬ。だが、斜陽の主家に仕える身で果たしてできるのか。戦に負けて滅びれば、不幸せにするだけだった。

久三は腕を組み、窓の外の穏やかな海を見ながらつぶやいた。

「俺の腕の中にいる想い人がなぜ悲しげなのかが解せぬ」

甚吉に尋ねるべき筋合いの話ではなかろう。独り言やも知れぬ。が、甚吉はまじめに答えてやった。

「お主は戦でいつ落命するか知れぬ身。不安で堪《たま》らぬのであろう」

「さようであろうな。……つまらぬ話を聞かせた。すまぬ」

久三はいつもの自信たっぷりな表情に戻ると「今夜は二人して暴れようぞ。されど島津家久が首は俺が挙げる。お主は他の首を狙え」と笑って去った。

久三が見せた弱さは甚吉にとってむしろ好意に値した。友という言葉がほの温かく甚吉の心中に浮かんで、消えた。

五

その夜宗麟に呼ばれた甚吉は、丹生島城本丸の長い廊下を弾むように歩いていた。

吉岡兵にはたっぷり白飯を食わせた。疲れは残るが、出陣準備は万全だった。吉田一祐の毒舌も健在だったが、天徳寺隊に救出されたせいか、鋭い舌鋒《ぜっぽう》は島津家に正しく向かい、笑いも起こっていた。甚吉と久三が揃《そろ》い踏みして現れ、親しげに言葉を交わし、水杯《みずさかずき》を酌《く》み交《か》わしてから床で落とし割ると、喝采《かっさい》が起こった。リイノは一人ひとりの兵に穏やかに話しかける。リイノの巨軀の周りには自然に輪ができた。古庄隊の寄せ集めの兵も合流したが、リイノが古庄を立てたため実に良い雰囲気となった。やはりリイノの高潔な人格のゆえか、今やほとんどの将兵がリイノを慕い始めている。士気は急速に高まっていた。

勝てる。甚吉は初めて戦で勝てそうな気がした。この勝利は大友を滅亡から解放する。生き延びられるのだ。

「苦しゅうない」と言われて宗麟の奥座敷に伺候《しこう》すると、酒の匂いがした。嫌な予感がした。出陣前の深酒などむろん許されぬ。

宗麟は甚吉の姿を認めると、優雅な仕草で杯を蝶足膳《ちょうあしぜん》に置いた。宗麟はあらゆる所作が計算し尽くされたように美しかった。宗麟は甲冑を身に着けていない。甚吉がちらりと部屋を見回しても、武具ひとつ用意されていなかった。また気が変わったのか。

「甚吉。ただちに天徳寺リイノ、久三父子を地下牢へ幽閉せよ」

手を突いていた甚吉は面食らい、あわてて顔を上げた。

「何を仰せにございまするか？　こたびこそ全軍で出撃し、薩州勢の背後を突き――」

「朝日《あさひ》嶽城《だけじょう》が戦わずして敵に明け渡されたそうな」

甚吉は覚えずみじろいだ。朝日嶽城といえばリイノの実兄、柴田紹安《じょうあん》の守っている城であった。

宗麟は黙って一通の書状を甚吉に手渡した。

島津に抵抗を続ける栂牟《とがむ》礼《れ》城《じょう》の佐《さ》伯惟定《えきこれさだ》からの書状で、柴田紹安の島津方への寝返りを急報する内容であった。紹安からはたびたび援軍要請がされていたが、大友に応じる力はなかった。紹安は生き延びるために降ったのだろう。

「柴田に限って寝返りなどありえぬと皆は申しておったが、やはり余は正しかった。リイノは昔、苦界から救われ、長らく野津で世話になった恩義と負い目を紹安に感じておる。リイノが紹安に刃《やいば》を向け、大友のために柴田一族を滅ぼすとは思えぬぞ。実兄の返り忠が明らかとなった以上、リイノを信じるわけにはいかぬ。こたびの出陣は取りやめじゃ」

作戦を立案したリイノが敵に内通しているなら、島津は伏兵を置いて、背後を衝《つ》こうとする大友軍を待ち構えているだろう。島津家久ならやりかねぬ芸当ではあった。

「おそれながら、たとえ柴田が離反しようとも、リイノ殿が寝返るとは思えませせぬ」

「なぜそう言い切れる？　古庄の話ではあのカマキリ顔の男も姿を消しておるそうじゃ。島津の回し者に相違ない。リイノは余が特別に取り立ててやったが、もとより同紋衆ですらない下賤《げせん》の出じゃ」

「この期に及んで同紋も他紋もありますまい。耳川よりこのかた、田原《たわら》、田北《たきた》、志賀を始め幾人《いくたり》の同紋衆が離反しましたか。リイノ殿こそは無二の忠臣。お信じなされませ」

「そちがリイノの何を知っておると申す？　二十年前、まだ柴田治右衛門《じえもん》と名乗っておった頃のあやつを知る者は、口を揃えて言うであろう。あれほどの悪鬼は世におらなんだとな。人は変わらぬ、変われぬものよ。リイノは信用ならぬ。また余を裏切るに決まっておる」

　甚吉はリイノの過去を知らぬ。人は弱い生き物だ。変わろうとしても、人は変われぬのやも知れぬ。宗麟こそがその好例だ。

　今回の宗麟の出陣取りやめは、いちおう筋が通っていた。だが島津を破る千載一遇の好機を逃すのは余りに惜しかった。後方攪乱《かくらん》がなければ劣勢の上方勢は敗北しかねない。そうなれば、勝ち戦にいよいよ勢いづいた島津軍は丹生島城に雪崩《なだ》れ込んでくるであろう。家久率いる大軍相手にいかにして城を守るというのか。

　吉岡は代々、大友の忠臣だった。主家の危機をわが家が救わずして何とする。リイノと久三の不在は惜しいが、残りの将兵で起死回生の一手を成し遂げる以外にない。

　意を決した甚吉は、酔眼で睨《にら》む宗麟に向かって、両手を突いた。

「承知いたしました。されば天徳寺隊は出撃させず――」

「リイノも久三もおらぬに、そち一人で島津の大軍相手に戦をすると申すか？」

　宗麟はすでにろれつが回っていなかった。絶対に自らは出陣せぬと決めて、深酒を呷《あお》っていたわけだ。

「天徳寺兵はリイノを慕うておる。余の措置を誤解し、造反すれば何とする？　これを抑えるための兵も残さねばならぬ」

「もし連合軍が戸次川で敗れれば、鶴賀城が落ちまする。その次は、この丹生島城に大軍が押し寄せて参りまするぞ」

「くどいぞ、甚吉。金城湯池《きんじょうとうち》のこの城は容易に落ちぬ。籠城じゃ」

「おそれながら、籠城支度もまだ満足にできておりませぬ」

もともとは府内での決戦が予定されていたが、宗麟が突然、丹生島城での迎撃を言い出したため、籠城の準備が間に合っていなかった。リイノも今回の出撃で島津家久を討ち果たせるとは考えていない。家久の兄義弘《よしひろ》も肥後《ひご》口から大軍を率いて府内を目指していた。岡城の志賀親次に足止めを食らっているが、いつ府内へ押し出してくるか知れぬ。

仮に秀吉の援軍が遅れる事態にでもなれば、厳しい籠城戦を強いられよう。リイノはその場合に備えて、島津軍を戸次川で破って足止めしておき、その間に十分な兵糧《ひょうろう》弾薬を運び込んで籠城戦に遺漏なきを期す腹づもりだった。

「さればこそ、そちを呼んだのじゃ。古庄とともに籠城の支度を進めよ。余は最初から籠城と決しておったに、リイノが出撃策など述べたてるゆえ準備が遅れた。やはり余が正しかったのじゃ」

腹心のリイノと寵愛《ちょうあい》する近習の久三まで幽閉すると決めたのだ。甚吉がいくら説いても、宗麟を翻心させられるとは思えなかった。

「よもやリイノの内通はあるまいと思うておったがな」

やはり島津家久は只者《ただもの》でなかった。柴田紹安の調略は見事な妙手だった。宗麟のリイノに対する信頼にくさびを打ち込み、あわよくば宗麟に疎《うと》まれたリイノを離反させる肚だ。すでに弱体化した大友家を動揺させ、内部から切り崩せるわけだ。

「甚吉。リイノと久三には薬でも盛らねばなるまいかの？」

「無用にございまする。それがしから説けば、縄目につきましょう」

「頼むぞ、甚吉、そちも戦の傷が完全に癒《い》えてはおるまい。ゆるりと休め。今やこの城で頼れるは同紋の吉岡のみじゃ」

甚吉は言葉を失って平伏した。勝利の手段を奪われて頼りにされても、迷惑なだけだった。

大広間で最高潮に盛り上がっている将兵らに、宗麟の命をどう伝えればよいのか。

甚吉が奥座敷を出ると、階下の大広間からひと際大きな笑い声が聞こえてきた。

海に浮かぶ月は、素知らぬ体《てい》で波間に漂っている。

六

宗麟による出撃中止の沙汰《さた》が丹生島城内に大きなどよめきと深い嘆息を生んだ後、巨城にはどこか捨て鉢な静けさが満ちていた。

甚吉が大広間に戻り、リイノと久三に宗麟の意を告げると、リイノは寂しげな笑みを浮かべただけで「兄紹安の裏切りは私の不徳の致すところ。当然の処置にございましょう」と答え、おとなしく縄目についた。久三は隣で呆然としていたが、リイノにならった。

戦時とて、丹生島城のかび臭い地下牢には誰も入れられていなかった。甚吉はいくつもある独房のうち、まだしも心地よさそうな広めの部屋を選び、別々に入らせた。さいわい清潔で、半地下であるために思ったほど寒くはなかった。

久三はすっかりふてくされた様子で「大殿は手に負えぬ阿呆《あほう》じゃ」と毒づきながら独房にごろりと横になると、顔まで筵《むしろ》をかぶった。

甚吉は「じきに大殿もお気が変わられよう。しばしの辛抱じゃ」と慰めたが「俺を解放してくれるのは島津やも知れぬな」と皮肉で応じてきた。沈黙が支配すると、甚吉が口を開いた。

「あれから二年になるか、久三」

甚吉はある家臣の帰参に反対し、宗麟に諫言して不興を買い、地下牢に閉じ込められた経験があった。甚吉の隣の独房に遅れて久三が来たのだが、奇《く》しくも同じように宗麟を諫《いさ》めたと知り、多少の連帯感を覚えたものだった。ちなみにその家臣入田義実《にゅうたよしざね》は島津が侵攻するや寝返り、島津の先導役となった。甚吉が思い出語りをしながら怒りをなだめるうち、久三がいびきをかき始めたので、隣の独房に足を運んだ。

ちょうど祈りを終えたリイノが居住まいを正したところだった。

「リイノ殿。たとい連合軍が戸次川で敗れても、島津が府内で手こずっておる間、時を稼げるのではありませぬか」

リイノは残念そうに首を横に振った。

「府内は守るに難き都。私なら三日で府内を落として見せまする。島津家久なら一日あれば十分でございましょう」

大友方にはもはや島津の向こうを張って国都を守れる将が府内にいなかった。

「連合軍は敗れまする。三日のうちに島津は臼杵に兵を進めて参るはず。されば甚吉殿、籠城戦に備えねばなりませぬ。心されませ」

リイノの諭すように落ち着いた声がかえって事態の緊迫を物語っている気がした。

「大殿よりのお指図はあれど、時が余りありませぬ」

「すでに武宮武蔵殿があらかたの物資の手配にめどをつけておるはず。明日にもカマキリ殿が帰城しだい、ここへお連れ下さいませぬか。天徳寺と吉岡の兵で分担して調達を急ぐといたしましょう」

リイノは緊張をほぐす気なのであろう、「カマキリ」のあだ名に甚吉は小さく笑った。武宮はリイノの意を受けて城を出、籠城戦のために奔走していたらしい。大友のためを慮《おもんぱか》ったリイノの行為が宗麟の疑心を招くとは皮肉な話だった。

「カマキリ殿とはいかなる御仁にございまするか？」

「わが旧友にして籠城戦の生き字引のごときお人にござれば、頼りになされませ」

リイノが信を置くほどの男だから能力は確かだろうが、「馬の骨」と蔑《さげす》んでいた宗麟が重用するとは思えぬ。リイノが戻らぬ限り、大軍相手の籠城戦の総指揮は甚吉が取らねばなるまい。若年の割に戦慣れしてはいても、勝つ自信などまるでなかった。

己が手を見た。緊張でじっとりと汗をかいている。甚吉は十九歳だ。国の命運を一身に背負うには若すぎた。家柄ゆえに望まぬ役回りを演じてきたが、割に合わぬ話ばかりだった。

「損な時代に生まれ申した。それがしなんぞに命運を託した大友は滅びましょうな……」

自然、泣き言が出た。緊張と重責で声が震えた。

リイノは格子ごしに大きな手を伸ばし、甚吉の手を包み込むように握った。行燈《あんどん》の明かりでも口元の微笑《ほほえ》みがおぼろげにわかった。

「私が必ず大友を守りまする。甚吉殿、元気を出されませ」

亡父の姿がリイノと重なった。久三に抱いていた穏やかでない気持ちには、リイノを父に持つ幸せへの嫉妬《しっと》があったのだと気づいた。

父の吉岡鎮興《しげおき》はリイノに似て大柄な男で、幼い甚吉の頭を大きな手でよく撫《な》でてくれた。鈍重に見えて「表六玉《ひょうろくだま》」とあだ名されたものだが、誠実無比で大友を支える宿将になると期待されていた。だが八年前、耳川で戦死した。

父を奪い、国を滅ぼそうとする島津が憎かった。返り討ちにしてやりたい。だが、甚吉にも大友にも力がなかった。

「およそ籠城は人の和、援軍、兵糧《ひょうろう》と水が揃えば、勝利しうるもの。今、丹生島城にある者は皆、大友への忠義篤く、生死を共にせんと集った者たちなれば、心はひとつ。上方勢の援軍も参りまする。兵糧はカマキリ殿に任せれば大事ござらん。城内でも栗、柿、松の木がよく育ち、井戸はいくつもあり、飢えと渇きの心配も無用でござる」

リイノの大きな手の温《ぬく》もりと優しげな口調が、甚吉の不安と焦燥《しょうそう》を溶かしていくようだった。代わりに涙がこぼれ出てきた。

「されど真冬の徴兵と進軍は思うようにはかどらぬもの。上方勢の遅れも考慮に入れておかれませ」

「島津が押し寄せてきた場合、陣の定まらぬうちに奇襲をしかけるのは如何?」

「おやめなされ。道雪公、紹運公なき今、島津家久に伍《ご》する者は九州におりますまい。この戦、援軍が来るまでしかと守りを固めるだけで、大友は必ず勝てまする。決して撃って出てはなりませぬ」

リイノは籠城戦の心得を甚吉にこんこんと説いてくれた。不安は講じるべき手立てと手順がわかれば、自信に変わっていくものだ。

甚吉はリイノの大きな手を強く握り返した。

「必ず勝ち抜きましょうぞ、リイノ殿。非力の身なれど、それがしに何なりとお申し付けくだされ」

「されば甚吉殿。朝夕の潮の満ち引きを調べさせ、書き留めておいてくださいませぬか。霧の出やすい時刻なども知りとうござる。漁師たちはよく弁《わきま》えておりましょう」

「承知し申した。必ずや大殿の誤解を解き、近いうちにここからお二人を解放いたしまする」

リイノがいる限りこの城を守り抜ける。勝てる気がしてきた。甚吉は力強い足取りで、地下牢を後にした。

七

昼下がりの臼杵の町が天を焦がさんばかりに燃えている。

懸念しうる最悪の事態が瀕死《ひんし》の大友家を襲おうとしていた。

戦の天才島津家久は三日前、戸次川の戦いで得意の釣り野伏《つりのぶせ》を用い、豊臣秀吉の上方勢を木《こ》っ端微塵《ぱみじん》に撃破した。島津軍の猛威に恐れをなした国主大友義統は、国都府内の防衛を放棄して北へ遁走した。連合軍大敗の報を受け、城将を失っても籠城を続けていた鶴賀城のキリシタンたちがついに島津軍に降伏した。

国都を無血占領した家久は、大友を滅ぼすための最後の一手を繰り出した。大友宗麟の籠る丹生島城の攻略である。

大友が目前の滅びを免れたいなら、島津に降伏する道があった。だが、誇り高き宗麟は家久からの降伏勧告を撥《は》ねつけ、甚吉らに徹底抗戦の準備を指示した。宗麟の命で、甚吉は丹生島城に民を避難させ、古庄丹後は臼杵の町を焼き払った。

十年近くを過ごした愛着のある町が炎の中に消えゆくさまを櫓から眺めていると、「吉岡殿」と武宮武蔵の細く高い声がした。もしカマキリと話ができたなら、さだめし武宮の声のようだろうと思った。

「焼け野原になっても、生きておる限り町はまた作れ申す。人が作り直せぬ物はただ、命だけでござる」

武宮は風変わりな男だった。この間ともに寝食も忘れて籠城支度を進めてきたが、リイノの推挙通り使える男だった。柵《さく》の製作と塀外への設置、投石用の石集めから鉄砲の準備、兵糧の保存、分配に至るまで、武宮の指示に従っていれば万事が滞りなく進んだ。このような人材が登用されず、漁村に埋もれていたとは驚きだった。

約二千の兵が武宮の定めた決まりに従い、交替で持ち場につく。訓練をするうち将兵の動きも様になってきた。海城の丹生島城は潮の干満により防御形態が変わる。島津方が水軍を動かしたとの情報もなく、制海権はなお大友が有していた。かつて毛利《もうり》をも破った大友の若林《わかばやし》水軍は無傷で残っており、城の三方が海に囲まれる満潮時には城への物資補給も可能であった。潮が満ちると、残る陸側の一方しか攻め口がないから、防御を一点に集中し、兵に休みも入れられる計算だ。武宮は城に避難してきた女子供、老人にもできる仕事を次々と割り当てた。

武宮は飄々《ひょうひょう》として捉えどころのない男だった。何かの事情で小役人を辞したが、世渡りが下手で生業がうまくいかぬ。長らく窮乏生活を送っていたところを、リイノに昨年見つけ出されて救われ、最近病身の老母を看取ったとの話だった。だが、武宮が籠城戦どころか戦など一度も経験がないとさらりと言ってのけたのには仰天した。

「この城を攻め落とすために、島津は全力で襲いかかってくるはず。そんな城に、カマキリ殿はいったい何をしに来られた?」

わざわざ入城などせねば、武宮は今ごろ貧しくとも新たな漁具の発明なぞに取り組んでいたはずだった。

「忘れ物を取りに戻り申した。リイノ殿と見た若き日の夢を思い出しましてな。——さあてと、おいでなすったわ」

武宮は宿敵の襲来を、通りで顔見知りにでも会ったように気軽に告げた。北の府内方面から日向街道を下る軍勢の土煙が見えた。

八

甚吉はただちに全軍に指示して配置につかせてから、天守の宗麟を訪れた。島津軍の襲来と迎撃の段取りを説明し始めると、宗麟は浮かぬ顔で、身体の前に置いた脇息に乗り出すように身を預けた。

「それよりも面倒な話になった」と、宗麟は書状を放り出すように甚吉に差し出してきた。

「あの小猿め、援軍が三月に遅れると言うてきおったわ」

豊臣秀吉からの書状である。リイノの懸念していた通りだった。数ヵ月よけいに籠城戦に耐え抜かねばならぬ。はたして甚吉にできるのか。

「大殿。この吉岡甚吉、浅学菲才《せんがくひさい》の身なれど、これより皆で力を合わせて守りを固め、あと三ヵ月この城を守り抜く覚悟。されど相手は島津随一の名将。それがしごときが敵う相手ではございませぬ」

甚吉は宗麟に向かって両手を突いた。

「さいわいわが大友にも、薩州の大軍勢から城を守り抜ける名将がまだひとり、残っておりまする」

宗麟は不機嫌そうに視線を天井にそらせた。

「その将は今、この丹生島城内にあって、殿のお召しを静かに待っておられまする」

「じゃが、牢から出す名目は何とする?」

自負心の強烈な宗麟は決して謝罪しない。美をこよなく愛する裏返しか、宗麟は醜を激しく嫌悪した。己の過ちを認める謝罪は醜い行為だ。甚吉は宗麟の過ちを何度も見たが、謝罪する姿は一度も見た覚えがなかった。

もともと宗麟はリイノへの疑心ではなく、戸次川への出撃回避の方便としてリイノの幽閉を言い出したのではないか。だが、わずか三日で釈放したとなれば、措置の誤りを認めるに等しく、沽券《こけん》に関《かか》わる。何かの理由が必要だった。

援軍の大幅な遅れという状況の変化が本当の理由だが、この事実をそのまま伝えれば、将兵が動揺する。ひとまずは秘するにせよ、頃合いを見て伝えねばなるまい。

「この城は容易には落ちぬゆえ、時を見ようぞ。朝晩がよう冷える。リイノと久三には風邪を引かぬようにしてやれ」

最強の将を地下牢に押し込めたまま、ただでさえ不利な最終戦を戦わねばならぬ大友の不幸を甚吉は嘆くしかなかった。だが、宗麟もリイノの必要は承知しているはずだった。

「ときに甚吉。ジュリアの侍女でルイザと申す娘を知っておるか？」

甚吉の胸が勝手に激しく鼓動を始めた。籠城中でもルイザが同じ城にいるというだけで甚吉は幸せを感じた。顔じゅうに勝手に笑みがこぼれ出る。

「毎日、城内の聖堂に通っておるらしく、時おり出くわしまするが……」

「ジュリアの話では、久三と逢瀬《おうせ》を重ねておるそうな」

心が乱れた。久三とルイザなら似合いの夫婦だ。宗麟が寵愛する近習に嫁の世話をしてやるのも収まりがいい。二人の祝言を理由に、リイノと久三を解放するつもりなのか。籠城中だが、宗麟ならありうる話だった。

だが続いて宗麟の口から出たのはまったく予期せぬ言葉だった。

「教義が許さぬゆえ、口止めしてあるのじゃがな。実はの、ルイザは余の側室なのじゃ」

入信してジュリアを正室に迎える前は、常に十人ほどの側室がいたらしいが、受洗した今はいないはずだった。教義上、不義にあたるため、キリシタンでない甚吉に秘密を打ち明けたわけだ。

「むろんジュリアにも明かしておらぬ。さればそちからルイザと久三に質《ただ》してみてくれぬか。久三がルイザに懸想《けそう》しておるようなら、仔細《しさい》を言い含めてあきらめさせよ」

甚吉は引きつった顔をしていたはずだが、平伏して請《う》けた。

島津の大軍が城を囲んだ日、甚吉が請けた命令は秘密の側室の素行調べだった。

九

夕暮れの近づく海原から聞こえてくるのは穏やかな波の音だけだった。傾き始めた日差しが大友最後の巨城の白壁を鮮やかな茜色《あかねいろ》に染めあげていく。甚吉は己が戦場にいるとは思えなかった。

武宮の指示のもと、全兵力で可能な限りの迎撃態勢を整えてある。夜襲にも交替制で対応する取り決めだ。が、島津は布陣に遺漏《いろう》なきを期しているらしく、城攻めをただちに開始する気配はなかった。

甚吉は宗麟の正室ジュリアの許可を得て、本丸二階の侍女部屋にいた。ルイザが姿を見せると、甚吉の心臓は島津の大軍があげる土煙を見たときよりも激しく鼓動し始めた。

小部屋にやわらかく焚《た》き込められた白檀《びゃくだん》よりも、若い女性《にょしょう》の甘酸っぱい香りが甚吉には気にかかった。色白で小柄なルイザは白うさぎのようで、首筋のほくろが白い肌を際立たせていた。

「これは吉岡様。城の外ではいよいよ島津の兵が包囲を始めておるとか。恐ろしゅうございまする」

ルイザの声はたいてい粘つくような湿り気を帯びていた。態度が妙によそよそしいのは先日、甚吉が恋文を届けたせいだろう。気まずいのは甚吉も同じだった。が、主命である。

ルイザに会うまで、甚吉は母の妙麟尼をこの世で最も美しい女性だと思っていた。ルイザは甚吉とさして齢も変わらぬはずだが、さらりとした長髪を細長い指でかきあげる姿態を見ると、宗麟の側室だと聞いたせいもあってか、ずっと大人びて見えた。首からかけた白土器のマリア小像が実によく似あう。この娘と添い遂げられれば、どれほど幸せかと夢想してみた。だが主君の側室であり、友の想い人であると知れば、結ばれるはずもなかった。

「敵もまだ様子見でござる。丹生島城は三方を海が守る天嶮《てんけん》の要害なれば、安堵なされませ」

「籠城戦の指揮をおとりになるとか。お若いのに頼もしいこと」

ルイザは口元に微《かす》かな笑みだけ浮かべると、両手を突いた。

「吉岡様。お返事が遅くなりましたが、お赦《ゆる》しくださいまし。先日ちょうだいしましたお文のことでございますが……」

「あいや、その件はどうかお忘れくだされ」

甚吉は赤面するのを感じながら、全身に汗をかいた。

ルイザは小首を傾《かし》げて甚吉を見た。突然、正式に訪れた甚吉が何用なのか、他の用向きなど想像もつくまい。

甚吉は深呼吸をしてから、伏し目がちに用件を切り出した。

「実は先刻、大殿より、ルイザ殿と天徳寺久三との間柄につき仔細を吟味せよとのご下命があり申した」

ルイザは息を呑《の》み、両手を突いたまま視線を落とした。答えがわかった。いつもどこか物憂《ものう》げな表情だった理由も腑《ふ》に落ちた。

うつむいて小刻みに震えるルイザの整った顔を、甚吉はいつまでも見つめていたいと思った。この娘のために二人のキリシタンが不義を働いたわけだが、たとえ神を裏切っても手に入れたいと願うような娘だった。

「それがしにはキリシタンの教義がわかり申さぬが、さぞ苦しまれたでござろう」

甚吉の寄せる同情に、ルイザはかすかにうなずいただけだった。

「久三にはそれがしから伝えまする。事情を知ればあきらめるはず。大殿にはご懸念の向きはなかったとお伝えすることになり申そうか。久三にはもう会われぬほうがよろしかろう」

「されど……わたしはもう、久三様なしでは生きてゆけませぬ……」

消え入りそうなルイザの涙声が憐《あわ》れを誘った。

「久三は、大殿との件を知らぬのでござるな?」

ルイザが小さく首を縦に振ると、畳に落ちる涙が数滴見えた。

「わたしは……久三様のお子を宿しております。大殿がお知りになれば、久三様も、子も命がありますまい」

甚吉は腕組みをして天井を見上げた。籠城戦だけでも神経をすり減らしているのに、他人の色恋沙汰にまで首を突っ込まねばならぬとは、つくづく運がなかった。

ルイザは久三と深い恋仲になって以来、体調が優れぬなどと理由を付けて、宗麟の求めを拒んでいたらしい。宗麟が不審に思ったのも無理はなかった。宗麟は根は善良で気優しい男だが、躁鬱が激しく、虫の居所が悪いと厳しい処断を下すときもあった。ルイザの懸念は杞憂《きゆう》ではない。宗麟にとってもルイザは不義の相手だ。面倒をなくすために毒を盛れと甚吉に命じるかも知れなかった。

「弱りましたな。ルイザ殿は……いかがなさりたい？」

ルイザが顔を上げた。涙にぬれた長い睫毛《まつげ》が魅惑的だった。

「久三様と二人してこの城から逃れとう存じまする。お願いでございます、吉岡様。どうか、わたしたちをお救いくださいまし」

敵に包囲された城からの欠落《かけおち》か。通常はありえぬが、海城である丹生島城からの脱出は不可能でなかった。宗麟に代わって籠城戦の指揮を取る甚吉なら、二人を逃がしてやることはできた。久三とルイザが大友家に殉《じゅん》ずる意味はない。宗麟の不興は買おうが、このまま落城し大友が滅亡する運命なら、大した話でもなかった。初恋相手の切なる願いを、甚吉もむげには断れなかった。

「承知いたした。ご両人が城を出る手助けをさせていただこう。されど、久三が諾《だく》するかはわかりませぬな」

久三にはルイザが側室であったことは明かすまい。だが、久三は崇拝する父リイノを捨てて城を出るだろうか。

「久三様の仰せに従いまする。どうかよしなに」

ルイザは懸命な笑顔を甚吉に向けた。それだけで報われた気がした。

十

島津軍による城攻めは翌日の早暁《そうぎょう》から開始された。

敵の猛攻にいつ城門を破られ、城壁を乗り越えられるかと、甚吉は気の休まる時もなかったが、小手調べであったのか、昼すぎから空が荒れ始めると、日が落ちる前に島津軍はさっと兵を引いた。

だが夜襲もありうる。心が休まる時とてなかった。軍勢の総指揮を執《と》る経験は初めてだった。戦闘開始で最初は高揚していた甚吉も、総大将たる者の責めの重さに愕然とし、たったの一日で、すっかり油を搾《しぼ》り取られた菜種のように疲弊した。

その夜、再び呼ばれた甚吉が本丸三階の奥座敷に伺候すると、宗麟がいまいましげに文を破り、紙吹雪のように放《ほう》り投げているところだった。

島津方からは戦闘中、城内に同内容の矢文が何通も射込まれた。矢文はいずれも天徳寺リイノ宛《あ》てだった。大友から離反して開城すれば一国を与えるとの破格の申し出が記されていた。甚吉も報告を受けて一読したが、捨て置いた。古庄が宗麟に届け出たらしい。

宗麟は脇息《きょうそく》に右半身を預けてほおづえを突いていた。

「甚吉よ。そなたはなぜ、余を見限らぬ」

「吉岡は代々、大友の禄《ろく》を食《は》んで参りました。島津は憎き仇《かたき》。耳川ではそれがしの目の前で父を討たれましてござる。膝《ひざ》を屈する気はありませぬ」

「あの耳川以来、いったい何人の大友の将が寝返ったかのう」

疲労しきっていた甚吉は数えも答えもしなかった。今、その数を確認し披瀝《ひれき》してみたところで、何が得られようか。

「近ごろ思うようになった。いずれ見限られるのならば、その前にこちらから討つ。さすれば、失う物も少なかろうとな」

宗麟の目が怪しく輝いた。

「甚吉よ。今宵、リイノを始末せよ。あやつは島津に通じておる」

いきなりぶん殴られたように面食らった。

リイノが死を賜れば最大の戦力を失う。城内の将兵はリイノの復帰を待ちわびていた。その死を知れば動揺は計り知れぬ。

甚吉は疲れた頭で思案した。リイノ宛ての矢文は宗麟の誇りを傷つけ、不機嫌にはするだろうが、このような物で欺《あざむ》かれるほど宗麟は愚かでないはずだった。城内の何者かが宗麟とリイノの間を裂こうとしているのか。もしや古庄が島津に通じたのか。

「敵方から城内の諸将へ内通の誘いがあるは、戦にあってしごく当然の話。矢文などお気になさいますな。これは君臣の間柄を裂かんとする敵の浅はかな謀《はかりごと》にすぎませぬ。リイノ殿は無二の忠臣。何ゆえお疑いになりまするか？」

心労のせいで甚吉は、宗麟を叱り飛ばしたいくらいだった。

「人は変わらぬ、いや、変われぬからじゃ。わが父は余を殺そうとした。ゆえに死なせた。余は実の弟も見殺しにした。余は気に入った女をわが物とするために、家臣とその郎党を殺し尽した。受洗した後も、女が欲しゅうなって禁を破りもした。余は天主《デウス》に帰依し救いを求めるようになって、悟ったのじゃ。人は決して変われぬ生き物なのだとな。リイノとて同じよ」

宗麟は己に言い聞かせるようにゆっくりとうなずいた。

「リイノは昔、余の側室と不義を働いた男。下賤の出ゆえ、本来なら打ち首じゃったが、鬼道雪が命乞《いのちご》いをしおったゆえ赦してやった。それだけではない、余はその女まで下賜《かし》してやったのじゃ」

初めて聞く話だった。大友宗家の醜聞ゆえに歴史の闇《やみ》に葬られてきたに違いない。だが二十年も昔の話ではないか。

「いずれにせよこの熾烈《しれつ》な籠城戦に勝つためには、ぜひともリイノ殿のお力が必要にございまする」

「そちもリイノを慕うておるか。命も救われておる身なれば、リイノとて、よもやそちが毒を盛るとは思うまい」

宗麟は名君ではなかったが、甚吉の主君だった。甚吉の代で、大友宗家を滅ぼすわけにはいかぬ。リイノを失えば大友は負ける。

甚吉は恭《うやうや》しく両手を突き、堂々と答えた。

「わが曽祖父、吉岡宗歓の功に免じ、この件ばかりはお赦しくださりませ」

宗麟は甚吉を追い払うように手を振り、「下がれ」と言い捨てた。

「はっ。ときに久三とルイザ様の件、二人に尋ねましたるところ、キリシタンの教義につき語り合う仲であるとか。爾後《じご》、要らざる誤解を招く真似《まね》は慎むよう、言い含めておきました」

信じたのか知れぬが、宗麟は白い顔に青筋を立てて「下がれ」と咎《とが》めるように繰り返した。

甚吉は本丸を出て空を仰いだ。月がない。

島津の相手だけで精一杯なのに、宗麟は後ろから次々と鉄砲を撃ってくる。先が思いやられた。

だがさて、宗麟の態度をどう見るべきか。宗麟は誰かの教唆《きょうさ》でリイノの殺害を命じたはずだ。何者かがリイノを亡き者にせんと策動している。いかにリイノとて、殺されるくらいなら、兄のいる島津に寝返るやも知れぬ。家久の謀略《ぼうりゃく》であろうか。早々に裏切り者を突き止めねばなるまい。

外にはこの冬初めての雪がちらついていた。

第六章　主よ、我を憐れみたまえ《ミゼレーレ・メイ・デウス》

一

天徳寺久三《てんとくじきゅうぞう》は首筋に感じた寒気《かんき》に身震いした。

地下牢《ちかろう》に入って五日目の夜だろうか。明かり取り窓から吹き込む風に数片の雪が混じっていた。初雪だった。吉岡甚吉《よしおかじんきち》の配慮で、火桶《ひおけ》で暖は取れるが、屋外の寒さは伝わってくる。

隣室では毎夜、父リイノが低い声で「主よ、我を憐れみたまえ《ミゼレーレ・メイ・デウス》」を唱えていた。今しがた終わったようだった。

久三にとって伯父《おじ》柴田紹安《しばたじょうあん》の裏切りはさして意外でもなかった。

紹安にはリイノのような武勇も軍略もなかった。その紹安が最前線での築城を命ぜられ、城将として防衛まで任せられたのは、人材の払底した大友家の事情のみでなく、重臣である天徳寺リイノの実兄であったためだ。紹安にとってこの出世ははなはだ迷惑であったろう。紹安は国の命運など背負わされず、野津《のつ》の小領で分相応に領民や牛に囲まれながら暮らしたかったはずだ。

紹安は柴田の一族郎党と領民を大切にしていた。いかにして柴田家を守るかに痛々しいほど心を砕き、それだけを目的に生きてきたような男だった。庶弟であるリイノの重用に対する妬《ねた》みもあったろうが、紹安は大軍の侵攻を前にして他に打つ手がなく、島津《しまづ》に降《くだ》っただけの話だ。リイノは紹安より地位が上だったが、丁重に兄を立てていた。紹安が攻城軍に加わった場合、はたしてリイノに紹安を討てるのか。

今朝、外の情勢を甚吉から聞いた。連合軍の敗戦と島津の来襲を受けて、主君大友宗麟《おおともそうりん》は近く天徳寺父子を釈放するだろう。

宗麟に最も近い人間は、リイノと甚吉をさしおいて久三だった。久三は最初、宗麟に親しみを感じたが、今では軽侮《けいぶ》さえ覚えていた。宗麟の移り気と激しい躁鬱《そううつ》に振り回されるうちに愛想が尽きた。

久三は宗麟が大坂で秀吉《ひでよし》に殺されたと思っている。それまでの宗麟はまだしも覇気と誇りを持っていた。真の信仰を求める気概も感じられた。未完成な己を変えようと渇仰《かつごう》してもいた。

この年の四月、宗麟は豊臣《とよとみ》秀吉に謁見《えつけん》し、臣下の礼を取って、九州への援軍派遣を要請した。誇り高い宗麟が矜持《きょうじ》をかなぐり捨てて、他人に膝《ひざ》を屈したのは生まれて初めてだった。宗麟は天下人秀吉と面会して、その巨大な権力に圧倒され、心底から絶望した。奇特神変不可思議の城郭《じょうかく》、贅《ぜい》を極めた黄金の茶室と名器の数々、広さ九間の寝室と寝台を見て、己がいかに卑小な田舎者《いなかもの》であったかを嫌というほど思い知らされた。それが秀吉の狙《ねら》いでもあったろう。

秀吉に面会した最初の夜、宗麟は呆《ほう》けたように、府内よりはるかに巨大な大坂の町の上に垂れこめる、月もない花曇りの空を黙って眺めていた。天主《デウス》への祈りも捧げ忘れていた。

リイノから大坂について問われた宗麟は「言語に及ばず」とだけ答えた。口先では秀吉の偉大さを誉《ほ》め称《たた》えたが、陰では「農民あがりの小猿めが」と吐き捨てていた。四百年になんなんとする歴史を持つ名門の当主が、尾張《おわり》の百姓あがりの醜男《ぶおとこ》に膝を屈さねばならぬ惨《みじ》めさに、血のにじむほど唇を噛《か》みしめていた。宗麟の繊細な心は切りさいなまれ、屈辱にまみれながら血を流していたはずだった。

誇りも枯れた宗麟は腑抜《ふぬ》けに等しかった。その抜け殻は無常観と厭世観《えんせいかん》ですっかり満たされている。宗麟は天主《デウス》をも疑っていた。キリシタンとして失格だった。

「父上はなぜ大友を見限られませぬか？　大殿（宗麟）は真のキリシタンにあらず。天主《デウス》に見放されて当然でござる」

隣室のリイノに声をかけてみた。籠城《ろうじょう》戦に追われる城内では、牢番も駆り出され、忘れた頃に形ばかり見回りに来るだけだった。

「大友は滅びぬ。いつ召し出されても働けるよう、お前も心身を整えておくがよい」

久三は父リイノの落ち着き払った穏やかな声が好きだった。宗麟と違って、リイノは決して乱れぬ、揺るがぬ、投げ出さぬ。リイノは人間、キリシタン、武将として、久三が知る限り最も偉大な人物だった。リイノは常に正しい。ゆえに崇拝する父リイノの言いつけに背いた経験は一度もなかった。だが今度ばかりはどうか。

天主《デウス》を信じられぬ宗麟には結局、国とキリスト教を守るだけの器も気概もない。国主の義統《よしむね》は惰弱《だじやく》で、暗愚もはなはだしかった。この国は必ず亡ぶ。久三は確信していた。

早々と大友のゆくすえに見切りをつけた久三は、これまで何度となくリイノに下野《げや》を勧めてきた。返り忠や謀叛《むほん》ではない、下野だ。野津でのキリシタン生活に戻り、昔と変わらぬ信仰生活を送るのだ。むろん大友は滅ぶだろう。だがリイノがいても、滅亡が遅れるだけの話で、同じ末路が待っているのだ。ともに滅亡する必要などない。

久三には幼時に死別した母マリアの記憶がわずかだけあった。物心づいた頃、野津の里で火事があり、火傷《やけど》がもとで亡くなったはずだ。後にも先にもリイノが涙を流す姿を見たのはその時だけだった。

マリアの頰《ほお》にもリイノと同じような十字の傷があった気がするが、記憶違いであろうか。野津のクルスバに母を弔《とむら》った後、父が召し出されるまで、久三は敬虔《けいけん》なキリシタンたちとともに、貧しくはあれ幸せな幼少時代を送った。それは久三がいちずに守り抜いてきた信仰のおかげだ。天主《デウス》はいつも久三の行いを天からご覧になっている。

久三はこれまで一度たりとも教義に反した覚えがなかった。時代に求められて久三はしかたなく武将となったが、本来は修道士《イルマン》を目指していた。ルイザを得て、妻帯の許されぬ修道士は断念したが、完璧《かんぺき》なキリシタンたらんとする信仰態度には一点の曇りもなかった。

今では大友など捨てて、父とルイザとつましい信仰生活に戻りたいとの思いが勝ち始めていた。戦《いくさ》さえなければ、久三は今ごろルイザを妻とし、幸せの絶頂にあったはずだ。邪魔なのは戦だけだった。平和が戻れば、ともに野津へ帰ろうと、リイノと約束してもいた。天徳寺隊の皆で野津に暮らせばいい。

「父上、やはり弥助《やすけ》は殉教《じゆんきよう》したのでしょうか？」

リイノの片腕であり、天徳寺隊の諜報《ちようほう》として活躍していた弥助が、鶴賀《つるが》城に出向いてからひと月近くになる。天徳寺隊で久三はずいぶん弥助の世話になった。世の裏の事情まで知っている頼りがいのある老人で、馬の世話から金の工面まで、隊の庶務を何でも一手にこなす敬虔《けいけん》なキリシタンだった。大好物のするめを常備していて、久三にも気前よくくれたものだ。昔、拷問を受けて出っ歯を折られたそうだが、齢を取っても自前の頑丈な歯でするめが噛《か》めると自慢していたものだ。

「すべては天意。受け容《い》れるほかはない」

ややあって聞こえたリイノの返事が湿り気を帯びている気がした。

「孫太郎《まごたろう》たちは無事でございましょうかな」

リイノは後妻を娶《めと》らず、戦で親を失くした子供たちを幾人も野津の里に引き取っていた。久三と血は繋《つな》がっていないが、可愛《かわい》い弟妹たちは野津のキリシタンに匿《かくま》われているはずだった。

「名将は無益な殺生をせぬ。島津家久もまた然《しか》り」

「野津のクルスバはまだひどく荒れておりましょうな」

「信仰さえ失われねば、必ず再び十字架《クルス》は立てられよう」

「この戦が終われば、父上はやはり修道士《イルマン》となって、戦で死んだ者たちの霊を弔われるのでございまするか？」

「それこそがわが夢である。天主《デウス》がお赦《ゆる》し給うならば」

久三の戦いは、大友からリイノを取り戻すための戦いだった。異教徒《ゼンチヨ》とはいえ戦で人の命を奪うことに、リイノは強い罪悪感を覚えているように見えた。リイノは戦の後、決まって教会へ行き、聖壇に跪《ひざまず》いて懸命な祈りを捧げていた。ひと言も漏らさぬが、世にリイノほど戦を嫌悪している武将はいまい。十字槍《やり》を手にしたリイノの甲冑《かっちゅう》姿は見とれるほど立派だが、本当は聖書とイエズス会の黒服のほうがはるかに似合うと久三は思っていた。一刻も早く父を戦から解放してやりたかった。そのための立身出世だった。

「父上。吉岡甚吉にこの城が守れましょうか？」

同輩の甚吉は名門の若い御曹司《おんぞうし》にしては将器があった。巨大な丹生島城《にゅうしまじょう》では、海側の端《はし》にある地下牢まで戦の動向が伝わらない。

「武宮殿《たけみや》もおる。しかと守りを固めておる限り、城は落ちぬ。大殿が強き心をお持ちになるよう天主《デウス》に祈りを捧げておる」

「では大友が勝てるとお思いにございますするか？」

「勝たねばならぬ。大友を最後まで守り抜くが、わが務め。道雪《どうせつ》公とのお約束なれば」

久三は直接、道雪の教えを受けた経験はないが、道雪に仕えた者はたいていその人物に惚《ほ》れこんだと聞く。リイノもその一人だった。

今でも久三は、戸次《べっき》道雪が野津の丘にあるリイノの茅屋《ぼうおく》を訪れた日の、木枯らしの冷たさを覚えていた。道雪の登場こそは、敬虔なキリシタン父子の人生が狂い始めた最初のきっかけだった。

二

八年前、来たる降誕祭に向けて聖歌が冬の野津を満たしていた頃である。耳川《みみかわ》における大友軍大敗の報は野津にも伝わっていた。

昼下がり、十字槍の稽古《けいこ》に精を出していた久三は、見馴れぬ大人たちに呼び止められた。十一歳の久三が父リイノから武芸を学ぶ理由は、身体《からだ》を鍛えるためだと聞いていた。久三は里の外に出た経験もなかったが、大友軍には半身不随ながら「鬼」と呼ばれ、敵味方に畏怖《いふ》される将がいるとの話を風の便りに聞いていた。

戦傷で下半身の自由が利かなくなった道雪は、大男たちに輿《こし》を担がせて野津の田舎に現れた。甲冑こそつけぬが、すわ敵襲かと勘違いするほどの喧騒《けんそう》が、物静かなキリシタンの里を襲った。

「治右衛門《じえもん》はおらぬか？」と、雷鳴の如《ごと》き大音声《だいおんじょう》が聞こえた。

父の旧名が治右衛門であった事実を、久三はこの時初めて知った。

大友家の歴史でも最高の将と謳《うた》われる男がわざわざ山里に父を訪《おとな》う理由が、久三には解せなかった。

リイノは川の冷水に身を沈めている最中だった。邪《よこしま》な気持ちが芽生えたときにする行《ぎょう》で、久三も時おり行っていた。

粗末な庵《いおり》には供の者たちが入れなかったため、リイノは道雪一行を摩崖《まがい》クルス近くの到明寺《とうみょうじ》へ案内した。寺に着き、道雪が御簾《みす》を勢いよく上げると、鬼瓦《おにがわら》のような巨顔が見えた。

「殿、お久しゅうございまする」

リイノが鬼瓦に向かって恭《うやうや》しく跪《ひざまず》くと、久三もあわててならった。

「あれから十年余になるか。息災にしておったか、治右衛門？」

「はっ。これにあるが、わが子、久三にございまする」

「おお、この童《わらべ》があのおりの赤子か。大きゅうなったものよ。よき面構えじゃ」と面白くもないのに大笑いした。

なぜか道雪は久三を知っている様子で、鬼瓦に凄《すご》みのある笑みを浮かべながら、久三の頭を撫《な》でた。

リイノが大きな背を向けると、道雪はその背におぶわれた。上半身は筋肉の塊《かたまり》のようだが、この歩けもせぬ小柄な男が大友最強を自負する将なのかと、久三は驚いたものだった。

「到明寺《とうみょうじ》が教会に使われておるのか？」

道雪はリイノの説明に巨眼を見開いて聞き入っていた。

リイノ夫妻が野津に隠棲《いんせい》したとき、キリシタンは二人だけだったらしい。が、久三が物心づいた頃にはクルスバがあちこちに立っていた。やがて野津に集まる信徒は六千人を超えた。教会は六つも作られ、修道士《イルマン》たちの駐在所《レジデンシア》まであった。四里（約一五・六キロ）余り離れた臼杵《うすき》からは宣教師ルイス・フロイスもしばしば訪れた。

久三の知る限り、リイノはただの一度も山里から外に出なかったし、道雪とも会っていないはずだった。だが親子ほど齢《とし》の差がある道雪とリイノは、旧知の親友のごとく瞬く間に打ち解けた。

リイノの出盧《しゅつろ》について二人の間で交わされた会話は、あっけないほど簡単だった。

鬼瓦の老人は短く「治右衛門よ、うぬの力が必要になった。山を下りてくれぬか」とだけ言い、リイノは即座に両手を突いて「かしこまりました」と応じた。ただそれだけで、リイノと久三が営んでいた平穏で幸せな信仰生活は失われたのだった。

道雪の進言で、リイノはキリシタン兵のみからなる部隊を組織し、鍛錬した。精強な兵を率いて各地を転戦した。やがて府内奉行《ふないぶぎょう》の重職にまで抜擢《ばってき》され、権力の階《きざはし》を驚くべき速さで駆け上っていった。一方、久三はリイノに言われて丹生島城に出仕し、宗麟の近習《きんじゅ》となった。

あの冬の日から八年、リイノはあらゆる戦場へ出陣し続けた。途中からは久三も戦に加わった。リイノとともに戦場にあることが久三は幸せだった。だが、討伐に成功し、叛将《はんしょう》を討っても、平和は訪れなかった。次々と叛乱《はんらん》が起こり、外敵が侵入してきた。道雪の力を以《も》ってしても、大友衰退の時流は変えられなかった。道雪亡き後も大友を支え続けたリイノは、滅びの時を遅らせはした。だが大友はついに、最期の時を迎えようとしている。

以前、久三が戦い続ける理由を問うたとき、リイノは道雪との約束があるとだけ答えた。恐らくは若い時分、戦場で道雪に命でも救われたのだろうが、久三には関係のない話だった。すでに道雪は亡い。リイノは十分に戦い、義理を果たしたではないか。

久三はごろりと横になった。

気の塞《ふさ》ぐときはいつも柔らかなろうを思わせるルイザの白い肌を想《おも》った。邪念やも知れぬが、そうすれば何をしていても、たとえ戦場でも心がときめいた。

だがルイザは久三の腕の中にあって時おり、どこか浮かぬ顔をしていた。ルイザには不幸な生い立ちがあった。生まれて間もなく宗麟の近習だった父を何者かに殺害された。母が貧しさの中で死んだ後、デウス堂の孤児院に引き取られたという。ルイザは、父を殺害した仇《かたき》を今でも決して赦さないと打ち明けていた。

かわいそうに久三とは対照的な幼少時代を歩んできた翳《かげ》りが、ルイザを苦しめているのだ。想い人の仇をわが手で討ち果たしてやりたかった。

ルイザも久三も敬虔なキリシタンで、久三は宗麟つきの近習として丹生島城にいたから、ふたりが出会うのは時間の問題だった。久三は初めての恋に夢中になった。ルイザもすぐに好意を示した。ふたりには揺るがぬ信仰があった。ルイザは全き美と不動の信仰を持つ最高の伴侶《はんりょ》だった。恋の炎は燃え盛り、やがてふたりは固く結ばれた。世にこの信仰厚きふたりの婚姻ほど、天主《デウス》から言祝《ことほ》がれる慶事も少なかろう。

この戦が終われば野津の教会でルイザと式を挙げる。貧しくとも心豊かな信仰生活が待っているのだ。

久三はルイザをさまざま想いながら眠りに就いた。

三

「起きよ、久三。俺は忙しいのじゃ」

誰かに肩を揺さぶられていた。久三が耳元の囁《ささや》き声に目を開くと、行燈《あんどん》の明かりに吉岡甚吉の疲れた顔が見えた。甚吉は牢番を下がらせて単身で錠を空け、独房の中に入ってきたらしい。

「何じゃ、この夜半に愚痴でも漏らしに参ったか」

甚吉にはかなりの憔悴《しょうそう》が見て取れた。若年で孤軍奮闘する甚吉の双肩には計り知れぬ重圧がかかっているだろう。

「あいにく今の俺にさような暇はない。リイノ殿は今、お寝《やす》みのご様子。ルイザ殿の件でお主と内密に話がしたかった」

「……教会に出入りせぬお主が、よう俺たちの仲をわかったのう」

「少しばかり城内で噂《うわさ》になっておる。古庄《ふるしょう》殿から聞いた」

丹生島城内で噂好きの古庄丹後《たんご》が知らぬ話は少なかった。

甚吉の顔が浮かぬ理由は、籠城戦のせいだけではあるまい。甚吉もルイザに心を寄せていたのだろう。

「俺たちはこの戦が終わり次第、大殿とジュリア様のお許しをいただき、野津の聖堂で祝言をあげる所存じゃ」

大軍に包囲された城内の暗い地下牢にいる身ではあった。が、久三は信仰と恋を成就させていた。気苦労ばかりの甚吉にはすまぬが、久三の顔はまぶしいほどの自信と幸せに満ち溢《あふ》れているはずだった。

甚吉は青ざめた顔でぼそりとこぼした。

「実はな、久三。上方勢の援軍が三月まで来ぬ」

久三は覚えず舌打ちした。大友方の将兵はこれまで「年明け」と伝わる援軍の来着を心の支えに戦ってきた。だが大坂では未曽有《みぞう》の大軍勢の兵站《へいたん》調整に時間がかかっているという。

「大殿はいたく気落ちしておられたが、守将が俺ではこの城が守れる保証とてない。されば提案がある。久三、お主はルイザ殿とともに舟で四国へ渡れ」

籠城中の脱出は不可能に近いが、丹生島城は城内に船着き場を持つ海城であり、海路が使えた。宗麟がこの城での籠城を選んだ理由も脱出路が確保されているからだ。

「解せぬな、甚吉。なにゆえそこまで俺のために骨を折る?」

甚吉が捕囚を逃がし、侍女との欠落《かけおち》に手を貸しても、よい話は何ひとつないはずだった。

「借りを返すだけよ。それにお主のおらぬほうが俺も出世ができる」

落城と滅亡を懸念《けねん》しながら、出世とはへたくそな冗談だ。久三がにらみつけると、甚吉は苦笑いした。

「実は俺もずっとルイザ殿に惚《ほ》れておった。片想いに終わったがな」

「何ぞ隠しておらぬか、甚吉？」

「恥を忍んで恋敵に俺の恋心まで打ち明けたではないか。友情に感謝せよ。舟は明日、武宮殿に手配を頼む。されば明晩、ルイザ殿を連れて参るゆえ、海から落ち延びよ」

久三とて、宗麟の巻き添えを食らって滅びる気はなかった。悪い話ではない。だが実兄が寝返り、さらにまた嫡子《ちゃくし》が敵前逃亡したとなれば、父リイノの立場はますます悪くなる。

「されど父上をこの城に残して出るわけにはいかぬ」

「リイノ殿の了が必要なら俺が得てやってもよい。籠城戦をリイノ殿なしで戦えぬことは明々白々。大殿もご承知じゃ。案ずるな」

「待て、甚吉。なぜさように事を急ぐ？」

「実は今日、兵糧蔵《ひょうろうぐら》が燃やされた。海風でたちまち燃え広がってしもうてな。全部焼けた。兵糧は年明けまでもたぬ。内通者の仕業であろう。リイノ殿が幽閉されたままゆえ、天徳寺兵による抗議の火付けじゃとの流言まで出る始末よ」

城内に内通者がいるのは間違いあるまい。弱り目に祟《たた》り目だ。天主《デウス》はよほど大友を嫌っているらしい。大友は滅びる。

久三はリイノとルイザのいずれを選ぶべきか。もう一度説得を試みるつもりだが、リイノは宗麟とともに死ぬ気に違いない。久三はリイノを必ず失うのだ。だが久三とルイザまで大友の滅亡に付き合う義理はなかった。豊後《ぶんご》だけが世ではない。秀吉が戦を終わらせた畿内《きない》でもよい。いっそ異国に渡り、話に聞く大伽藍《だいがらん》で祈りを捧げるのもよかろう。そのためにはまず生き延びねばならぬ。

甚吉も状況の不利と死ぬ無意味を理路整然と説いた。

「俺は忙しい。お主の色恋沙汰《ざた》にかかずらっている暇なぞありはせんのじゃ。されば久三、明晩決行ぞ。よいな？」

落ちる城で無駄に死ぬより、想い人と新天地で生きるほうがよいに決まっていた。だが本当に父リイノを捨てるのか。心は定まらぬが、まだ一日ある。小さくうなずいた。

「どこぞで達者に暮らせ。生きておれば、また会おう」

立ち上がって去ろうとする友の背に声を掛けた。

「甚吉。礼を言う」片手をあげて去る友の後ろ姿が貴く見えた。

四

久三とリイノが宗麟に呼ばれたのは翌日の昼下がりだった。

甚吉の話では島津の連日の力攻めに宗麟が弱気になっているらしい。宗麟は脇息《きょうそく》に身を預けて身を乗り出してきた。

「上方勢は来ぬ。兵糧も燃えた。かくなる上はいったん薩州《さっしゅう》に降《くだ》るもひとつの方便じゃと思うておる」

久三は呆気《あっけ》にとられた。島津にひと泡吹かせると宣言して籠城を決めたのは宗麟自身だった。

内通者はいるが、この城に集結した大友家臣らは死を覚悟していた。降伏など誰の頭にもないはずだった。

「甚吉がそちらの意見を聴けとうるさいゆえ、呼んだ」

リイノは宗麟に向かって恭しく平伏した。

「おそれながら降伏はなりませぬ。大友はすでに豊臣の家臣。今、島津に膝を屈すれば、関白《かんぱく》殿下の命に背き敵に寝返ったも同然。島津方の一家臣とみなされ、討伐されましょう」

宗麟が口を尖《とが》らせて反駁《はんばく》した。

「方便じゃと申しておろうが。上方勢が上陸すれば、ただちに味方する」

「島津もそれを恐れておるはず。されば人質を取るか、あるいは上方勢の上陸を前に大友が二度と再起できぬよう手を打つはず。おそれ多くも大殿を亡き者にせんと図るやも知れませぬ。今が堪《こら》え時でございまする。踏みとどまられませ」

宗麟は不機嫌そうに脇息を右脇にやり、身を預けてほおづえを突いた。リイノが重ねて進言した。

「関白殿下は、島津への降伏を拒み岩屋城《いわやじょう》で玉砕された高橋紹運《たかはしじょううん》公の死をひどく惜しまれたとか。数日の籠城戦で敵に降れば、関白殿下に見放されるに相違ありませぬ。丹生島城は海に囲まれた難攻不落の城。若林《わかばやし》水軍はなお健在なれば、兵糧の補給もかなうはず。吉岡殿の差配で籠城の支度も整いましたる今、固く守り続ければ、三月まで持ちこたえられましょう。さすればわれらの勝利にございまする」

「ふん、関白も身勝手よな。早う援軍を寄越さぬゆえ、困っておるのではないか」

だが口を開けば宗麟は、大友の援軍が来ぬために敵に降った己の家臣らに恨み言を繰り返していた。柴田紹安の離反も、援軍が来なかったためだ。人は人を嫌いになり始めると、ますます嫌いになるものだ。今の久三には宗麟の顔を見るのも苦痛だった。

「されば若林水軍を使うて伊予《いよ》へ渡り、身体を休めるのはどうか？」

「なりませぬ。四国の長宗我部《ちょうそかべ》殿は嫡子を戸次川《へつぎがわ》で亡くされたとか。関白殿下がお赦しにはなりますすまい」

援軍を仰いでおきながら、自らは逃げ出すような真似をすれば、後で秀吉に見放されるのは当たり前だ。

「大友家四百年の歴史と誇りがございまする。これまで大友のために戦い、命を散らせていった将兵の無念に想いを致されませ」

リイノは泰然として動ずる気色なく、始終穏やかな口調で正論を吐いた。

「そちの意見はわかった。が、大坂で関白に頭を下げた時、誇りなぞとうに置き捨てて来たわ。……久三はどう見るか？」

久三は軽侮の念を抑え込んで、宗麟に向かってかしこまった。

今夜、欠落《かけおち》はせぬと決めていた。ひと晩悩み抜いたが、リイノとともにこの戦に勝ち、皆で野津に暮らすべきだと考えた。

「憎き島津に降るなどもってのほか。父と同意見にございまする。それがしにお命じあらば、島津家久《いえひさ》が首、御前に献じましょうぞ」

言外に嫌味と牽制《けんせい》を込めたつもりだったが、宗麟は意外にも上機嫌で久三を見た。

「頼もしき言葉よな。天主《デウス》も意地が悪い。余にはかくも立派な男児がおったものを。久三、そちの兄たちにせめて、そちの半分の器量があったなら、余も島津なぞに城を囲まれておらなんだわ」

「おそれながら、それがしに兄はおりませぬが？」

問い返すと、宗麟は少し身を乗り出して片笑みを浮かべた。

「おるのじゃ。戦いもせず府内から逃げ出しおった愚か者じゃがな。久三を世継ぎとしておれば、余も楽に余生を過ごしておられたものを。久三に教えてやるがよい」と宗麟はあごで、リイノを促した。

リイノはかしこまると、久三に向かって両手を突いた。

父の見せた異様な行動に久三の全身を悪寒《おかん》が襲った。宗麟は身分の低い久三を近習の中で最初から特別扱いしていた。まさか——。

「これまでの数々の非礼、お赦しくださりませ。久三様は、私の子にはあらず。大殿のお子にございまする」

固く伏せられていた大友家の恥部ともいえる醜聞を、久三は初めて聞かされた。母マリアが宗麟の側室であったなどとは知らなかった。伯父柴田紹安の腫《は》れ物に触るような苦々しい態度も腑《ふ》に落ちた。だがそれよりも、完全無欠のキリシタンに思えたリイノの不義が久三を傷つけた。日輪が真っ逆さまに墜落してきたほどの衝撃だった。

「父上が不義を働かれたなぞ……偽《いつわ》りじゃと言うてくだされ」

リイノは久三に向かって、さらに深々と頭を下げた。

「お赦しくださりませ。私は久三様の父ではございませぬ」

軽蔑《けいべつ》する宗麟の子などでありたくはなかった。大友家など、過去の栄光も惨《みじ》めに失《う》せて、早晩滅ぶ家ではないか。

「責めてやるな、久三。誰でも誓いを破るものじゃ。リイノとて同じよ。実は余も教義に反し、ひとり側室を持っておる」

キリシタンは厳格な一夫一婦制であった。受洗した宗麟はジュリア以外に妻を持ってはならぬ。宗麟は若い頃から好色で知られたが、また女に手を付けたのか。久三は蔑《さげす》みの眼《まなこ》で宗麟を見返した。

「そちはジュリアの侍女で、ルイザと申す女子《おなご》を知っておろう」

かたわらで甚吉が息を呑《の》む様子がわかった。

「よき女子でな。余を慰めてくれる。余の不義の相手じゃ」

久三は電撃に打たれたように身動きが取れなくなった。息が詰まって声も出せなかった。

「降伏の件はそちらの意見を踏まえて再考いたそう。牢にあって沙汰《さた》を待て。近いうちによき名目を考えてそちらを解放する」

五

久三の軟禁場所が地下牢から二ノ丸の一室に替えられたのは、宗麟の隠し子であり、リイノより本来の身分が格上であることを明かしたゆえだろう。

久三は吼《ほ》えながら壁を何度も殴った。皮が破け血が流れ出しても、構わず殴り続けた。外の嵐《あらし》より久三の心中は荒れていた。

リイノは不義を隠していた。ルイザに裏切られた。ルイザは不義の相手である久三にも不義をなさしめた。

俺はつくづく馬鹿だ。誇っていた父も、愛していた女も、不義にまみれた偽物《にせもの》だった。己自身も紛《まが》い物のキリシタンだった。俺は己が真正のキリシタンだと思っていた。だがどうだ。実際は、主君の側室に不義を働いた不忠者だ。実父の女を奪った不孝者だ。知らぬうちに天主《デウス》を裏切った愚かな不信心者だ。

もしリイノが母マリアと不義をなさねば、久三は宗麟の子として育てられ、その才覚を認められて今ごろ国主になっていただろうか。久三なら陣頭で指揮を取る。府内も捨てぬ。大友を滅亡の淵《ふち》に追いやりはしなかった。愚かな兄どもを国主の座から引きずり降ろしてキリシタンの王国を守り、繁栄させられたはずだった。久三の人生をリイノが台無しにしたのだ。リイノを初めて憎んだ。軽蔑しながら内心ではまだリイノを愛し、崇拝している己が腹立たしかった。

ルイザが久三の胸に抱かれても悲しげで、一度も心からの笑みを見せなかった理由は、己が最初から不実の女であり、久三との恋が教義に反する不法な恋だったからだ。久三にとって至上の喜びだったルイザは苦痛の源に変わった。だが俺は今さらルイザを捨てられるのか。できまいと答える内心の声に、久三は絶望した。

「邪魔するぞ、久三」

襖《ふすま》が開き、甚吉が浮かぬ顔で現れると、久三はようやく壁を殴るのを止《や》めた。眼《め》で首尾を問うと、甚吉がうなずいて答えた。

「古庄殿にも尋ねたが、すべてお主の見立てた通りであった。リイノ殿は神志那信助《こうじなしんすけ》なる近習の形見の脇差《わきざし》を使うておられる」

久三は絶望して笑った。世には知らぬほうがよい真実がいくらでも眠っているらしい。世の物事が相談し合っていっせいに裏目に出ている気がした。

「甚吉、嗤《わろ》うてくれ。俺ほどの間抜けも世におるまいな。父と思うて慕い、憧《あこが》れておった男はとんだ食わせ者であった。妻にせんと思うた女は不義にまみれた側妾《そばめ》であった。父である主君のな。俺自身も母の不義の果てに生まれし罪深き子よ」

甚吉はなだめるように小さく首を振った。

「過去はどうあれ、リイノ殿は大友の忠臣にして、皆の慕うキリシタン武将。ルイザ殿のお主への想いにも偽りはないはず」

久三は鼻で己を嗤った。慰めてもらう立場になろうとは。

「欠落《かけおち》の話は忘れてくれ。俺の人生はもう終わった」

「そのことよ。時がないゆえ、ルイザ殿をお連れした。入られよ」

襖が開くと女が駆け寄り、「久三さま」と抱き着いてきた。抱き止めた。やわらかな身体を抱いてしまうと、怒りと苛立《いらだ》ちが急速に溶かされていく。いや、だめだ。俺を裏切った女だ。

久三は身を振りほどくように立ち上がって、ルイザを見下ろした。

「そなたは俺をだまし、不義を働かせた。天主《デウス》をも欺《あざむ》いたのじゃ」

ルイザは久三に向かって両手を突いた。

「お赦しくださいまし、久三さま。わたしがすべて悪うございました。ですが、わたしはもう久三さまなしでは生きてゆけませぬ」

久三も同じ気持ちだった。だが、ルイザは不義の女なのだ。

「そなたは何も知るまい。昔そなたの父を惨殺した男は、柴田治右衛門と申す冷酷非道の悪鬼。今の天徳寺リイノじゃ。仇《かたき》に育てられ仇を父と慕う男と知っても、俺を愛せると申すのか？」

「愛しておりまする。天徳寺リイノこそが父の仇であるとわたしは知っておりました」

ルイザは告解するようにすべてを語った。

三年前、臼杵の祇園之洲《ぎおんのす》にある大聖堂が襲撃される事件があった。ルイザは死の危険を感じたが、参列していたリイノが暴徒どもを押さえつけて事なきを得た。聖堂の中でリイノは太刀を外していたため、刀を振り回す暴徒どもに脇差で応戦した。朱鞘《しゆざや》の脇差の拵《こしら》えには父の家紋があった。宗麟から過去を聞き出し、リイノこそがルイザの運命を狂わせた憎き仇だと知ったのだった。

ルイザはリイノの作戦をことごとく妨害した。宗麟に泣きついて作戦中止を懇願し、リイノに死を賜《たまわ》るよう願いもした。天徳寺隊に罪を着せるべく米蔵を焼くまでした。すべては復讐《ふくしゆう》のためだった。

「わたしが久三さまと恋仲になったのも、大殿のお力で仇の息子を破滅させようと考えたため。ですが人の心はわからぬもの。わたしは久三さまをお慕いしてしまったのです。今日も敵の流れ矢に当たれぬものかと外に出ました。もしも自死が許されるなら、臼杵の海に身投げいたしますものを」

ルイザは再び久三にしがみついてきた。

「たとえ天主《デウス》に背こうとも、わたしは久三さまと添い遂げたい」

久三は己にすがりついて泣き震える想い人の姿を見た。

復讐のために仇の息子に近づき、愛してしまったルイザの悩みは幾重にも絡《から》み合っていた。神にさえ打ち明けられぬ苦悩をずっと背負ってきたに違いない。宗麟が憎かった。復讐したいと思った。ルイザとの欠落は宗麟へのうまい意趣返しにならぬであろうか。そもそもキリシタンが側室を持つなど不義の極みだ。とすれば、ルイザは宗麟の妻ではなく、ルイザも久三も不義を働いてはおらぬのだ。不義をなした者はただ、大友宗麟のみだ。

ルイザは捨てられぬ。この女がおらねば俺も生きてはゆけぬ。己の弱さが腹立たしいが、それが現実だった。

久三はルイザを力強く抱きしめた。

「甚吉よ。事情を知りながら、俺たちの欠落を手助けなぞすれば、お主もただでは済むまいが」

側室と近習の逐電を助けた家臣を宗麟が赦すだろうか。

「平時であればな。だが俺を処断して古庄殿に替えるほど大殿は愚かではあられぬ。俺の身は案ずるな。今宵《こよい》は海が荒れておる。かような夜に城を抜け出すとは誰も思うまい。さ、急ぐがよい。武宮殿が舟を手配くださっておる」

久三がなおためらっていると、甚吉が急《せ》かした。

「実はこたびの策はすべてリイノ殿と談合して立てた。これはわれらを救う秘策でもある。この文《ふみ》にリイノ殿の計がしたためてある。兵糧と矢玉が足りぬ。お主は若林水軍に危急を報《しら》せ、補給と援軍を求めよ。それが大友を救う唯一の道じゃ」

大軍に包囲された城へ命を懸けて戻るわけか。久三を欺《あざむ》いていた宗麟とリイノを守るために。

「なぜ俺が大友を救わねばならぬ？　宗家の血を引くゆえか？」

甚吉は疲れた顔で微笑《ほほえ》んだ。

「お主が納得する理由のどれでも構わぬ。俺たちを助けたいと思うなら、頼まれてくれぬか。お主が戻れば、勝てる」

「……承知した。俺を信じろ、甚吉。必ずや戻って参る」

甚吉がルイザに優しく囁《ささや》いた。

「この文をリイノ殿から預かってござる」

久三に頼まれた甚吉が伝えるまで、リイノはルイザが神志那の遺児であるとは知らなかったはずだ。贖罪《しょくざい》の言葉が記されているに違いなかった。

甚吉が差し出した書状を、ルイザは憮然《ぶぜん》とした表情で受け取った。大友を守ろうとするリイノの努力はルイザの妨害で無に帰した。これは報いに違いない。誰かが赦すまで、報復の連鎖は続くのだろうか。ルイザもいずれ報いを受けるのだろうか。すべてからルイザを守ってやりたかった。久三は不憫《ふびん》なルイザを抱きしめた。

水軍を率いて城を解放した後、久三はルイザと新天地へ旅立つ。

――天主《デウス》よ、せめてわれらを憐《あわ》れみ給え。

久三は祈った。

六

今日も城攻めを空《むな》しく終えた島津の陣に、夕間暮れの寒風が忍び込んでくると、弥助はぶるりと身を震わせた。

見上げると、嵐が去り、無粋《ぶすい》な戦なぞ忘れさせるほどに澄んだ冬空が天蓋を覆っていた。

弥助は好き放題に伸びた無精髭をいじりながら、遠く主のいる丹生島城を見やった。薩州兵の監視下にはあるが、捕縛は解かれている。

——待っていてくだされよ、リイノ様。

今朝、弥助は丹生島城に潜入して天徳寺リイノに利害を説き、降伏させよとの島津《しまづ》家久《いえひさ》の指図をついに承諾した。降伏だけが大友家とキリシタンの生き残る道だと信じたふりをした。

家久は食《く》わせ者だ。即諾すればかえって不審がられよう。弥助は当初、家久の打診を頑なに拒否した。開城後のキリシタンたちの処遇につき、あえて事細かに家久に尋ねた。宗麟助命の条件を疑ってみせ、何度も確認した。無礼にも念書を書かせもした。

だが、真意は違う。もともと弥助は府内でも名の知れたいかさま師だった。家久を騙《だま》してやっただけだ。

——わしが大友家の危機を救い、皆を助けるんじゃ。このわしが……。

弥助は老いさらばえた肋骨をさすりながら独り笑った。拷問のせいで折れた肋骨が肺に刺さっているせいだろう、笑うたびに強い痛みが走る。

リイノにさえ会えればこちらのものだ。大友軍は上方勢の援軍の遅れに意気消沈しているに違いない。だが、島津軍が隠秘する総大将の深刻な病状を伝えるだけで、一挙に活気づくはずだ。一刻も早く古庄丹後の寝返りをリイノに伝えねばならぬ。弥助が持参する家久から古庄への密書が、裏切りの証になろう。

埒《らち》の明かぬ城攻めに焦りを覚えた家久は、海からの攻略を企図して、ひそかに舟を集めていた。島津が予定する陸海双方からの総攻めも三日後に近づいていた。事前に伝えられれば、若林水軍と連携してしっかりと守りを固められる。呼応するはずの古庄も始末しておけば、奇襲を逆手にとって返り討ちにもできよう。

――間に合うてよかったわい……。

弥助は今宵、夜陰に紛れて舟に乗り、城へ潜入する。天徳寺兵で弥助を知らぬ者はない。無事に入れるはずだ。

「立て、弥助。総大将がお呼びじゃ」

乱暴に引っ立てられると、弥助は痛む胸をおおげさにさすった。

「丁重に扱わんか。わしはもう島津の兵なんじゃぞ」

†

平清水に敷かれた島津軍の本陣では、島津家久が床几《しょうぎ》に腰掛けて瞑目していた。ひとり鎧を外しているのは、強がってはいても、鎧の重さに病身がもう耐えられぬせいであろう。冬なのに家久は手拭いで額の汗を拭っていた。

――島津家久はもう、長くない。

もし弥助の娘が生きていれば家久くらいの年齢のはずだが、異教徒《ゼンチヨ》ゆえであろう、天主《デウス》は島津の名将に天寿を与えなかったのだ。さすがに豪胆な男だけあって、迫る死の影に怯《おび》えるそぶりなど毫《ごう》も見せぬが、弥助を尋問するにも家久は床几に腰掛けたままだった。家久はもう満足に戦の指揮も執れぬはずだ。

「おお、よう来た。キリシタン」

家久が切れ長の目を開くと、弥助はひやりとして目を逸らした。

弥助は家久の前に地べたで平伏してから軽口を叩いた。

「方々も、明日には丹生島城でゆるりとお休みになれまするぞ」

「その話なれど、気が変わった。城への潜入は無用じゃ」

弥助は家久の巧みな説得と威迫に屈する形で承諾した。家久には焦りと重病がある。感づかれてはいないはずだった。

「何と……この期《ご》に及んでわしをお疑いでござるか？」

「愚かな。最初からお前なぞ信じておらぬわ。お前は俺を欺《あざむ》いた気でおったろうが、戦は化かし合いよ。お前を使って古庄を殺させ、明、後、日の総攻撃を成功させるための手立てのひとつであった」

「何を仰せか。わしが必ずやリイノ様を説き伏せ――」

家久は面倒くさそうに右手で弥助を制した。

「宗麟やお前は騙せても、リイノは見抜くであろうと考え直した。若林水軍の動きも気になる。見ての通り、俺は鼻風邪をこじらせておる。力攻めよりリイノをおびき出すほうが上策よ」

なるほど弥助の寝返りを見越し、偽情報を大友方に伝えて奇襲を成功させる肚《はら》だったわけか。

悔しいが、やはり家久のほうが一枚上か。

「されば、お前を派手に処刑してやる。リイノが餌に食いついてくればしめたもの。俺の釣り野伏で討ち取ってやるわ」

　家久は弥助の公開処刑を大友方に通告するらしい。一兵卒を救うために軍勢は動かせまい。リイノが天徳寺兵を見捨て、弥助を無残に処刑して怯えさせれば、大友軍の士気は下がる。もし弥助ごときを救うために出撃したなら大軍で殲滅《せんめつ》すればよい。

　弥助は内心ほくそ笑んだ。

　信仰を持たぬ家久には生涯わかるまい。リイノは弥助を救出などしない。だが、見捨てるわけではない。同じキリシタンであるリイノなら、弥助の殉教を祝福してくれるはずだ。キリシタンにとって、己が命を信仰に捧げる殉教以上の行為はない。弥助のようなろくでなしでも聖人となれるのだ。弥助が見事殉教すれば天徳寺兵は震え立つだろう。家久の謀は通用せぬ。

「弥助よ、お前はキリシタンの心を解すれども、君臣の間柄はわかるまい。宗麟はそろそろリイノを持て余しておるはず。俺はリイノではない、宗麟に向けて策を講《こう》じてきたのだ。もうじき俺の蒔《ま》いた毒花があの巨城で大輪の花を咲かせる頃よ」

　自信ありげに頷く家久の表情に、弥助は強い不安を覚えた。やはり弥助ごときでは島津家久には敵わぬのか。

「リイノ様は武勇だけではない。知略のお人じゃ」

　弥助の悔し紛れの強がりを家久は鼻で嗤った。

　見せしめなら、大友兵の目の前で弥助を処刑するはずだ。そのとき、大友方の誰かに家久の病状さえ伝えられればよい。

――殉教は願ってもなき話。じゃが、わしはどうすれば大友を救えるのだ？　トルレス様、お教え下され。

弥助が祈りのために合わせようとした両手を、薩州兵が乱暴に引っ掴んだ。口には布で猿ぐつわがはめられた。弥助は心の中で手を合わせて、懸命に祈った。

――ああ、主よ、我を憐れみたまえ《ミゼレーレ・メイ・デウス》。

第七章　聖者の福音

一

大友宗麟《おおともそうりん》は丹生島城《にゆうしまじょう》本丸の最上階で、右に置いた脇息《きょうそく》に身を預けてほおづえを突くと、古《ふる》庄丹後《しょうたんご》のあばた面から目をそらせた。

潮が干ると、島津《しまづ》は三方から力攻めをかけてきた。数歩動けば天守から戦況は見渡せるが、自城が敵に攻められる無様な姿など目にしたくなかった。それでも銃撃や鬨《とき》の声は遠くに聞こえた。

宗麟は世の煩《わずら》わしきものすべてから逃れたかった。死のみが解放をもたらすのなら、死で構わぬ。だが死もまた美しくあるべきだ。滅びゆく国の栄華とともに、皆を道連れにして死ぬのも悪くはない。

「丹生島城はさすがに金城湯池《きんじょうとうち》の名城、薩州《さつしゅう》勢の猛攻があろうと小揺《こゆ》るぎもいたしませぬ」

古庄はまるで城の堅固さが己の手柄であるかのように胸を張った。この男を持ち場に欠いても、籠城《ろうじょう》戦には何の支障もないようだ。紅潮した顔で戦況を告げる古庄はどこか得意げだった。

そういえば昔から長い無駄話をよくする男だったろうか。

それにしてもなぜこの男は、滅びゆくこの城にまだとどまっているのか。別段よくしてやった覚えはないが、大友に殉《じゅん》ずるほどの忠誠を抱いているのか。宗麟の次男親家《ちかいえ》は父を裏切って島津に寝返った。このあばた面のほうが意外に忠義者だったというのか。

宗麟がいつになく不機嫌な理由は、ルイザと久三《きゅうぞう》に見捨てられたせいだった。宗麟は十年ほど前、府内《ふない》のデウス堂へ礼拝に出向き、ルイザを見つけた。まだ十歳だというが、女を見馴《みな》れた宗麟には、そのいわけない少女が美しくなるとわかった。少女はキリシタンたちの王である宗麟を崇拝《すうはい》している様子だった。他の男にくれてやるには惜しかった。正室ジュリアに侍女として付ける名目で城に上がらせた。

やがて秘《ひそ》かに側室とした。豊後《ぶんご》王を前にして、ルイザに否《いや》も応《おう》もなかったろう。人目を忍んでともに不義を働き秘密を共有する甘美な堕落に、宗麟は酔いしれていた。たいていのわがままは聞き届けてやった。敬虔《けいけん》なキリシタンにしか見えなかったあの従順な娘がさらに不義を働き、宗麟を見捨てて去るなど予想だにしなかった。

ルイザは宗麟を愛していたはずだった。だからこそ鶴賀城《つるがじょう》救援のための奇襲作戦でも、戸次《へつぎ》川《がわ》で島津軍の背後を衝《つ》く作戦でも、宗麟の出陣に強く反対したのではなかったか。宗麟の迷える心が非戦で固まったのはルイザの懇願があったからだった。

久三は宗麟の三人の嫡男《ちゃくなん》よりも明らかに器量が上だった。顔は母親似のようだが、もしやリイノの子なのか。マリアは宗麟の子だと言ったが、子を思う女の言葉に真実があるとは限らぬ。久三は宗家の血を持て余したのか。大坂で秀吉《ひでよし》に味わわされた屈辱と絶望を、聡《さと》い久三なら十分に解しているはずだった。近習《きんじゅ》の中でも特に可愛《かわい》がり、育ててきた久三だけは宗麟の本当の心を知り、見捨てぬと信じていた。

二人の欠落《かけおち》は吉岡甚吉《よしおかじんきち》が手助けをしたとしか考えられぬ。籠城戦の最中ゆえ罪を問うてはおらぬが、甚吉も宗麟を裏切ったのだ。

「士気も高く、年明けの援軍到着まで十分に持ち堪《こた》えられましょう」

古庄のやけに力のこもった甲高い声が、耳に障《さわ》った。

裏切りの果てに残った男が、このあばた面だというのか。忠義ではない、無能ゆえに敵に必要とされなかっただけだ。無知ゆえに、滅びゆく主家に知らぬ間に殉じる、愚かで哀れな男だ。

誰もが宗麟を裏切り、見捨ててゆく。人とは何と弱く、醜い生き物か。

――いや一人だけ、決して宗麟を裏切らぬ男がまだ残っていた。

ルイザの懇願もあって、宗麟は鶴賀城の救援作戦を途中で放《ほう》り出した。戸次川への出撃策も潰《つぶ》した。このいずれかが実現していれば、大友は今の窮地には陥らなかったはずだ。いかな運命が試練を与え、ゆくてをさえぎろうとも、あの男は宗麟を見捨てはしない。勝利をあきらめもしない。あの男はこの今も、うすら寒い地下牢《ちかろう》で天主《デウス》を信じ、祈りを捧げているに違いなかった。

宗麟は、無駄話を続ける古庄を手で制すると、「そちはリイノをどう見ておる?」と問うてみた。

「城内の将兵はリイノ殿の高潔な人柄を敬い、その力を信じ、慕うておりまする。臣は若い頃《ころ》よりの知友にて……」

尋ねもせぬのに古庄は昔語りを始めた。話を聞いてやるうち、古い記憶がよみがえってきた。

そうだ。あの頃の柴田治右衛門《しばたじえもん》はつまらぬ小悪党だった。宗麟を裏切って不義を働き、府内から逃げ出そうとして失敗した雑魚《ざこ》に等しい男だった。打ち首になるはずの身を救ってやった。女もくれてやった。だがあの惨《みじ》めだった敗残の男が今、宗麟よりも信望を集めている。敵の名将からも恐れられ、古庄のごとき軽輩《けいはい》からも絶大な信を得ていた。

八年前の耳川《みみかわ》の大敗を受け、家臣らが次々と離反し、謀叛《むほん》する中、大友は有能な忠臣を必要とした。旧来のように出自や身分にこだわっている場合ではなかった。北九州を守る宿将戸次《べっき》道雪《どうせつ》が国都防衛を担う将として推挙してきた男が柴田リイノだった。

リイノは敬虔《けいけん》なキリシタンになっていた。首からは青銅の十字架《クルス》と茶褐色に汚れた象牙《ぞうげ》のロザリオを下げていた。宗麟より二十歳近く若いはずだが、修道士《イルマン》に似た老成した風格があった。

宗麟はリイノをあまり覚えていなかった。かつて己の近習であったことも、キリシタンの側室と働いた不義を赦《ゆる》し、女を下賜《かし》してやったことも遠い記憶の彼方でかすんでいた。受洗して不犯《ふぼん》の誓いを立てるまで、宗麟は多数の側室を抱えていた。側室や近習などいちいち覚えておらぬが、マリアという名を耳にして、宗麟は当時の己の心境を思い出したものだった。

——私はあの時に一度死んだ身。この命はすでに天主《デウス》と大殿（宗麟）のためにお捧げしております る。

澄み切った瞳《ひとみ》で言ってのけたリイノは言葉通りの働きを見せた。

リイノは軍事、政務のいずれにおいても、大友のために粉骨砕身働いた。耳川敗戦後の大混乱に対処する面倒な役割を真摯《しんし》に担った。野津《のつ》に小領を持つしがない国人《こくじん》の庶弟にすぎぬが、宗麟はこの便利な男を重用するようになった。

リイノは一度も見返りや報奨を求めなかった。各地で独立や叛乱《はんらん》が続き、衰亡してゆく国家に十分な恩賞を与える余裕はなかった。代わりに宗麟は役職を与え、抱き杏葉《ぎょうよう》の紋の使用さえ許した。

「僭越《せんえつ》ながら、リイノ殿を地下牢にとどめおくは、宝の持ち腐れ。あの御仁を用うれば、必ずや島津を打ち払ってくれましょうぞ」

古庄に言われずとも承知していた。最後の籠城戦で持ち駒《ごま》のリイノを使わぬのは愚かだ。だが宗麟は奇妙な感覚に襲われていた。宗麟はリイノの信仰と忠誠が勝利する姿ではなく、リイノが天主《デウス》を疑いながら再び運命の前に敗れ去る姿を見たいのだ。

昔あの時、宗麟はなぜリイノを赦し、マリアを与えたのか。思い返せば、新しい側室に寵《ちょう》を移していた以外にもいくつかの理由が思い当たった。マリアが頬《ほお》につけた十字の傷は美を損なったばかりか、狂気に似た信仰の不気味さで宗麟を怯《ひる》ませた。

マリアが早産で生んだ男児の小さな手を見たとき、宗麟は生かしてやりたいと思った。そのためには宗麟の子であってはならぬ。子から母を奪う真似《まね》だけはしたくなかった。狭量で未練がましいとの宗麟評を破り、あえて器の大きさと寛容さを示したい気持ちも手伝った。奈多《なだ》夫人への対抗心から、近習に側室を奪われたのではなく、厭《あ》きた女をくれてやった形にしたい見栄もあった。主家のため命がけで戦争を繰り返し、頼みもせぬのに領土を広げていく戸次道雪なる酔狂な男に借りを返す良い機会だとも考えた。

結果として宗麟の驚くべき寛大さが生まれ、悪鬼の柴田治右衛門は約二十年の後、聖者の天徳寺《とくじ》リイノとして蘇《よみがえ》った。だが、かつて天主《デウス》が耳川で宗麟にしたように、宗麟はリイノを試したいと思った。人は皆、変われぬのだ、宗麟のように弱き心しか持ち合わせぬのだと安心したかった。無常と諦観《ていかん》と絶望をリイノと共有したかった。

「そちの申し条、ようわかった。さればリイノをこれへ連れて参れ」

古庄はにわかに喜色を浮かべ「はっ」とかしこまった。

二

やがて古庄丹後に伴われ、天徳寺リイノが巨軀《きょく》を天守に現した。

悔しいが、よい齢《とし》の取り方をしていた。色白の宗麟とは対照的に、夏の日焼けがまだ残る浅黒い肌は最後の若さを誇示するように艶《つや》があるが、髪にはひと筋の白髪が混ざっていた。

堂々たる体軀《たいく》には気力、精力が漲《みなぎ》り、まさしく豊後のヘラクレスと呼ぶにふさわしいが、顔は武将のそれではなかった。どこぞで見た覚えがある。そうだ、これは聖者の顔だ。ザビエルもトルレスも同じ微笑《ほほえ》みを口元に浮かべていた。ゆるぎなく天主《デウス》を信じ、己が信仰への自信に満ち溢《あふ》れた憎らしい笑みだ。そういえば鬼瓦《おにがわら》の道雪にもどこか似ている。信ずる神に関係なく、選ばれし者のみがたどりつく境地に、リイノも到達したというのか。

「上方勢の到着が三月まで遅れる件、家久《いえひさ》も知ったようじゃ」

リイノの背後に控えていた古庄が飛び上がらんばかりになった。

「このままでは大友が滅びる。されば、そちを呼んだ」

「はっ」と、リイノが改まって両手を突いた。

「そちはキリシタンの弥助《やすけ》なる者を知っておるか?」

「鶴賀城に忍ばせし天徳寺の者なれど、行方知れずに――」

「今朝、島津方からそち宛《あ》ての矢文が届いた。その者を十字架《クルス》にかけて処刑するそうな。日限は明後日の暁《あかつき》。命惜しくば、開城せよと抜かしておる」

たかだか馬の骨の陪臣《ばいしん》ひとりの命と引き換えに城を明け渡すはずもないが、家久の意図は明らかだった。家久は宗麟など端《はな》から相手にしていない。大友方最高の守将、天徳寺リイノにゆさぶりをかけているのだ。宗麟にはそれが腹立たしかった。だがリイノの苦悩する姿を見たいと考えた。

リイノはわずかに眉《まゆ》をひそめただけで、両手を突いた。

「弥助は司祭《パードレ》トルレスより洗礼を受け、心を改めし者。信仰篤《あつ》きキリシタンなれば、進んで殉《じゅん》教《きょう》の道を選びましょう」

豊薩《ほうさつ》合戦では各地のキリシタンたちが懸命に抵抗し、次々と殉教した。弥助とやらはなぜ天主《デウス》を疑わぬ。絶望せぬ。阿呆《あほう》ゆえにわからぬのか。

「そちの武勇ならば、出撃して弥助を救い出せるのではないか？」

「島津家久の計略に乗ってはなりませぬ。戸次川で大勝した島津兵の士気いよいよ高く、今、出撃しても勝機はございませぬ」

「そちは出撃を説いておったではないか」

「あの頃とは事情が変わりました。府内と鶴賀城を手中にした島津は、ほぼ全軍でこの城を攻略できまする。今はしかと守りを固めるほかございませぬ」

「そちは余に大友の誇りを守れとも申したぞ。わが大友は小猿なんぞに救われて生き延びるのか。己が力で敵を撃退してこその誇りではないのか」

「滅びれば元も子もございませぬ。私は道雪公に固くお約束いたしました。必ずや大友家を守り抜いてみせまする」

「兵糧《ひょうろう》も足りぬぞ。座して死を待てと申すか？」

「実は甚吉殿を通じ、若林《わかばやし》水軍への補給と援軍要請を久三様にお願いしてござりまする。近く必ずや使命を果たして帰還されましょう」

宗麟のあずかり知らぬ話だった。なぜ皆この男を信じるのだ。久三は実父でなくリイノに従うのか。灼《や》けるような妬心《としん》を感じた。

「島津の猛攻は連日続いておる。いずれ突破されようが」

「ご安堵《あんど》召されませ。守りを固めておる限り、この城は落ちませぬ」

「なぜ言い切れる？　大友は天主《デウス》に守られておるとでも申すか？」

「御意」と落ち着き払って即答するリイノの態度がいまいましかった。妻とした頬《ほお》十字のマリアと同じただの狂信者だ。

「天主《デウス》がキリシタンの味方なら、なぜ大友は耳川で負けた？　なぜ皆が余を裏切る？　なぜ戸次川で勝てなんだ？　府内が落ちた？」

「天主《デウス》の与えたもうた試練にございましょう」

宣教師たちも口を開けば試練、試練と口を揃《そろ》えた。

「なぜ天主《デウス》はキリシタンにばかり試練を与えたもうか？　大友が天主《デウス》に何をした？　天主《デウス》が大友の滅亡を望まば、何とする？　目の前で処刑されるキリシタンを見捨てるのが、天主《デウス》の意思じゃと申すか？　天主《デウス》はなぜ弥助を救わぬ？　あのトルレスの秘蹟《ひせき》を受けし敬虔なキリシタンなのであろうが？」

「すべては天意。人智の及ぶところではございませぬ」

リイノは悲しげな表情で、しかし微塵《みじん》も動ずる様子なく答えた。

なぜこの男は聖者のごとく変わりえたのか。宗麟は領内の布教を保護し、神社仏閣を壊してまで無数の聖堂を建て、天主《デウス》の国を作らんと大軍を起こした。だがその宗麟はかえって天主《デウス》を信じられず、無常観にさいなまれ、己の人生に絶望している。

宗麟が再び取り立ててやらねば、リイノは今でもしがないキリシタンとして野に埋もれていたはずだった。だがもしリイノの力で大友家が生き延びたなら、秀吉は宗麟よりリイノを重宝し取り立てるのではないか。宗麟はいつかリイノごときに額《ぬか》ずかねばならぬのか。

宗麟はリイノに強い殺意を覚えた。リイノが死ねば、大友は守れまい。だがそれでも構わぬ。秀吉のような醜い小男などに余生、膝を屈し続け、屈辱にまみれて生きながらえるより、リイノを道連れにして、王者のまま死ぬほうがよい。

宗麟は脇息から身を起こすと、居住まいを正した。

「リイノよ。出撃して島津を打ち払い、弥助を救い出せ。天主《デウス》に守られておるならできるはずじゃ。天主《デウス》は余とそちを試したもうぞ」

天主《デウス》を疑え。教義を破れ。絶望せよ。それが人間ではないか。

宗麟にとって弥助の命なぞむろんどうでもよい。ただリイノを試したかった。堕落させたかった。ともに絶望したかった。

「一度くらい、薩州勢の鼻を明かしてやりたいのじゃ。ああ、もしも戸次道雪が生きてこの城にあったなら、島津なんぞ蹴散《けち》らしてくれたものを」

道雪の名を出すと、リイノがわずかに身をおののかせた。

やがてリイノは覚悟を決めたように、宗麟に向かって平伏した。

「……承知仕《つかまつ》りました。さればこの天徳寺リイノ、出撃して島津を打ち払うてご覧にいれましょう」

「よくぞ申した。それでこそ、わがヘラクレスじゃ」

宗麟はかたわらで呆気《あっけ》に取られたままの凡将に命じた。

「古庄、諸将を集めよ。軍議を開く。決戦じゃ」

リイノは両手を突いたまま、考え込むように視線を落としていた。

三

「天徳寺リイノの指揮で、島津の陣に夜襲を仕掛ける。リイノ、そちの作戦を説明せよ」

宗麟の促しに、リイノはかしこまって絵地図を広げると、閉じた軍扇で進軍経路を示した。

全軍を二手に分け、南の平清水《ひらそうず》、仁王座《におうざ》の二か所に布陣する島津の陣を襲い、深追いせずに引きあげる。説明不要なほど単純な作戦だった。リイノは島津を打ち払うとまで約したが、思案してみたところで多勢に無勢、撃退策など思い浮かばぬのか。

「お待ち下さりませ」と手を突いた将は若い吉岡甚吉であった。

「リイノ殿が戻られ、総指揮をとられるに異議はございませぬ。されど固く守っておればこの籠城戦に勝てるとリイノ殿も仰せであったはず。若林水軍も遅れておりまするに、何を急がれまするか？」

リイノはすまなそうな顔で甚吉らに頭を下げた。

「実はわが手の者がひとり、島津方に捕えられており申す。ご承知の通り、私宛ての矢文には明後日《あさって》の暁までに城を明け渡さずば、処刑すると記されてござる。弥助と申す物見にて、わが隊の信を得ておった者。同志を見殺しにすれば、兵が動揺するは必定――」

「これはリイノ殿のお言葉とも思えませぬ。不憫《ふびん》なれど、戦で捕まったキリシタンなら死を当然に覚悟しておるはず。一兵士のために大友を危殆《きたい》にさらすと仰せにございまするか？」

「あいや、吉岡殿。ひたすら守りを固めておったわれらがまさか夜襲をかけようとは、島津も考えておらぬはず。この奇襲は成功しますぞ」

口を挟んだ古庄丹後は、昔から宗麟の追従者だった。

「いや、島津家久は簡単に勝たせてはくれますまい。公開処刑を通達してきたなら、敵は備えておるはず。おまけに島津軍からの矢文で、兵らも上方の援軍が遅れると知り、士気が下がっておりまする。今出撃するなど下の下の策」

甚吉の反論には分があった。もとよりリイノ自身が出撃には反対していた。宗麟が助け舟を出した。

「甚吉。そちの母妙麟尼《みょうりんに》は島津軍と親しく酒を酌《く》み交《か》わしておるというではないか。早う救ってやらねばならんのではないか」

今朝がた、老人、女子供だけで抵抗していた吉岡家の鶴崎城《つるさきじょう》がついに降伏し、城を明け渡したとの報が入っていた。

甚吉はうつむいて黙り込んだ。宗家のために居城を捨てた甚吉の忠義と、吉岡家の島津への抵抗は多とすべきだが、結果は同じだ。降伏したなら、たとえば島津に寝返った柴田紹安と変わりない。

「リイノの策を用いる。島津にひと泡吹かせてやれ」

宗麟は勝利など望んでいない。天主《デウス》とリイノを試したいだけだ。

「今日は安息日なれば、出撃は明日の夜といたしたく存じまする」

宗麟は内心、嗤《わら》った。一日じゅう祈りの言葉を唱えていれば、天主《デウス》が勝利を約束してくれるとでもいうのか。

「よかろう。すべての差配を天徳寺リイノにゆだねる。されば皆、リイノが下知《げち》に従え」

宗麟の命に諸将がいっせいに平伏した。

四

宗麟は天守の一室にしつらえさせた聖壇で心のこもらぬ祈りを捧げ終えた。

かたわらではまだジュリアが合掌していた。八年前、ついに受洗を決断したとき、宗麟はキリスト教を排撃してきた正室奈多夫人を離縁した。夫人の侍女で隠れキリシタンであったジュリアを子連れで新たな正室に迎えた。奈多夫人は激怒したが、宗麟の決意は変わらなかった。この決断は家中の分断と混乱を深め、大友を確実な衰退へと導いたが、宗麟の心のうちには平安をもたらした。奈多夫人は離縁後も、長男である国主の母として府内にあったが、宗麟は長らく会ってもいなかった。

「大友は天主《デウス》に守られし軍勢ゆえ、負けるはずがない。ならばなぜ修道士《イルマン》たちはともにこの城にあって勝利を見ようとせぬのだ?」

ジュリアには酷な質問だった。この善良な女は決して他人の悪口を言わぬ。だが、宗麟が愛した数多くの女たちの中で、ただひとり美を欠いた。眼《め》の大きい、どこにでもある類《たぐい》の容貌だが、敬虔で模範的なキリシタンだった。奈多夫人のような毒がない。だから正室とした。

いかなる時もジュリアは宗麟に味方した。ジュリアは決して宗麟に反対しない。人に裏切られて傷つくと、悲歎をともにしてくれた。

「天主《デウス》とわたしはいつも大殿のおそばにおりまする」

ジュリアは宗麟と命運を同じくする気だろう。だが、この女の信仰は本物なのか。信仰とは運命の荒波に翻弄《ほんろう》されるまま、滅びゆくさだめを微笑みながら受け入れることなのか。それなら、ただのあきらめと何が違うのか。

「リイノに出撃を命じた。敵は大軍じゃ。天主《デウス》の加護なくばリイノは死に、大友も滅び去るであろう。が、それもよし」

ジュリアは死を恐れぬが、それは信仰ゆえではない。生の意味を思索せぬからだ。信仰を言いわけに思索に蓋《ふた》をし、死の恐怖を克服した気になっているだけだ。宗麟も今では死を恐れぬが、それはあきらめと疲れのゆえで、信仰によるものではない。

宗麟に生への未練はないが、人間と信仰への未練があった。

今さら棄教《ききよう》はできなかった。すれば宗麟の半生が間違っていたことになる。過ちを認めるほど醜《みにく》い真似はあるまい。

「余は神の王国を築かんとして敗れ、今まさに滅びんとしておる。されば殉教者《マルチル》たる余は、必ずや天国に召されような？」

神を蔑《ないがし》ろにしてはばからぬ不心得者が救われる世なら、信仰なぞに何の意味があろう。たとえ迷いのある信仰でも、それを救うのが慈悲深き神の役目ではないのか。

ジュリアはあらゆる出来事を天意として受け容《い》れる。ルイザと宗麟の不義を知っても「さようでございましたか」と、道に反した二人に同情さえ示すに違いなかった。だが、ジュリアの宗麟への愛は真《まこと》だろうか。かつて側室のマリアが、あるいはつい最近ルイザが愛する男のためにしたように、天主《デウス》を裏切ってまで宗麟を愛してくれはすまい。真の愛とは何なのか。

「リイノ様とは教会でよくお会いいたしまする。修道士《イルマン》たちも仰っていましたが、あのお方は大友とキリシタンを守るために天より遣《つか》わされし天主《デウス》の化身ではないでしょうか」

ジュリアの間延びした口調は時おり宗麟を苛立《いらだ》たせた。敬虔な信徒であるジュリアとリイノには何やら通じ合うものがあるらしかった。

「リイノ様がきっと戦いを終わらせてくださるはずです」

ジュリアは無知だ。大友・豊臣連合軍は戸次川に敗れ、府内も鶴賀城も落ちた。吉岡家の鶴崎城も落ち、二万もの大軍がこの城を囲んでいる。兵士は二千に満たず、兵糧《ひょうろう》も乏しく、士気も上がらぬ。リイノも甚吉も猛反対した敗北必至の出撃作戦だった。リイノが負ければ、敵兵は手薄の城内に雪崩《なだれ》を打って攻め込むだろう。

「戦が終われば、リイノ様は野津に小神学校《セミナリオ》を作りたいと仰せでした。皆で平和の祈りを捧げる日が待ち遠しゅうございます」

リイノに感化されて野津の教会に通うキリシタンは六千人にまで膨れ上がった。誰もが聖者のごとくリイノを慕う。宣教師たちもリイノの信仰と人格を手放しで誉《ほ》めそやした。

柴田治右衛門はだが、人を平気で闇討《やみう》ちにする残虐無道《ざんぎゃくむどう》の悪鬼だったではないか。歳月があの男を聖者に変えたというのか。

この世に天主《デウス》に守られている男なぞいるはずがない。もしいるなら神の王国を作ろうとした宗麟こそが守られるべきだ。

「ジュリアよ、そちはリイノの力を信じておるか？」

「はい。あのお方は聖者におわしますゆえ」

もしリイノが奇跡の勝利を収めたならどうなるか。宗麟はたかだかリイノの引立て役に堕《だ》するではないか。宗麟はリイノに激しい殺意を覚えた。リイノは揺るがぬ信仰と絶対の忠誠ゆえに完全な人格を手に入れている。それは宗麟が得られなかった境地だった。だが、信仰篤いキリシタンでも、心ノ臓を槍で突かれれば一巻の終わりだ。リイノとて毒が回れば必ず死ぬ。天主《デウス》に守られてなどいないからだ。

†

城壁に当たってはじける波の音が耳に心地よかった。

海に浮かぶ丹生島城は敵を寄せ付けぬ。たとえリイノがおらずとも、若林水軍から補給が得られれば、大友は勝てるはずだ。

軍議での発言のせいか、古庄丹後はどこか得意げで、鬼の首でも取ったような顔つきで現れた。長い袖《そで》を払いながら、いやに仰々しく平伏する古庄を、宗麟は脇息に右肘《みぎひじ》を置き、ほおづえを突いたまま眺めた。

リイノの出撃作戦でも、古庄は一手を率いて敵陣に攻め込む将とされた。古庄は大友が滅亡する間際になって分不相応に輝き始めた。

「近う」と手招きすると、古庄は「はっ」と、あばた面ににわかづくりの自信と卑屈な笑いを浮かべながら、にじり寄ってきた。

「丹後よ。明日のうちにリイノに毒を盛れ。出撃は取りやめじゃ」

声を失ったあばた面の細眼が倍ほどに大きくなった。

第八章　ヘラクレスの遺計

一

海原を撫《な》でるような潮風が城までそよいでくる。

穏やかな冬日の差し込む静かな城内の教会で、天徳寺《てんとくじ》リイノは合掌を解《ほど》きゆっくりと立ち上がった。魂は不滅である。リイノの祈りの言葉は天主《デウス》に、妻マリアに、トルレスに、道雪《どうせつ》に届いたはずだ。

とうてい償いにはならぬが、ルイザの身を守ったつもりだった。朱鞘《しゅざや》の脇差《わきざし》を身に帯びていれば、いつか神志那《こうじな》の遺児に会い、償《つぐな》えぬかと思っていたが、デウスは願いを叶《かな》えてくれた。

だがいかにすればリイノは大友《おおとも》を守れるのか。

戸次《べっき》道雪は決して無謀《むぼう》な戦《いくさ》をしなかった。ゆえに最後には必ず勝利を得た。だが、往時とはまるで時代が違う。たとえ勝機がわずかであろうとも、滅びの瀬戸際に大友がもう一度輝かねばならぬのなら、リイノがその光芒《こうぼう》となろう。兄紹安《じょうあん》の裏切りで地に堕《お》ちた柴田《しばた》家の汚名も雪《すす》がねばならぬ。冨来太郎兵衛《とみきたろべえ》との約束だった。

再び世に出て以来、リイノは数多くの苦しい戦いに明け暮れたが、不思議とかすり傷ひとつ負わなかった。贖罪《しょくざい》を終える日までリイノに死は訪れぬ。赦《ゆる》される日まで天主《デウス》に守られている との確信があった。むろんかつて柴田治右衛門《じえもん》が犯した数々の罪は消えぬ。天徳寺リイノが戦 で人を殺《あや》め続けた罪も贖《あがな》わねばならぬ。報《むく》いは受ける覚悟だった。

――天主《デウス》は最後に、私の信仰を試そうとなさっている。

リイノは弥助《やすけ》を救うために迷わず命を賭《か》けられるのか。

弥助とは奇《く》しき因縁《いんねん》があった。昔の府内《ふない》での裏切りだけではない。弥助は最愛の妻マリアを 死なせた男だった。

すべて後に知った話だが、弥助は府内時代、人身売買でため込んだ金で南蛮《なんばん》渡来の高価な薬 を買い、病身の娘の治療に使っていた。リイノが野津《のつ》に蟄居《ちっきょ》してから数年の間、弥助はうまく 世を渡っていたが結局、府内奉行の田原民部《たわらみんぶ》に使い捨てられた。悪事を暴かれ、神志那《こうじな》の太刀 を持っていたために殺害の罪まで着せられて捕縛された。出っ歯を折られる拷問《ごうもん》の末、罪を認 める代わりに死罪を免じられた。弥助が大友館《やかた》から叩《たた》き出されて家に戻ると、財産はすべて奪 われ、病死した娘は骨《ほね》にされていた。絶望した弥助は誰かを憎みたかった。やり場のない怒り を、破滅の原因を作ったリイノへ向けた。弥助は野津に現れた。復讐《ふくしゅう》のためだった。

当時豊後《ぶんご》は飢饉《ききん》で苦しんでいたが、リイノとマリアは弥助に宿を与え、わずかな飯を分け与 えた。如才《じょさい》ない弥助は野津のキリシタンたちとも親しげに交わった。だが弥助は、リイノと若 い男たちが山の仕事に入っているすきに、野盗を手引きして里へ入れた。小昼休みにリイノた ちが戻ってみると、里の家には火がつけられ、野盗が荒らし回っていた。リイノは野盗から槍《やり》 を奪い取って、雄叫《おたけ》びをあげた。一農夫の絶倫の武勇に恐れをなした野盗どもはひとり残らず退散した。

リイノは急いで家に戻った。燃え落ちていた。教会へ走った。女子供や老人が集まっていた。不安げな顔を寄せ合う皆の輪の中に、胸元を真っ赤に染めたいまわの際のマリアが寝かされていた。幼い久三《きゅうぞう》を守るために野盗に抵抗し、身代わりとなったらしい。久三は怪我《けが》もなく隣で眠っていた。

キリシタンたちは口々に弥助の裏切りをリイノに告げた。やがて里の若者が野盗どもに置きざりにされた弥助を縛り上げてきた。弥助はリイノの姿を見るや震え出し、必死で赦《ゆる》しを乞《こ》うた。赦せるはずがなかった。憤怒《ふんぬ》に駆られた。弥助の細首に力を込めようとするリイノの右腕を必死で止める者がいた。瀕死《ひんし》のマリアだった。

マリアは弥助を赦し、祝福した。リイノに弥助を赦すよう、怨《うら》みを残さぬよう頼んだ。天主《デウス》の与えたもう試練なのだと訴えた。己は幸せだったと微笑《ほほえ》みながら、マリアはリイノの腕の中で事切れた。

マリアをクルスバに葬ったリイノは神志那の脇差で、己の右頬《みぎほお》に十字の傷をつけた。マリアの愛とその信仰を生涯忘れぬためだった。

マリアの願いを受け容《い》れてリイノは弥助を赦したが、姿を見たくなかった。仇《かたき》である田原民部と奈多《なだ》夫人の嫌うキリスト教に入信したいという弥助に、リイノはトルレスのいる肥前《ひぜん》へ行くよう勧めた。

それから十年後、弥助が天徳寺隊への仕官を求めて府内を訪れた。トルレスの最後を看取《みと》った弥助は、敬虔《けいけん》なキリシタンとなっていた。

以来、弥助は片腕となって天徳寺隊のために尽くし、リイノを支え続けた。マリアの赦しはひとりの敬虔なキリシタンを生んだ。実際、久三が弥助の身を案じていたように、怨みは世に残らなかった。

リイノはだが、最愛の妻を死なせた男を救い出すために迷いなく命を賭《か》けられるのか。真《まこと》に赦せたのか。今回の出撃は、リイノの信仰を全きものとする試練だった。リイノが弥助を救出できるかどうかは天が決めるだろう。

†

リイノの背後で衣擦《きぬず》れの音がし、落ち着いた女の声がした。

「何をお祈りでしたか、リイノ様」

振り返ると、宗麟《そうりん》の正室ジュリアであった。リイノは片膝《かたひざ》を突いた。

「過去の贖罪と、勝利の祈願にございます」

「架上のゼズ・キリシトもきっと、今のリイノ様のごとくお苦しみだったのではないでしょうか」

聖書には「汝殺《なんじ》すなかれ」と記されている。リイノは幾度この教えに背いたろうか。今宵《こよい》も背く。神の子たる救い主の苦しみに比するなどおこの沙汰《さた》だが、人を殺めねばならぬリイノの懊悩《おうのう》はジュリアのごときキリシタンにしかわかるまい。

「今夜ご出陣と伺いました。されど敵は雲霞《うんか》のごとき大軍」

「ご安心を。大友家は必ずや天主《デウス》と私がお守り申し上げまする」

「わたしは御身《おんみ》を案じております。……お忘れでしょうが、わたしは二十年ほど前からリイノ様を存じ上げておりました」

真意をはかりかねて、マリア像を見上げるジュリアを見た。

「おわかりにならぬようですね。無理もありません。まさかこのような形で再会しようとは、誰も思いませぬもの……」

ジュリアはリイノの脇を通って聖壇の前に進んだ。

「お方様（奈多夫人）は気性の激しいお方でした。気に入らぬ侍女は早々に暇を出されました。入れ替わりは頻繁《ひんぱん》でしたが、いちばん長くおそばにお仕えした侍女はわたしでした。治右衛門様が上原館《うえのはるやかた》の近習《きんじゅ》でいらした頃から大友館におりましたもの」

二十年近く前に捨てたはずのわが名を頼りに、リイノが記憶をたどるうち、眼《め》の大きな娘の姿が思い浮かび、時を超えてジュリアと一致した。リイノが奈多夫人の動向を聴き出し、利用するために近づき、弄《もてあそ》んで捨てた娘だった。褥《しとね》をともにした一夜もあったはずだが、リイノはその娘の名さえ覚えていなかった。

かつて柴田治右衛門は贖いきれぬ罪を無数に犯した。この出撃で死ぬ宿命は、やはり報《むく》いであろうか。名を変え、心を入れ替えても、過去の罪が消せるわけではない。リイノは言葉を失い、深く頭を下げた。

「治右衛門様が野津に去られた後、わたしは身籠《みご》っていると気づきました。初めての恋に破れた小娘に何ができましょうか。途方に暮れ、救いを求めてこっそりデウス堂に通うようになりました。治右衛門様がおられた場所、口ずさまれた聖歌だと思うだけで、うれしゅうございました。娘も先年、お優しき殿方に嫁ぎました」

「罪深きふるまい、なにとぞお赦しくださりませ」

天主《デウス》の計らいに違いなかった。ルイザへの謝罪と同様、死線に赴《おもむ》くにあたり、天主《デウス》はリイノに贖罪の機会を与え給うたのだ。

ジュリアは首を横に振りながら微笑んだ。

「いいえ、わたしは感謝申し上げているのです。実はお方様のお言いつけでマリア様にお会いしたこともございました。何とお美しい女性《にょしょう》でしたでしょう。治右衛門様がわたしなどではなく、本当はマリア様に恋しておられることも知っておりました」

あの頃は利用されるだけの無知な娘だと思っていた。だがジュリアは何もかも知ったうえで、リイノを愛していたのだと今ごろ知った。

「マリア様のお美しさは信仰のゆえだと思いました。わたしはあの人のようになりたかった。わたしが洗礼を受け、迷いなく天主《デウス》を信じられるのも、マリア様のおかげなのです」

リイノはマリアの導きでジュリアと再会したのだろうか。

「治右衛門様への恋は娘の頃の話です。今は妻として、大殿（宗麟）のお心を案じております。大殿は今、誰も信じられないのです。わたしも、天主《デウス》さえも。ですがリイノ様だけは信じています。リイノ様なら奇跡を起こして、きっと大友をお救いくださると」

かつて宗麟は不義を働いたリイノを赦した。たとえすでに愛情を失った側室の下賜《かし》にすぎなかったとしても、リイノとマリアにかけがえのない幸せを与えてくれた。宗麟は君主の器に欠けるだろう。国を滅ぼした張本人やも知れぬ。だが昔の一事だけで、リイノにとって宗麟は生涯の恩人となった。

「リイノ様。大殿はもう一度信じてみたいと、本当は願うておられるのです。人間と、天主《デウス》を。人間も天主《デウス》も信ずるに値するのだと示してくださいまし。それができるのはリイノ様をおいてありません」

かつてリイノは宗麟を裏切った。宗麟の人間不信の原因は、リイノにもあった。兄紹安の裏切りもリイノが償わねばならぬ。リイノは神とジュリアに赦された喜びを心の内に感じた。

「承知仕《つかまつ》りました。必ずや島津《しまづ》を打ち払い、天主《デウス》と信仰の力を大殿にしかとご覧いただきましょう」

「リイノ様、この城でご武運をお祈りいたしております」

わが信仰は完成に近づいている。リイノは神に感謝した。

二

昼下がりの満ち潮が島津兵を退却させると、吉岡甚吉《よしおかじんきち》はひと息ついた。次に潮が引く頃には日が暮れている。昨夜はリイノが敵の夜襲を読んでさんざんに撃退したから、連日の夜襲は控えるだろうか。

リイノが籠城戦の指揮を取るや、守備方はがぜん活気づいた。たったひとりの人間の登場でかくも事態が変わるものかと、甚吉はリイノへの尊敬の念を新たにした。天徳寺兵はリイノの指図で城内を転々としながら不利な戦況を好転させた。

だがリイノが出撃作戦を提案した理由が、甚吉にはまだ解せなかった。リイノからは潮が満ち、敵が引いた時分に話をしたいと言われていた。腹に別の策があるなら真意を明かしてくれるだろう。

古庄《ふるしょう》が泣きそうな顔で吉岡隊の持ち場に駆け込んできたのは、甚吉がリイノのもとへ向かおうとした時であった。

リイノが倒れたという。甚吉は二ノ丸の天徳寺隊陣所へ走った。

†

「どうも食あたりのようにて面目ございませぬ。身体《からだ》が痺《しび》れて満足に動きませぬゆえ、このままでお許しくだされ」

甚吉が褥《しとね》の脇《わき》に着座すると、リイノは横になったまま、すまなそうな顔で詫《わ》びた。

「下手な芝居を打たれますな。毒を盛られなさったご様子」

宗麟の指図に違いなかった。入牢《じゅろう》中は注意させていたが、リイノに作戦の立案と総指揮をゆだねながら殺害を指示するとは、宗麟の心が知れなかった。甚吉は宗麟を諫《いさ》めて断ったが、古庄にはできなかったのだろう。躊躇《ちゅうちょ》しながらもリイノに毒を盛ったが失敗し、怖くなって、甚吉に通報に来た、といったところか。

「甚吉殿。士気に関《かか》わりまするゆえ、この件は内密に願いまする」

主君が総攻めの総大将の毒殺を試みたなどと知れわたれば、城兵たちは戦意を喪失しよう。

「これでリイノ殿も大友を見放されましょうな?」

命を狙《ねら》われてまで大友への忠誠を守るべき理由はあるまい。誰でも愛想を尽かすはずだ。

リイノは微笑みを口元に浮かべたまま、即座に首を横に振った。

「大友の存続を見届けるまで死ぬわけには参りませぬ。自死の許されぬ身でもあり、今夜の出陣まで命をお預けいただきました。途中で味がおかしいと気づき、死に損ねた私は食あたりと信じておる、さような筋書きとなってございまする」

リイノが死ねば、大友は守れぬ。宗麟の命に背いたとあらば、古庄の立場がない。古庄のしぐさから毒殺に気づいたリイノはあえて致死に至らぬ分量を服毒したわけだ。殺害されかけながら、なお主家に忠誠を尽くすリイノの姿は痛々しいほどに貴く映った。

「リイノ殿がこのありさまでは、出撃は取りやめになりましょうな」

「いえ、夜には痺れもあらかた取れましょう。されば、これより真の軍議を始めまする。――カマキリ殿」

隣室の襖《ふすま》が開くと、武宮武蔵《たけみやむさし》がいつもの仏頂面でひょろりと現れた。

「ご両人。今宵の戦に負ければ、大殿は十中八九、援軍を待たず敵に降《くだ》られましょう。島津に膝《ひざ》を屈した大友を関白《かんぱく》殿下はお赦しにはなりますまい。さればこれは、大友の命運を決する一戦となり申す」

移り気な宗麟は戦でも政《まつりごと》でも、途中で嫌になると投げ出してきた。宗麟なら、いつ籠城戦が面倒になるか知れぬ。一理あった。

「こたびの無理な出撃はリイノ殿の本意にあらずして、大殿のご意思なのではありませぬか」

「思案するうち、島津を打ち払う良き策がひらめき申した」

リイノは大きな手で二本指を立てた。

「勝つには国崩《くにくず》しと若林水軍、この二つの条件が揃《そろ》わねばなりませぬ。カマキリ殿、国崩しの按配《あんばい》はいかがでござろうか？」

甚吉は耳を疑った。武器蔵に眠る大フランキ砲「国崩し」は名ばかりの置き物ではなかったか。異国由来の神の兵器は扱える者もおらず長らく放置されていた。二年ほど前に南蛮人《なんばんじん》が調べに来た時には、砲身も子砲も錆《さ》びついていて、匙《さじ》を投げたと聞いてもいた。いかれた巨大な玩具《がんぐ》に頼る作戦など、とうてい成功はおぼつかない。

「あれは壊れておって、とても使える代物ではありませぬぞ」

「壊れておるなら、直せばよろしかろう」

武宮は城に入って以来、寝る間も惜しんで大筒《おおづつ》を修理してきたという。島津方が攻め寄せた際は、城の各所に現れて的確な助言をして去っていくが、それ以外の時この男はどこで何をしているのかと甚吉は不思議に思っていた。

「直せたところで、誰も扱えますまいが」

「さいわい大友にはひとり、フランキ砲を自在に使える御仁がおわす」

武宮がまんざらでもない顔をすると、リイノはにこりと笑った。

「カマキリ殿はかれこれ二十年以上もの間、フランキ砲の研究にいそしんでこられた日ノ本いちの砲手。わが策では明日の暁《あかつき》に撃っていただく段取りでござるが――」

リイノの言葉に武宮が「それは話が違い申そう」と顔をしかめた。

「日限までまだ三日あったはずじゃ。なぜさように急がれる?」

「相すみませぬ。事情が変わり申した。何とかしてくだされ」

滅亡寸前の大名とはいえ、杏葉紋《ぎょうようもん》まで許された天徳寺リイノの身分は、武宮にとって格上のはずだが、二人は旧知の親友のごとくだった。

「若林水軍に頼んだ銅と錫《すず》で最後の修理をするつもりでござったに」

「これを使うてくだされ。もはや私には無用のもの」

リイノは首から青銅の十字架《クルス》を外すと、武宮に手渡した。リイノの恩人、聖者トルレスの形見と聞いていた。

「されど……」と武宮は当惑した顔を見せた。

「信仰は心の持ちようでござる。恩師は常にわが心のうちにあられる。わが命と伝えれば、天徳寺兵も喜んで十字架《クルス》を差し出すはず」

武宮は十字架《クルス》を受け取ると、しばし瞑目《めいもく》し、腕組みをしながら天を見上げていたが、やがてうなずいた。

「今宵こそは眠りたいと思うたが、また徹夜じゃな。明け方までには何とかいたそう。試し撃ちをする暇はなさそうじゃが」

「敵は射程を知らぬ。少しずつ火薬を足してくだされ」

甚吉にも理屈はわかった。大筒は火薬を減らせば、射程が短くなる。最初はあえて短い射程で撃ち、敵に射程を誤らせる。油断させて長距離を撃ち、被害を大きくするわけだ。

「砲身を直せても、砲弾がござるまい」

「湿っておって使い物にならなんだゆえ、あるだけの硝石《しょうせき》で作ってはみた。が、まだまだ数が足りぬ。若林水軍しだいじゃな」

砲弾まで作る武宮もさるものだが、リイノは久三への書状に砲弾の手配も記していたらしい。敵も味方もフランキ砲が使えぬと思い込んでいよう。援軍が現れ砲撃が轟《とどろ》けば、敵は度肝《どぎも》を抜かれ、味方の士気も大いに鼓舞されるはずだ。

水軍を率いる若林道円《どうえん》を久三が説き、兵糧《ひょうろう》とともに臼杵《うすき》湾に船隊を率いて戻れば、豊臣軍の再上陸まで持ちこたえられる。若林水軍の本拠地は海路で数里の佐賀関《さがのせき》の一尺屋《いっしゃくや》であり、いかに遅くともこの昼下がりの満潮時に来てもよいはずだった。久三は何に手間取っているのか。若林道円が渋っているのか。

リイノは武宮に褥《しとね》から助け起こされると、まだ痺れの残る手で絵地図を開いた。

「島津を完膚《かんぷ》なきまでに破り、臼杵から退却させる秘策は、逆《つ》釣《の》り野伏《ぶせ》でござる」

釣り野伏は島津のお家芸であった。中央軍が偽って敗走して相手を死地まで誘い込む。左右両側から伏兵で襲いかかるや、中央軍が反転し三方からの攻撃で殲滅《せんめつ》する。単純な戦法ゆえにこそ、並みの将に使いこなせる用兵ではなかった。

島津家中でも家久《いえひさ》の用兵は抜きん出ていた。豪胆な家久は自らを平気で危地にさらした。家久の天才的な用兵のために、相手は面白いほど罠《わな》にかかり殲滅された。沖田畷《おきたなわて》の合戦では敵の大名龍造寺隆信《りゅうぞうじたかのぶ》の首級まで挙げた。罠と知り警戒しているのに、多くの将が罠にかかった。家久は森、川、山、丘などの地形はもちろん、風、明かり、匂い、士気、鬨《とき》の声など何でも自在に使う。敵を死地に誘い込むや、敗走していたはずの兵が家久の指揮で突如牙《きば》を剝《む》き、形勢は一気に逆転する。

大友は耳川《みみかわ》でも、戸次川《へつぎがわ》でも島津の釣り野伏に敗れた。大友はなぜ何度も同じ敗北を繰り返すのか。いかにすれば家久の策を破り、さらに家久を死地に誘い込む逆釣り野伏など成立しうるのか。

「敵を誘い込むため、いったん相手の罠にかかりまする。今宵は明け方には満ち潮となっておるはず」

大潮となる望《もち》（満月）は過ぎたが、ちょうど満潮のころに敵が深入りしていれば、敵は身動きも取れず、国崩しの餌食《えじき》となろう。リイノがかねて潮について甚吉に調べさせていた理由が、甚吉にも今ごろわかった。

大友軍は二手に分かれて敵陣を突破する。その後再び合流して敗走する敵兵を追い、釣り野伏にかかる。その死地から天徳寺隊を殿軍《しんがり》として脱出し、国崩しと若林水軍が待ち受ける丹生《にゅう》島城《しまじょう》まで誘い込む作戦だ。潮の満ち引きだけではない、罠にかかった後の友軍の動きから敵の反応、土地の起伏、森や林の位置、視界、霧、士気、武将の性格にいたるまですべてを計算し尽くしたリイノの緻密《ちみつ》な戦略に、甚吉は舌を巻いた。奇跡の勝利も、夢でない気がした。

だが、奇跡を起こすには不可欠の前提があった。

「されど、若林水軍が間に合わぬ時は、何となさいまする？」

「その時は作戦を変更し、籠城戦に戻って勝機を窺《うかが》うといたしましょう。ここ数日の寄せ手の攻撃を見るに、焦りがござる。昨夜の戦いぶりも、あの名将が直接指揮しておるようには見えませなんだ。島津家久が不治の病であるとの噂《うわさ》、真やも知れませぬ」

明日撃退せずとも、若林水軍の支援があれば、三月までの兵糧も得られる。家久の病が重いなら、守りを固めるうち島津は撤退しよう。

「戦況は常に動くものゆえ、総大将たる私が最善の時を見計らいまする。さればカマキリ殿は、私が空高く掲げた槍を下ろした時に国崩しを撃たれよ。フランキ砲の轟きが反撃開始の合図でございまするぞ。それまでは何があろうと自重してくだされ。せっかくの逆釣り野伏が崩れては、島津を破れませぬからな」

甚吉は来たるべき最終決戦のときを頭の中に思い描いた。

島津を誘い込みつつ城内まで退却した天徳寺隊が再出撃に向かうとき、暁に染まる空に向かってリイノは高々と十字槍を掲げるだろう。その槍をリイノが力強く振り下ろす合図で、国崩しが火を噴《ふ》く。若林水軍が海から敵を襲う。撃破され、逃げ出した島津を追撃すべくいっせいに城から打って出る。本当の作戦が始動し、大友の猛反撃が始まるのだ。

だが相手はあの島津家久だ。大友軍が丹生島城へ引けば、罠だと気づくはずだ。満潮の海城に向かって敵が攻め続けるなど虫が良すぎはせぬか。打撃を与えられぬまま、時を移さず敵は退いてしまい、大友が兵を消耗しただけで終わるのではないか。

甚吉が疑問を述べると、リイノはうすく微笑み「殿軍《しんがり》の私にお任せくだされ」とだけ答えた。

「この戦で、豊薩《ほうさつ》合戦が終わりましょう。戦後は甚吉殿の出番でございまするぞ。私は野津の田舎で祈るのみなれど、戦乱で荒れ果てた町を直せるのはカマキリ殿のような御仁。お取り立てて願いまする」

なるほどリイノは戦後の復興まで見越して、武宮に武功を立てさせる計算もしているわけだ。あくまで勝つ気らしい。

甚吉がリイノのもとを辞し、吉岡隊に割り当てられた二ノ丸の広間に戻ると、吉田《よしだ》一祐《いちゆう》が浮かぬ顔で待っていた。

隣の小部屋に入り、甚吉の説明を聞いた後、一祐は憮然《ぶぜん》とした表情で首をかしげた。一祐も寄せ集めの一隊を別に指揮する役回りだった。

「道雪公は皆がいぶかり、成否を危ぶむ不可解な策を立てられましたが、最後には必ず勝利なさいました。島津家久ほどの名将は尋常な策では破れぬもの。何やら他に秘策があるのやも知れませぬな」

一祐も、敵を丹生島城に惹《ひ》きつける方法に疑念を抱いている様子だった。

三

海を渡る夕暮れの風が首のラッフルをそよがせていた。

大友宗麟は籠城にあたり丹生島城の天守にしつらえさせた聖壇で、ひとり「主よ、我を憐《ミゼレーレ・メイ・デウス》れみたまえ」の祈りを唱え終えた。だがはたして神を疑う人間の空疎《くうそ》な願いなど、天に届くのだろうか。

古庄から報告は受けていた。リイノは死ななかった。天主《デウス》がリイノを守ったというのか。そのリイノが今夜の出陣に先立って目通りを願い出てきたのは今しがたである。

リイノはまだ痺れが残るのか、いくぶん足を引きずりながら天守に現れると、宗麟に恭《うやうや》しく跪《ひざまず》いた。白装束の鎧《よろい》姿ではれぼれとするほどの偉丈夫《いじょうぶ》である。聖者トルレスの風格と鬼道雪の威風を併《あわ》せ持っているかのようだった。

「大殿。今宵いよいよ島津方に夜襲を仕掛けまする」

リイノの涼やかな言上に、宗麟は全身で冷や汗をかいた。宗麟が与えた最後の命令は死に等しい出撃命令だった。不動の信仰がこの男に自信と威厳をもたらしている。卑賤《ひせん》の出だった悪鬼は今やまるで王者のようだった。宗麟はリイノに激しい嫉妬《しっと》を感じながら「大儀」とだけ答えた。

「敵は名将島津家久率いる大軍なれば、今生のお別れになるやも知れませぬ。たとえ臣死すといえども、若林水軍が健在なれば、海より助けが得られまする。吉岡殿なれば上方勢の到着までよく持ちこたえられましょう。決してあきらめてはなりませぬ」

若林水軍など来るまい。久三は宗麟を裏切った。宗麟を親とも思うていまい。不義をなして信仰も傷ついている。大軍に囲まれた落城寸前の城に舞い戻りなどせぬであろう。いや、久三は戻るやも知れぬ。宗麟のためでなく、リイノのために。

「リイノよ。そちは死ぬ気か？」

「子の孫太郎《まごたろう》は明日十歳になりまする。私の帰りを待っておりますれば、生きて戻りとう存じます。野津の聖堂を再建し、戦死者の霊を弔《とむら》いながら余生を過ごすが私の夢にございますれば。されど、すべては天主《デウス》の思《おぼ》し召《め》し。わが運命に従うまで」

「リイノよ。運命に従うだけなら、信仰は要《い》るまい。何事にも抗《あらが》わず、ただ流されておればよいのじゃ。されど、人の力で好きに運命を変えられるなら、神は無力となる。いかに救いを求めても天主《デウス》は余に啓示をくださらぬ。大友は滅びの運命にあるのじゃ」

「昔、絶望していた私に、司祭《バードレ》トルレスは仰せになりました。時に信仰は、運命を破る奇跡をもたらすと」

この男は人間の分際で奇跡を起こす気でいるのか。二千に満たぬ兵で十倍する島津軍を本当に撃退するつもりなのか。

大友が天から与えられた最後の忠臣は口元に微笑みを湛《たた》えていた。眼前にトルレスがいるようだった。この男はやはり聖者となったのだ。あの奇跡の司祭《パードレ》が達した境地に、確実にこの男はいる。

「そちはなぜ変われた、リイノ？　いかにして不動の信仰を得た？」

「幸いにも私は、生涯で二人の聖者に出会いました」

司祭《パードレ》トルレスと、鬼道雪か。宗麟は己を変えてくれる聖者に、ついに出会えなかった。

いやもしや天徳寺リイノこそが、宗麟にとっての聖者なのではないか。この男の生きざまが、宗麟の心に巣食い深く根を下ろす諦観《ていかん》と無常から、宗麟を解き放ってくれはすまいか。

「大殿はこの戦が勝利で終わりし後、何となさいまするか」

「津久見《つくみ》に隠居し、修練院《ノビシアド》を作りたい。野津の小神学校《セミナリオ》で学びし者らが来ればよい」

宗麟は争いごとが嫌いだった。乱世の大名家などに生を享《う》けたくなかった。トルレスやリイノのような者を次々と世に出せれば、戦などない世になるのではないか。

リイノは大きくうなずき、すがりつきたくなるような微笑みを浮かべた。リイノは深礼して暇乞《いとまご》いすると、宗麟の前を辞そうとした。

戦が終わった後、宗麟はこの男とゆっくり話をしてみたいと初めて思った。これまでは誇りが許さなかった。だが、リイノが秀吉《ひでよし》に取り立てられて同格となるなら、それも面白かろう。

「リイノよ」と宗麟は最後に親しく声をかけた。

振り返って再び跪くリイノに、宗麟は告げた。

「大友の命運とわが命、そちと天主《デウス》にゆだねる」

宗麟の本心だった。リイノが勝てば、己も運命に勝てると思った。

四

天徳寺リイノが杯《さかずき》を差し出すと、武宮武蔵は仏頂面を緩ませて杯を掲げた。武宮がこもりきっていた大砲蔵は、青銅を精錬したせいで春のように温かかった。

「昔、独牢《どくろう》に差し入れてもろうた一杯の酒に救われ申した。カマキリ殿は昔と何も変わりませぬな」

互いに齢《とし》は取ったが、武宮は昔と同じカマキリ顔だった。リイノは再び世に出ると、報恩のために武宮を探したが、行方がわからなかった。ようやく昨年見つけ出して窮乏《きゅうぼう》から救ったが、武宮は病母を看取《みと》りたいと漁村に残っていたのである。

「リイノ殿はずいぶん変わったのう。最初会うたときは、誰かわからなんだくらいじゃ」

歳月だけではない、リイノが土牢の中で蟻《あり》に話しかけていた頃とは人間がすっかり変わった。

「今しがた古庄殿、吉田殿にも重要な役回りをお願いしましたが、この戦の勝敗は国崩しにかかってござる」

武宮は浮かぬカマキリ顔で渋々うなずいた。

「真の策を知っておるのは身どもだけか。されど、キリシタンは自死が禁じられておるのではないか」

「相手は稀代《きたい》の名将が率いる大軍。他に勝つ手がござらぬゆえ」

十中十死の死地に自ら身を置かねば、敵を死地には誘い込めぬ。

「あの若者もリイノ殿に惚《ほ》れ込んでおるようじゃが」

「甚吉殿なら心配ござらぬ。わが死後は籠城の差配をせねばなりませぬ。日々の雑務に追われるうち、去りし者の記憶は薄れてゆくはず」

黙って徳利を差し出す武宮を見て、リイノは手の杯を空《あ》けた。出陣前だが、生涯《しょうがい》最後の酒だ。あと一杯くらいは問題なかろう。

今しがた城内の聖堂で、兄柴田紹安の冥福《めいふく》を祈った。紹安は大友方の佐伯惟定《さえきこれさだ》に城を奪還され妻子を人質に取られた。そのため再び島津に背《そむ》き、殺害されたとの報が入っていた。あまりに哀《あわ》れな末路だった。

「島津が退却し、すべての戦が終わったら、骨一本で構いませぬ、私を野津のクルスバに葬ってくだされ。野津の丘にある十五のクルスバの中で一番小さな十字架《クルス》でござる。そこに妻マリアが眠っておりますれば」

うなずく武宮の杯に両手で酒を注いだ。指先に痺れが残っていた。

「キリシタンでないカマキリ殿にお頼みするは酷なれど、ついでに野津の教会も直してもらえませぬか」

「リイノ殿は人使いが荒いのう」

ゆっくりとだが確実に時は進み、やがて友との別れの時が来た。

「さてと出陣の刻限となり申した。カマキリ殿、後を頼みまする」

「委細、承知した」

リイノが微笑みかけると、武宮がはにかんだような笑みを返した。

五

天徳寺隊のゆくて、平清水《ひらそうず》の陣では島津兵が手ぐすねを引いて待ち構えていた。暁はまだ遠い。厚い雲が月を隠している。凍てつく漆黒《しっこく》の闇《やみ》の中に、松明《たいまつ》に照らされた小柄な老人の痩身《そうしん》が浮かび上がっていた。

弥助は半裸で十字架に磔《はりつけ》にされていた。馬上のリイノの姿を見た弥助は、笑顔を浮かべたようにさえ見えた。弥助の口から、猿ぐつわの布が落ちた。

「リイノ様！　皆の衆！」弥助の嗄《しゃが》れ声が力強く闇夜を裂いた。

「島津家久は死の病に冒《おか》されてござる！　敵は満足に戦えぬぞ！　大友の、キリシタンの勝利じゃ！　皆に天主《デウス》のご加護を――」

島津方に怒声が起こると、弥助の痩せ枯れた身体《からだ》がいくつもの槍で貫《つらぬ》かれた。

おそらく弥助はすゝめで鍛えた自慢の歯で根気強く時間をかけて布を嚙《か》み切り、処刑される直前の数瞬のために口の自由を取り戻していたのだ。島津方がひた隠しにする家久の病状を伝え、大友方の士気を取り戻そうとした。家久の計略を逆手に取って見事に殉教したのだ。

天徳寺隊と吉岡隊の侵入を見るや、哀れな老キリシタンを処刑した島津兵が、待っていたように牙を剝いた。

リイノは馬を駆った。敵の種子島《たねがしま》が火を噴《ふ》く前に敵陣へ突入した。精強な天徳寺兵がわれ先にと続く。十字槍を手に、リイノが無人の境を行くがごとく戦場を乱舞するうち、島津兵は川沿いに敗走を始めた。敵を猛追撃する。松林を抜けてゆく。

リイノの左手から鬨の声が近づいてきた。古庄丹後、吉田一祐の友軍だ。仁王座《におうざ》の陣を破って誘い込まれてきたわけだ。この先の三日月湖《みかづきこ》のある辺りで全軍が合流を果たす。さらに追撃した時、敵の釣り野伏が発動するはずだ。

厚雲のせいでしかとは見えぬが、左右の山間《やまあい》に散っていく敵の動きが気配でわかった。お家芸の釣り野伏に陣を変形させている。

リイノは馬を駆って死地へ突入してゆく。

やがて天地を揺るがすような鬨の声が闇夜にこだました。釣り野伏だ。

†

島津方による三方からの攻撃は熾烈《しれつ》を極めた。だが、最精鋭の天徳寺隊は苦戦しても大崩れはしない。リイノは手綱を引き締め、鐙《あぶみ》を踏ん張った。

「散れ」

リイノが短く命ずると、天徳寺隊が三手に分かれた。一騎一騎がいずれも十年近い激戦を生き残ってきた強者ばかりだ。反撃の機会を与えず、三方の敵を殲滅していく。予想通り、夜霧も出てきた。松明の明かりでは島津の得意とする鉄砲も標的を定められまい、恐れるに足りぬ。匂《にお》いでわかった。天徳寺隊の白装束が敵の血で真っ赤に染まっている頃合《ころあ》いだった。

「リイノ殿、もう支えきれませぬ。されど今退けば、古庄隊が孤立しましょう」

甚吉が馬を寄せてきた。吉岡隊も奮戦していたが、もともと対等に渡り合える兵力差ではなかった。

兵力の消耗は覚悟のうえだが、被害を最小限にするには最強の天徳寺隊が釣り野伏に耐えながら退却に成功せねばならぬ。

「先に退かれませ。私が殿軍《しんがり》となって平清水《ひらそうず》に敵をひきつければ、古庄殿は仁王座に退けるはず」

「無茶でござる。リイノ殿はこの戦で死ぬおつもりか！」

悲鳴のように問う甚吉にリイノは微笑みかけた。

「キリシタンに自死は許されませぬ。されば、私は生きて野津に戻り、戦に仆《たお》れし敵味方の霊を慰める所存。ささ、先に行かれよ。さもなくば天徳寺隊も引けませぬゆえ」

左右の者に促されて、甚吉の吉岡隊が退却を始めた。

吉岡隊の戦場離脱で三方からの島津の猛攻が一段と激しくなった。疲労だけではない、服毒のせいで手足に痺れが残っていた。右の敵を薙ぎ払ったとき、槍を握る手の感覚がなくなった。あわてて左手で槍をつかむ。

隙のできた左のわき腹に灼《や》けるような痛みを感じた。敵の長槍が刺さっている。敵兵を倒して、腹の槍を引き抜いた。

夜霧を劈《つんざ》く銃声がした。リイノの身体はいくつもの銃弾に見舞われた。構わず鉄砲隊に突撃して蹴散《けち》らした。命は暁までもてば足る。

吉岡隊の最後尾が完全に戦場から離脱すると、リイノは下知《げち》した。

「天徳寺隊、じりじりと退却せよ」

リイノは軍勢の最後尾に踏みとどまって槍を振るった。昔、若き日に恩師冨来太郎兵衛《とみきたろべえ》の命を奪った十字槍は、リイノにとって聖なる槍だった。

またひとり、リイノの隣で天徳寺兵が殉教した。野津を襲った野盗の一人で、リイノに感化されてキリシタンになった男だった。

いかに精強の天徳寺隊とはいえ、敵はあまりに多すぎた。数刻の激戦による疲れが鉛のように兵士の全身を覆っているはずだった。

しかとは見えぬが、彼我《ひが》入り乱れた戦線で、天徳寺隊は半分以下に減ったろう。約束の暁を迎える頃、戦場に十字の旗は何本残っているだろうか。

林を抜けると、ようやく色の変わり始めた空に向かって、丹生島城が屹立《きつりつ》する姿が黒い影となって見えた。いつしか厚雲は姿を消している。

天徳寺隊は島津の猛攻に耐えながら、ようやく城近くまで後退してきた。その目の前で、城門が閉じられていく。これでよい。リイノが武宮に指示した通りだ。大友は勝ったのだ。

リイノの背後で鬨の声が上がった。リイノは固く閉じられた城門の前で、馬を反転させた。

「天主《デウス》の加護はわれらにある。最後にキリシタン兵の強さを見せよ!」

堰《せき》を切ったように大軍で押し寄せてくる島津兵を迎え撃った。

これからさらに島津兵を死地へと誘い、とどまらせる。

血腥《ちなまぐさ》さのせいで、朝の匂《にお》いは感じられなかった。

六

吉岡甚吉は櫓門《やぐらもん》の上に駆け上がろうとした。だが身体は骨の髄《ずい》まで疲れ果てて思うように動かぬ。もどかしいが一段、一段を足の悪い老人のような足取りで上がった。

櫓門の上には巨大なフランキ砲「国崩し」が据えられていた。天徳寺隊の白装束を被せ布にしてある。その砲門の脇には武宮が腕を組み、欄干《らんかん》から戦場に目を凝《こ》らしていた。

こみ上げてくる怒りが、甚吉の身体を突き動かした。

「武宮殿！　早う門を開けられよ！　天徳寺隊はまだ城の外じゃ！　味方を見捨てるつもりか！」

甚吉は激戦の中、追撃する敵を引き受けた天徳寺隊のおかげで、ようやく城まで帰り着いた。だが、天徳寺隊が戻るや、甚吉の目の前で城門が音を立てて閉じられたのである。

「リイノ殿の命でござる。若林水軍が到着し、国崩しが甦《よみがえ》りしときは、天徳寺隊は城には入らぬゆえ、わが前で城門を閉じよ、と」

武宮の言葉と悔しそうな表情に、甚吉は息を呑《の》んだ。

「待たれよ、カマキリ殿。では最初からリイノ殿は――」

武宮に詰め寄りながら、甚吉は問いの無意味を悟った。

敵を深入りさせるには囮《おとり》が必要だった。

大友最後の盾《たて》、豊後のヘラクレスさえ討ち取れば、大友など恐るるに足りぬ。潮が満ちようと構わず、何としてもリイノを討ち取ろうと敵兵は群がる。島津軍を苦しめ続けてきた天徳寺リイノは格好の餌《えさ》だった。総大将が討たれれば、戦はふつう敗北で終わる。まさか総大将が囮となって命を捨てるとは誰も思うまい。勝利を確信して、そのまま城を落とそうとするだろう。リイノの死と天徳寺隊の全滅こそが、島津を死地に誘い込む秘策だったのだ。自ら捨て駒《ごま》になって勝つなどという作戦を、師の道雪は決して許さなかったはずだ。だが最後にリイノは、己を生き餌《え》にして釣り野伏を仕掛け返す作戦を選んだのだった。

「まだ古庄隊も、一祐の隊も戻っておらぬではござらぬか」

「それもリイノ殿の策でござる。ご両名には別命あったとか」

すべてが腑《ふ》に落ちた。武宮も古庄も、さらには一祐まで、甚吉の知らぬ策をリイノから別々に授けられていたのだ。

古庄丹後と吉田一祐の部隊は、戦場に取り残されたのではない。両隊は退却さえできず四散したように島津方にも見えたろう。だが実際はリイノが後の伏兵とするために、あえて戦場に残したのだ。

甚吉は唇を噛《か》みながら、眼下の戦場を見た。

天徳寺隊は城門からさらに海側へ後退していた。満ち潮の時刻となり、丹生島城は再び海に三方を囲まれる海城に戻り始めていた。戦場の大半は浅瀬となり、馬も兵も脚を取られ始めている。だがそれでも敵将天徳寺リイノを討ち取らんとする功名心と憎悪が、島津兵を突き動かしていた。

「すべてはリイノ殿の見立ての通りでござる。――皆の衆、鉄砲を構えよ！」

昨日の籠城戦ではリイノの指図で鉄砲を途中から撃たなかった。敵は弾切《たまぎ》れだと心得違いしていようが、先刻到着した若林水軍からの補給で弾丸は今や無尽蔵になったはずだ。

「待て！　武宮殿！　乱戦のさなかじゃ、味方に当たるぞ！」

武宮は仏頂面をしかめながら、言葉を絞り出した。

「リイノ殿の命でござる。味方ごと撃てと」

武宮の指揮で鉄砲隊の一斉射撃《いっせいしゃげき》が始まった。味方への銃撃は天徳寺隊を見捨てる意思の表れと敵には見えたろう。何度も殺し損ねた天徳寺リイノを今度こそ討てると敵はますます勢いづいた。フランキ砲を警戒していた敵も大友方は鉄砲しか撃てぬと勘違いしているに違いない。島津兵は皆、勝利を確信しているはずだった。海にまではみ出した島津方の陣形は無秩序に長く伸びきっている。押し寄せて止まらぬ軍勢は横にまで広がり、さらに厚みを増していた。

「リイノ殿を救い出す。吉岡隊で打って出る」

「待たれよ！　戦場をご覧あれ。リイノ殿の合図をお忘れか？　若林水軍にも伝達済みじゃ。まだ反撃の時ではござらぬ」

暁の近づく戦場で、天徳寺リイノは海を背に最後の死闘を演じていた。が、まだ何も合図をしていなかった。

空高く掲げた十字槍をリイノが下ろしたとき、武宮は国崩しを放つ。それが反撃開始の狼煙《のろし》となる手筈《てはず》だった。皆で戦い、皆で生き残るための戦いが始まる合図だと甚吉は信じていた。まさか大友最後の勇将の死が、最終作戦を発動する合図だなどとは誰も考えまい。

「身どもが好きでやっているとでもお思いか？　すべてはヘラクレスの遺計でござる。吉岡殿も支度をなされよ。リイノ殿と天徳寺兵の死を無駄になさるな」

武宮の頬《ほお》をひと筋の涙が流れていた。甚吉は声にならぬ声でリイノの名を叫んだ。

七

天徳寺リイノの周りは敵だらけだった。

負傷と流血と疲労のせいで腕が重かった。だが、聖槍《せいそう》は離さぬ。

白装束の天徳寺兵はもう戦場のどこにも見当たらなかった。リイノの死も間近まで迫ってい

る。だがヘラクレスを討ち取ろうと海まで深く入り込んだ敵の大軍を見て、リイノは大友の勝

利を確信していた。リイノの死とともに逆釣り野伏が発動する。

国崩しの轟音《ごうおん》を合図に、久三率いる若林水軍が現れ、浅瀬で思うように身動きもとれぬ島津

兵をさんざんに屠《ほふ》るであろう。

島津は図られたと知ろうが、手遅れだ。退きたくとも味方が邪魔になってすぐには退けぬ。

国崩しと鉄砲をさんざんに浴びせた後、甚吉の吉岡隊が城から討って出て、大混乱する島津勢

を蹴散らし、島津軍は潰走する。完膚《かんぷ》なきまでに追撃し、島津を駆逐すればよい。

古庄隊は仁王座、吉田隊は平清水に待機させてある。吉岡隊が押し出し、総崩れとなった島

津勢を側面から挟撃すれば、お家芸の釣り野伏を逆にかませた形だ。古庄の指揮でも勝てよう。

ようやく古庄も念願の軍功を立てられるはずだ。

敗退し、国崩しの威力を知った島津勢は、丹生島城を容易には攻められまい。宗麟はもう出

撃にこだわらぬはずだ。兵糧もある。守りを固めていれば、上方勢の再上陸まで時は稼げよう。

リイノは、丹生島城から降り注ぐ味方の銃弾を浴びた。

十字槍が一瞬止まった。リイノの右胸を敵の槍が貫いた。左手で槍の柄を握ってへし折った。

片手で柄ごと敵を振り払った。

馬首を返して丹生島城を見やると、被《かぶ》せ布が取り払われている。櫓門に据《す》えられたフランキ

砲とその脇に立つ細長い男の姿が見えた。

勝利は確実だ。これくらいでよかろう。

敵の大軍の中でただ一騎、リイノは暁の空を刺し貫くように、一本の槍を天に向かって高く突き上げた。掲げられた聖なる十字槍は、リイノの死によって地に下ろされるであろう。それが反撃の合図だ。

明けてゆく空の下にいくつもの船影が見えた。城への補給を済ませた天徳寺久三率いる若林水軍である。大軍と見せかけるために船数だけは揃えるよう指図してあった。突然目の前に出現した大船団を見て、島津兵は生きた心地もせぬに違いない。久三は大友を救うために戻ってくれたのだ。

天徳寺リイノは大友を、キリシタンの国を守った。

幾本もの槍がリイノの身体を前後から貫いたようだった。

痛みはもう感じなかった。リイノは震える右手を暁天に向かって伸ばしていた。いつの間に落としたのか、手にはもう槍がなかった。

城門のほうで轟音がした。もうしかとは聴こえぬが、反撃開始を告げる号砲だ。年来の念願をかなえた武宮のはにかんだ笑みを想像した。

使い終えた巨軀《きよく》が、馬上で仰向けに倒れていくようだった。

人生の最期にリイノが得た視界は、見渡す限りの暁天だった。

トルレスがあの微笑みでリイノに向かってうなずいた。その隣では道雪の鬼瓦《おにがわら》が大きな口を開けて大笑している。

赦され、与えられた生を、リイノは立派に生き抜けたろうか。

声はもう心の外には出なかった。リイノは祈るように、心のなかで問いを発した。

――司祭《パードレ》よ、これでよかったのですか？

――道雪公よ、私は約束を守れましたか？

約二十年前、闇夜に生きる悪鬼のごとき治右衛門の生に光をもたらしてくれたのはトルレスであり、道雪であった。

リイノは運命に負けて死ぬのではない。勝って、死ぬのだ。

戦場に陽光はまだ差していない。だが、これから必ず日は昇り、大地を照らし始めるだろう。

微笑むマリアが見えた。頬に十字はなかった。

光のはじける音が次々と聴こえてくる。

いや、マリアの笑い声だろうか。

生も死も、万物が福音《ふくいん》の曙光《しょこう》に包まれていく。

リイノを迎え入れるように光があふれ始めた。

大友の聖将、天徳寺リイノは聖約を果たした。

十九歳のとき、奇跡で拾った命を、使い切った。

八

吉岡甚吉の眼前で、再び城門が開かれていく。

「撃て！　すべての弾《たま》を撃ち尽くせ！」

櫓門の上では武宮武蔵が意気込んで叫んでいた。

馬上の聖者が遺《のこ》した最後の合図で、丹生島城の大フランキ砲「国崩し」は轟音とともに火花を噴《ふ》いた。武宮の込めた砲弾が戦場で次々と炸裂《さくれつ》していた。

陽光が鮮やかに照らし始めた戦場には、天徳寺隊の白装束はもうどこにも見当たらなかった。

天徳寺隊が全滅した今、何の気兼ねもいらぬ。目の前には国崩しの標的しかいなかった。大フランキ砲と鉄砲による間断ない射撃が島津兵を容赦《ようしゃ》なく襲い続けた。

はるか遠くで砲弾を浴びた柳の巨木が折れ、傾いてゆく。逃げ惑う島津兵が下敷きになった。驚くべき射程と腕前だった。

リイノの遺した作戦は第二段階に移っていた。残された皆で、ヘラクレスの遺計「逆釣り野伏」を完遂《かんすい》する。

若林水軍は自在に船を操り、海を動き回った。満潮と大軍のせいで身動きがとれぬ島津方を次々と屠っていた。

甚吉は雄叫びをあげた。兵を率い、城門を出た。

島津軍は総崩れになった。われ先に逃げ出している。だが久三はリイノを救出しようとしたのだろう、合図より早く水軍を動かし、船を降りて討ち入っていた。白装束の久三の部隊が敵中に突出しすぎている。久三の身が気にかかった。

九

天徳寺久三は何度も父の名を呼び、絶叫した。

曙光の照らし始めた戦場で久三が最初に見たものは、城に押し寄せている島津の大軍と、そのただ中で天に向かって十字槍を掲げようとする天徳寺リイノの最期の姿だった。

久三は武宮から伝えられていた大筒《おおづつ》の合図など待てなかった。十字槍を手に、船の舳先《へさき》から飛び降りた。若林の兵らが続く。浅瀬に次々と水しぶきが上がった。

リイノの手から槍が落ち、巨軀が乱軍の中に沈んだ時、久三は絶叫した。視界がゆがんだ。

久三は人海の中を夢中で駆けた。槍を振るいながらリイノの姿が消えたあたりへと向かう。

久三の父は天徳寺リイノだ。リイノだけが父だ。

リイノの仇《かたき》を討つ。リイノの遺体を取り戻す。

それしか考えなかった。邪魔な敵兵を突き破って進んだ。

昨日、丹生島城に帰還できていれば、リイノを死なせずに済んだのではないか。

遅れた理由は、想《おも》い人のルイザが久三に眠り薬を呑ませたせいだった。リイノへの復讐心《ふくしゅうしん》もあったろう。久三の無事を願うルイザの愛のなせる業だとわかっていた。ルイザのためにリイノは命を落としたのか。犯した罪は死を以《もっ》て贖《あがな》わねばならぬのか。

――主よ、我を憐れみたまえ《ミゼレーレ・メイ・デウス》。

久三は敵だらけの戦場を駆けた。十字槍を手に、吼《ほ》えた。

結び　槌音

夏の到来を感じさせる海風が、吉岡甚吉《よしおかじんきち》と吉田《よしだ》一祐《いちゆう》をさわやかに包む。天から吹き降りてくるようだ。

丹生島城《にゅうしまじょう》の周りには潮が満ちていた。最終決戦で浅瀬を埋め尽くした兵らの代わりに、今は漁労にいそしむ漁民らの舟が漂うばかりである。

「太刀魚《たちうお》など焼いて食しとうございまするな」

吉田一祐の言葉に、甚吉は軽い笑みだけで応じた。

まるであの戦《いくさ》が一夜の悪夢にすぎなかったように、復興の槌音《つちおと》が臼杵《うすき》の町に優しくこだましていた。

天主《デウス》と呼ぶかは知らぬ。だがこの世には本当に神がいて、大友《おおとも》を憐《あわ》れみ、天徳寺《てんとくじ》リイノを下されたとしか甚吉には思えなかった。

大友軍はリイノの遺《のこ》した計略で敵の大軍を撃退し、勝利した。敗退して兵を引いた島津《しまづ》軍は再び攻めて来なかった。島津家久《いえひさ》の病状の急変にも助けられた。家久は日向《ひゅうが》にある城で療養中との話だが、命旦夕《めいたんせき》に迫っていると聞く。

大友家は滅びなかった。三月には上方勢二十万が九州に上陸した。

島津は豊臣秀吉《とよとみひでよし》の大軍の前に敗退を重ね、降伏した。大友家には秀吉から豊後《ぶんご》一国が安堵《あんど》された。さらに秀吉は、早くに臣従し島津への徹底抗戦を貫いた宗麟《そうりん》を讃え、日向一国を与えるとまで提案してきた。だが、宗麟は津久見《つくみ》の地で静かに余生を過ごしたいと答え、秀吉の破格の申し出を断った。

一祐を表で待たせて祇園乃洲《ぎおんのす》の大聖堂に入ると、宗麟が祈りを捧げている最中だった。急ぐ話でもなかった。甚吉は長椅子《ながいす》に座って待った。色ガラスごしの陽光が、聖壇に跪《ひざまず》く宗麟の白いラッフルを鮮やかに着色していた。

やがて祈りを終えた宗麟が立ち上がり、甚吉に向きなおった。

「不思議なものじゃな。十年ほど前は日向にキリシタンの王国を作りたいと願い、大軍まで起こしたものを。今はジュリアとふたり、静かな時だけを求めておる」

宗麟は憑《つ》き物が落ちたように穏やかな顔をしていた。正室のジュリアによれば、宗麟はついに魂の救いを得たという。

「孫太郎《まごたろう》とやらは息災であったか」

「リイノ殿の薫陶を受け、立派に育っておりました」

宗麟の指図で甚吉は、野津《のつ》にいるリイノの養子孫太郎に天徳寺家の跡目を継がせるとの報《しら》せを届けてきた。

戦後、甚吉はリイノと久三の遺骨《きゆうぞう》を、武宮《たけみや》が再建した野津のクルスバに葬った。修道士《イルマン》に頼んでキリスト教の葬儀をし、野津のキリシタンたちに混じって馴《な》れぬ聖歌を口ずさんだ。リイノと久三は、弥助《やすけ》ら天徳寺兵たちとともに安らかに眠っている。

宗麟はこれから津久見で完全に隠居し、その波乱に富んだ生を終えるだろう。

「大坂へ参るそうじゃな。大友を頼むぞ」

「はっ」と甚吉はかしこまった。

秀吉のもとで天下が組み変わり始めていた。新たな世の仕組みに大友も適応せねばならぬ。甚吉は大坂に赴き、大友のために動く。

「大殿にひとつ、お許したまわりたき儀がございまする」

「欲の少ない甚吉にしては珍しいのぅ。余にしてやれることなぞ今や数少ないが、申してみよ」

宗麟は興味ありげに甚吉を見やった。

「ルイザ様をわが室に賜りたく、伏してお願い申し上げまする」

宗麟は特に考えるそぶりも見せずにうなずき「よかろう。達者に暮らせ」と即答した。ややあって「生まれし子は余の孫じゃ。すまぬが、面倒を見てやってくれ」とつけ加えた。

天徳寺久三は敵陣深く斬《き》り込み、リイノを討った部隊をことごとく討ち果たした。鬼神のごとき武勇でリイノの遺骸をも取り戻した。だが久三は敵中で孤立し、脱出できなくなった。退却する敵から甚吉が救い出した時には、久三は致命傷を負っていた。死にゆく友は甚吉に、ルイザとまだ見ぬわが子を委《ゆだ》ねて、逝《い》った。

久三が若林水軍を率いて出陣する際、ルイザも「わが身に万一のことあらば、吉岡甚吉を頼れ」と言われていたらしい。

†

宗麟の前を辞すと、甚吉は一祐と丹生島城へ向かった。

「殿、ルイザ様が否《いな》と言われたら何となさいまするか？」

ルイザは己《おのれ》のせいで久三を死なせたと思い、自らを責めていた。

丹生島城の一室で、ルイザは赤子とともに甚吉を待っている。もっともルイザはまだ甚吉の求婚を承諾していなかった。これから返事をもらいに行く。戦は終わったのだ。時はいくらでもあった。

「改めてお主に恋文でも、代筆してもらおうかの」

あきらめねば何事も成就することを、天徳寺リイノから学んだ。

城門に向かう途中、普請場にひょろ長い後ろ姿が見えた。甚吉は武宮にちょっとした用があった。

「殿、また寄り道でございまするか？」

甚吉は一祐を置いて、普請場にずんずん入って行った。

武宮はねじり鉢巻きのカマキリ顔にいつもの仏頂面で、人夫たちに図面を示しながら指図していた。作事奉行として燃え落ちた臼杵の復興指揮を執っているのは武宮であった。

「カマキリ殿、精が出ますするな」

甚吉が声をかけると、武宮は甚吉を見て真顔で一度うなずいただけで、すぐに作業へ戻った。

リイノが後事を託した男だ。武宮ほどの適任者もおるまい。

「カマキリ殿は休むことの大切さを知らぬと見えまするる」

隣に来てぼやいたのは、古庄丹後《ふるしょうたんご》である。

古庄も武宮を手伝っているが、戦のときよりずっと生き生きしていた。最後の戦で立てた、生涯でたったひとつの大手柄は今や定番の自慢話だが、もう戦はこりごりらしい。やはり古庄も戦には向かぬ男だった。

武宮が寝食を忘れて作事に没頭しているのは、物作りが好きな性分もあるが、大友を救って死んだ友への手向けだろうと甚吉は思っている。古庄も同じかも知れない。

古庄の愚痴を聞いているうち、指示を終えた武宮が「ルイザ殿にこれを」と差し出してきた物がある。青銅の十字架《クルス》だった。

あの戦の後、九州にも秀吉の時代がきた。大友の政治体制も変えねばならぬ。厄介ごとがいくつも生じた。難事に出くわすたび、甚吉はふとリイノが生きてあればと思った。だが生きていてもリイノはきっと野津の片隅に再建した小さな聖堂で、日夜祈りを捧げていただけだろうと己を慰めた。

「リイノ殿の形見の品ゆえ、実はあの時溶かせなんだのじゃ。とは申せ、身どもはキリシタンではござらぬゆえ」

噂《うわさ》に聞く聖者コスメ・デ・トルレスが身に着けていた青銅の十字架《クルス》だ。これでルイザがリイノを赦《ゆる》し、自らも救われ、甚吉を受け容《い》れてはくれまいか。

「して、カマキリ殿。赤子のために頼んでおいた玩具《がんぐ》は？」

「そうじゃった。しばし待たれよ」

武宮は材木の上に座ると、懐から釘《くぎ》やら色紙やらを出し、あっという間に風車《かざぐるま》を作り上げた。

甚吉が別れを告げる間もなく、武宮は軽い会釈だけで普請場に戻っていった。

この男に任せておけば、臼杵も府内も蘇《よみがえ》るに違いない。

五月晴れの空に浮かぶ白い雲がどこかへ急ぐように流れている。

甚吉の去った明日の臼杵の空にも、今日と変わらず、きっと高らかにいくつもの槌音《つちおと》が響いているだろう。

甚吉の手にした風車がかさりと回り始めた。


〈了〉

参考文献

『大友宗麟』　外山幹夫　（吉川弘文館）
『大友宗麟のすべて』　芥川龍男編　（新人物往来社）
『大友宗麟』　竹本弘文　（大分県教育委員会）
『九州のキリシタン大名』　吉永正春　（海鳥社）
『完訳フロイス日本史〈8〉宗麟の死と嫡子吉統の背教—大友宗麟篇（Ⅲ）』　中央公論新社
『大友館と府内の研究』　大友館研究会編　（東京堂出版）
『大友記の翻訳と検証』　（九州歴史研究会）
『豊薩軍記　肥薩軍記集』　長林樵隠　（歴史図書社）
『大友興廃記』　杉谷宗重
『臼杵史談第二巻』　臼杵史談会編　（歴史図書社）
『大分の歴史〈第4巻〉中世Ⅱ』　渡辺澄夫ほか　（大分合同新聞社）
『大分市史（中）』　大分市編さん委員会編　（大分市）
『大分県史料　34』　大分県教育委員会編　（大分県教育委員会）
『大分県史　中世篇Ⅲ』　大分県編　（大分県）
『大分歴史事典』　大分放送大分歴史事典刊行本部編　（大分放送）
『豊臣秀吉　日本の合戦　六』　桑田忠親　（新人物往来社）
『城の戦国史』　鷹橋忍　（河出書房新社）
『キリシタン史の謎を歩く』　森禮子　（教文館）

『キリシタン時代の婚姻問題』　安廷苑　（教文館）
『日本キリシタン墓碑総覧』　大石一久編　（長崎文献社）
『日本戦史　九州役　附図及附表』　参謀本部編　（村田書店）

その他、多数の史料・資料を参照いたしました。

本作品は丹生島城攻防戦（一五八六年）を題材とした書き下ろし歴史エンターテインメント小説であり、史実とは異なります。なお、執筆にあたっては川村信三上智大学教授、大分市教育委員会の坪根伸也氏、臼杵市歴史資料館の松原勝也氏、大友氏顕彰会の牧達夫理事長、同会の若杉孝宏、佐藤弘俊両副理事長、九州歴史研究会の秋好政寿会長から貴重なご教示を賜りました。文責はもちろんすべて筆者にあります。

著者略歴

赤神　諒（あかがみ・りょう）
1972年京都市生まれ。同志社大学文学部英文学科卒、東京大学大学院法学政治学研究科修士課程修了、上智大学大学院法学研究科博士後期課程単位取得退学。私立大学教員、法学博士、弁護士。2017年、「義と愛と」（『大友二階崩れ』に改題）で第9回日経小説大賞を受賞し、作家デビュー。

Kadokawa Haruki Corporation

赤神 諒

大友《おおとも》の聖将《ヘラクレス》

*

2018年7月18日第一刷発行

発行者 角川春樹
発行所 株式会社 角川春樹事務所
〒102-0074 東京都千代田区九段南2-1-30 イタリア文化会館ビル
電話03-3263-5881(営業) 03-3263-5247(編集)
印刷・製本 中央精版印刷株式会社

定価はカバーに表示してあります。落丁・乱丁はお取り替えいたします。
ISBN978-4-7584-1326-8 C0093
http://www.kadokawaharuki.co.jp/